Theory of Love

［セオリー・オブ・ラブ］

［2］

JittiRain

目次

◆人物紹介◆

サード〔Third〕

フルネームはTechaphon《テーチャポン》 Kunapakorn《クナーパコン》。
映画科で学ぶ大学三年生。
長い間親友のカイに片想いをしていた。しかし振り回される恋に見切りをつけ、ついにカイから離れる決心をする。

カイ〔Khai〕

フルネームはKhunpol《クンポン》 Krichpirom《クリットピロム》。

サードと同じ映画科三年生。

イケメンで女の子にモテる遊び人。サードの想いを一度は突き放すものの、サードに避けられるようになって初めて自分の気持ちを自覚する。

トゥー〔Too〕

フルネームはThanachat《タナチャット》 Tangprasert《タンプラサート》。

映画科三年生。サードとカイの友人。

写真の実力は学年トップクラス。

ボーン〔Bone〕

フルネームはBoripat《ボリパット》 Kiatkoon《キヤティクン》。

映画科三年生。サードとカイの友人。

趣味は女の子の品定め。

チェーン〔Chen〕

映画科四年生。

映画制作においての才能がある。

アン〔Un〕

映画科四年生でチェーンの友人。

学部でも屈指のイケメンでプレイボーイ。

◆相関図◆

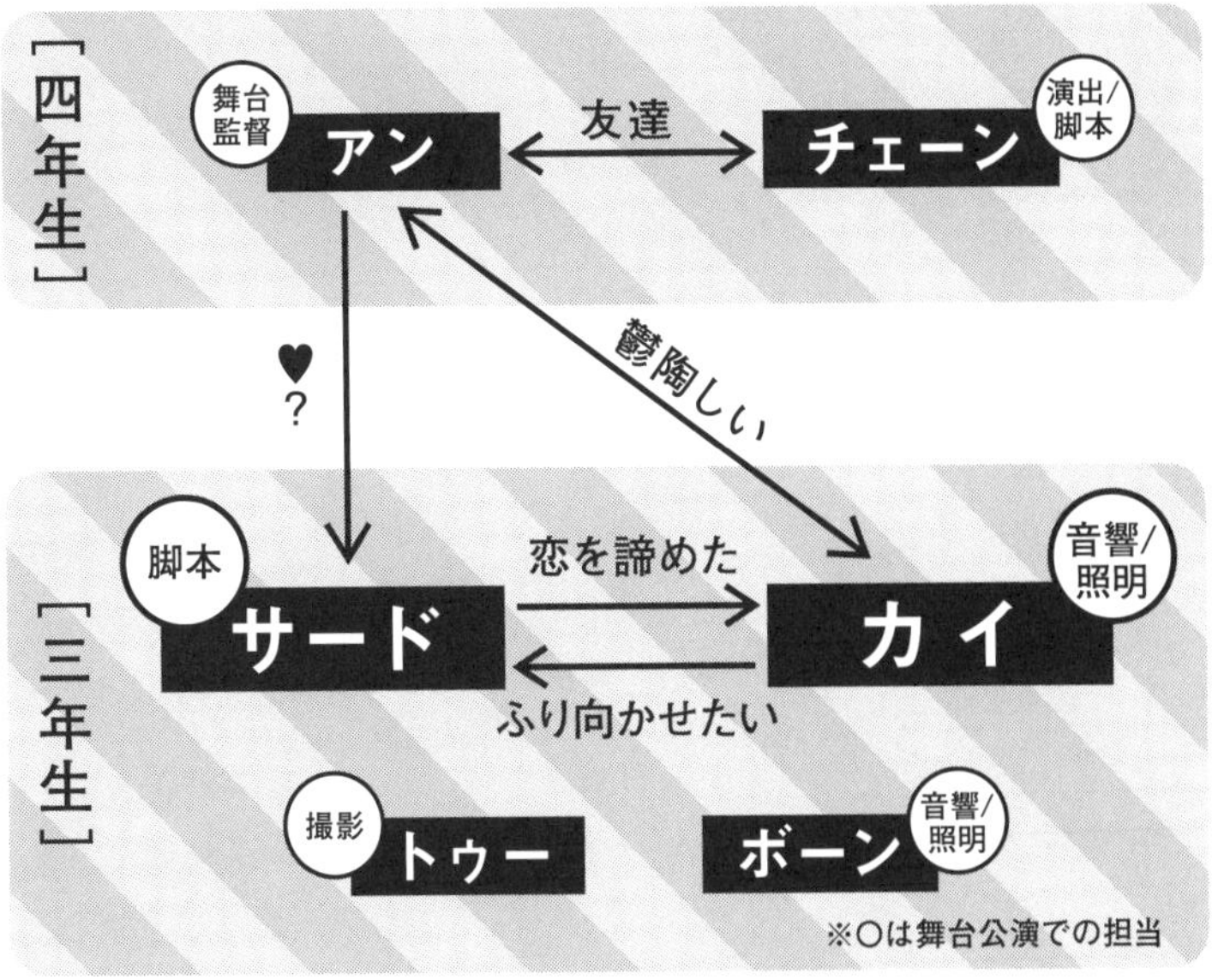

◆用語説明◆

人でなし組

周囲がサード・カイ・トゥー・ボーンの四人を指すグループ名。

ムキムキマン

サード・カイ・トゥー・ボーンの四人が、SNS上で作っているチャットのグループ名。サードが参加しないグループは「夜明けまで狼」。

デッドエア

放送が中断して映像や音声が止まってしまった状態。
本作では場が固まった状況を指す。

ニテート(Nitade)

タイ語でコミュニケーションアーツの略語。

装画
苑生

Theory
of
Love
2

《第12章》
攻め込みたければなぜ隠す？

――ドンッ！

オレは体を押されて尻もちをついた。この乱暴狼藉《ろうぜき》を働いた人物は他でもない、サードだ。オレがさっき思いっきり唇《くちびる》を押しつけた相手。

「何するんだよ！」

やつの表情から察するに、オレを生きたまま丸焼きにしたいくらい腹を立てているにちがいない。サードはオレに体勢を立て直す隙《すき》も与えず、さらに掴《つか》みかかろうとする。だが、間一髪のところで周りがオレの命を救ってくれた。

真っ先にオレの体を支えてくれたのはバイブア先輩。それから、チェーン先輩がサードを引き剥《は》がす。もう少しでやつにボコボコにされるところだった。

「なんで脚本にないことをするんだ、カイ」

抱きかかえられながら立ち上がったオレを問い質《ただ》したのは、アン先輩だ。やつがさっきからこっちをじっと見ていやがるのには気付いていた。加えて、もともと忌《い》ま忌《い》ましく思っていた相手だ。オレは耳を傾けて答えを待っているその人に、思いやりの欠片《かけら》もない言葉で反撃したくなった。つまり
「おちょくって」やりたくなったのである。

「脚本にないことなんかしてない。どこかで見たはずだけどなぁ」

「どこで見たんだか。オレはあんなシーン、書いてない」

唇を震わせてサードが反論した。それを見てオレはいたたまれない気持ちになる。近づいてその唇が腫《は》れあがるまで、また口を擦《こす》りつけたい。なんだよ、その唇を尖《とが》らせた顔。かわいすぎて目の毒なんだけど。

「ずいぶん前に練習した主人公の台詞《せりふ》にあったと思ったけどなぁ。なんだったっけ。ていうか、ちょっとまちがっただけでみんなでリンチかよ」

オレはすっとぼけた。周りにいたみんなは、それなら仕方ないというようにその場を離れ、自分たちの持ち場へ戻っていく。残ったのはボーンだけ。やつはオレを掴むと、何もかも承知だというふうに囁《ささや》いた。

「さすがだな」

「誰だと思ってんだ。お前の友人だぞ」

「だけどトゥーに用心しろ。お前の頭に噛みつきそうな顔してる」

オレははっとして、その人物を振り返った。うへえ……ホントにこっちをじっと見てる。ここのところ、トゥーはオレのことをマジで助けたいとか言いつつ、腹の中では敵視していたにちがいない。なんと言ってもあいつは、オレよりサードの味方だ。

「あいつ、オレのチームから抜けたのかよ?」

「お前の味方だよ。でも、あんまりまぬけなことすんな。サードはトゥーの大切な親友なんだから」

まぬけという言葉がぐさりと胸に突き刺さる。考えてみれば、オレは自分の気持ちに気づいてからみんなにまぬけ、まぬけと罵《ののし》られ続けている。

「だったらオレは親友じゃないのかよ」

「お前みたいなサイテー人間、二度とサードと比較するな」

二回目のぐさり。

「過ちに気づいて、今改めてるところだろ」

「じゃあ早くしろ。ほら、サードがいじけて行っちゃったぞ」

ボーンが励ますように肩を叩《たた》いたので、オレは急いでむすっとした顔で稽古場を出ていく親友のあとを追いかけた。

サードはトイレに逃げ込んだ。見ていると水でじゃぶじゃぶ顔を洗う。顔を上げて鏡を見つめるやつの眼差しは、不満げな色に満ちていた。

「そんなに乱暴に顔を洗ったら赤くなるぞ」

サードの怒りがいったいどの程度なのか見当もつかない。ただ、オレの口をぶん殴りかねない程度だということは分かる。それでも怖くはなかった。オレはトイレに足を踏み入れ相手に近づいた。弾みをつけて洗面台のカウンターに飛び乗り、じっとサードを見つめる。

オレはホントにサードが好きなんだ。好きだから我慢できなかった。盛りのついたトラが欲望を抑《おさ》え込んでいる状態がどんなものか、男なら想像がつくだろう。そしてオレはそのトラだ。

「オレのこと、怒ってる?」

甘えた声で言う。もしフィルムの学生の誰か一人に賞が与えられるとすれば、その賞をもらうのはオレだ。今年のはぐらかし大賞ってやつを満場一致でかっさらうのだ。

「消えやがれ」

「ホントに怒った?　許してよ〜」

言いながらサードの肩をツンツン突く。

「なんであんなことするんだよ」

思い切り感情をぶつけられる。

今できるのは、熱くなった頭に冷たい水をかけて冷静になってもらうこと。若いときからこういう技術を身につけておいてよかった。じゃなきゃ、次から次へと女性をモノにするなんてできない。だけど今回の相手は今までと違って手強い。何しろ親友で、おまけに二度と失いたくないと感じるほど真剣に想っている相手だ。

「ごめん。恥ずかしい思いをさせて」

「そんなことじゃない。なあ、カイ。もう一度訊《き》く。オレたち、何年友達やってきた？」

その瞳は真剣な色をしている。オレはもうこれ以上、ふざけていられなくなった。

「二年ちょっと」

「そうだ。こんな長いことお前の友達をやってきたんだぞ。それなのにお前はまだオレを傷つけたりないっていうの？」

「ちょっと待てよ。どういう意味だよ？」

「お前がオレにしたサイテーな行為のことを言ってる。今だってオレの感情をもてあそんでるじゃないか。なんのためにこんなことをする？　オレを不安にさせて、振りまわして。それがお前のやりたいこと？」

「そんなんじゃない」

オレはカウンターから飛び降り、真正面からサードに向き合った。

「カイ。オレ、お前とプレーオが付き合ってなかったの、知ってた。お前はオレを振りまわそうとしたんだ」

「オレも知ってた。お前がオレのこと、単に友達として好きなんじゃないって」

「……！」

言葉の応酬が中断し、お互い黙り込む。ただ、オレは目の前の人物の瞳が細かく揺れていることに気がついた。何があっても、もうサードを欺《あざむ》きたくない。こいつに信じてほしい。こいつを自分の一番大切な人にしたい。

こいつの行動が変わったのはなんでなんだろうって長いこと思ってたんだ。もしかしたらプレーオの件のせいじゃないかと思っていたけど、やはりそうだったのか。今日はいいチャンスだ。もうこれ以上引きずりたくない。正直に話して、サードがこれまで通りいてくれるか、オレをもっと嫌いになってしまうかは分からない。けど、現実を受け入れるときが来たんだ。

「サード。オレたちちゃんと話し合おう」

こちらを見つめ返してくるその瞳は泣き出しそうなほど真っ赤になっている。いたたまれなくなってサードの腕を引いて抱きしめようとしたが、やつは乱暴にオレの胸を突き離し、近寄らせようとしない。

オレたちの友情はあの日に終わっているんだ。オレが……オレ自身がお前に対して友達以上の感情を抱いていることに気づいたあの日に。それと同時に、オレは自分がした卑劣《ひれつ》な行為のせいでサードを失ってしまった。

やり直したい。もう一度、お互いを心から大切だと思い合えるように。

「知ってたよ。お前がオレを好きなこと。お前の告白動画を観たんだ。そのときから全部分かってた……」

「じゃあお前……オレのこと嫌いになったろ」

冷笑を浮かべるサードの表情から、やつがどれほど自分自身を惨めに感じているのかが分かった。

「ああ」

「……！」

「そうだ、そう思ったよ。お前がオレに対して行きすぎた感情を持ってたことがとてつもなく嫌になった。ついでに仲間がその事実を隠して、オレを何も知らないまぬけ扱いしてたことも嫌になった。それからどうしたかって？　一人でバカみたいなことをやろうって決めた。プレーオに偽物の恋人になってもらって、お前にキスして彼女の名前を呼ぶ演技をしたんだ。全部自分で考えてやったことなんだ」

「なんのためだよ？」

サードが尋ねた。真っ赤だった瞳に涙が滲んでいる。それでもやつは泣きださないように、何度も目を瞬かせた。

「お前に諦めさせるためだ。何もかもオレのまぬけなアイデアだよ。そして結局、自分自身からも逃げだした……分かる？　前と同じサイテーなことをしようとした。女の子と適当に遊んで、オレは変わってないんだって自分を慰めようとした。けどやっぱり、お前のことが忘れられなかった」

「……」

「お前がいないとダメだから、戻ってくるしかなかった。オレたちのおちゃらけた関係は愛情に変わってしまったんだ。だから、帰ってきてやり直したいと思った。お前にもう一度チャンスをくれって言いたかった。遅すぎたかもしれないけど」

「オレがお前のことを好きだって知ってたのに、それを隠して黙っていたのか。バカを眺めてさぞかし楽しかっただろうね」

「お前を失いたくなかったからだ。けど、お前が変わっちゃったから黙ってた。トゥーから、お前はもうオレのことを吹っ切ったって聞かされたらもう、何もできないだろ。今みたいに何も知らないふりしてふざけるしかないよ」

「そうだよ。オレはもう吹っ切った。だからもう、ふざけるのはやめろ」

感極まったような声が返ってきた。またやつを抱きしめたくなるが、そんな勇気はない。ただひたすら、サードの思いを聞くことしかできなかった。

「なあ、カイ。オレはお前のことをよく知ってる。お前はホントは、オレのことなんて好きじゃないんだよ」

「知っててどうしてそんなこと言うんだ」

こいつの尻、引っぱたいてもいいかな。オレ自身、自分の気持ちを理解するのに死にそうな思いをしたっていうのに、このバカ、オレより知っているなんて言いやがる。

「お前は状況に合わせてふらふら気分を変える人間なんだ。オレがお前に片想いしてるって偶然知ったりしなければ、オレのこと好きになんてならなかったよ」

「そうかもしれない。けど、いつかは自分の気持ちに気づいてたさ。オレたちの関係ってなんなんだろう、仲の良いグループの中の親友として結びついていたいだけなのかなって。お前はずっと前から、それ以上に特別だったんだよ。ただオレが、どんなふうに特別なのか分かってなかっただけ」

「……」

「オレはお前のいない未来なんて想像したこともない。大学を卒業したらお前と仕事して、毎日顔を合わせるもんだって思ってる。オレの頭の中はそうなってる。それに、もしお前がいなくなったらって考えたんだ。オレが行方をくらましてた数日間、あのときに辿《たど》り着いた答えは……生きていられないってことだった」

オレは、あまり皺《しわ》が刻まれてない自分の脳みその中身を一気に吐《は》きだした。サードにもう少しだけこの馬鹿馬鹿しい想いを聞いていてもらいたくて。

「……」

「知り合ってから今まで、お前は誰かを好きだってオレに話したこともなければ、誰かと付き合ったりしたこともなかったよな。オレはお前が傍《そば》にいてくれるんだって感じるたびにほっとしてた。どんなことがあってもお前はオレから離れていったりしないんだって。それなのにお前はある日突然、オレの人生から出ていってしまった。その上、オレのいた場所に別の誰かが入り込んでる。そう思ったらオレ、やってられなくなって、見ての通りじたばたしちゃってさ。なあ、サード――」

チャンスが欲しい。今さらそんなこと、無理だと分かっていても……。

生まれてからこれまでずっと最低だったオレに、せめて今行うべき何かを……きちんとしたことをさせてくれないか？

「オレたち、またやり直せるかな」

「オレはもう傷つきたくない」

その答えはオレがやつにした行為に比べたら全然たいしたことじゃない。それに、オレのように図々しい人間はその程度の言葉で諦めたりはしない。

「……ならいい。けど、オレはこれから行動を改めたいと思ってるから」

「……」

「もしオレが女の子と遊んだり、エロいことしたり、何人もと同時に付き合ったりすんのをやめていい人間になったら、それっていいことだよな？」

「ああ」

目の前の人は短く答えた。

「そこまでやったら、誰かがオレのことを好きになると思う？」

「そりゃね」

「じゃあ、お前はオレを好きになる？」

「……」

「オレ、待つよ。いつかお前がまた、オレのことを好きになってくれるまで」

いつかオレがお前に相応しい、いい人間になる日まで。

サードはその言葉に答えず、代わりに頷《うなず》くようにゆっくりとまばたきした。その仕草を見た途端、オレはにっこりしてしまう。トイレの中だからロマンティックとはいえないかもしれないけれど。

サードがいれば、どこでも幸せなんだって分かったよ。

相変わらずオレは、親友へのアプローチ作戦を遂行中だ。が、なかなか進展の兆《きざ》しはない。

ただし、相手はその門戸を完全に閉ざしてしまったわけではない。アン先輩にはチェーン先輩というキューピッド役がついているのに対し、オレにはトゥーとボーンがポイント稼ぎを手伝い、助けてくれる。

共通の任務を遂行することによって、この一カ月、オレと人でなし二人の結束は強まった。とはいえ、ガードの硬いもう一人の人でなしのせいで、苦労しっぱなしだ。オレは親友という立ち位置をキープしているとはいえ、それはうわべだけの話。実際のところは、信頼と不安が紙一重という状態だ。

中間試験の時期に入って勉強が忙しくなってきたので、ここのところ、舞台公演の作業は中断している。代わりに映画科の総代が、できそこないの学生たちに向けて、試験の勉強会を開いてくれることになった。もちろん、オレもできそこない学生の一人だ……。

バカな自分に悲しくなるの～って歌でも歌いたい気分。いつか頭がよくなりますように。

勉強会には図書館のプライベートルームを使うことになった。シャワーを浴びて夕食を済ませたあと、オレたちは夜七時ちょうどにプライベートルームの前に集合する。合計十二人、その中には、オレが現在アプローチ中の人が指導役として参加していた。

サードは、白いTシャツに膝丈《ひざたけ》のズボン、そしてカジュアルなサンダル姿で、まさに「オット」であるオレの帰りを待つ「ヨメさん」といったスタイルだ。図々しいオレは部屋に入ると学科の仲間たちを押しのけ、首尾よくサードの隣席に自分の尻をねじ込む。

「ほ――う、他にも席はいくらでもあるのに、なんだってここに座るのかなぁ」

総代が大きな声で言ったので、オレは目を剝《む》いて睨《にら》みつけた。

「ソファーが柔らかそうだったから。なんで？　座っちゃダメなのかよ」

「好きにしてくれ、カイ。骨折したやつとは関わりたくないわ」

「ギプス外したら、お前の口に突っ込んでやるよ」

「おーこわ。一人で走ることもできないくせによく言うね、クンポン」

「てめー！」

オレたち人でなしだけではなく、フィルムで目立っている学生はこんなのが多い。チェーン先輩といい、アンの野郎といい、他のやつらといい、おバカのオンパレード。あまり関わり合いたくないような、ちょっとイかれた人間ばかりが揃《そろ》っている。

「もうやめて、始めよう」

未来の我がヨメが、オレたちのつばぜり合いにブレーキをかけた。サードは椅子から立ちあがってマーカーペンを手にとると、熱のこもった目をしてホワイトボードに向かう。

学科一の秀才、サードに敵《かな》うやつはいないのだ。

「今日は英語、それにエッセイ問題を簡単に予想してみる。あとの教科はモーが教えてくれるから」

全員が頷き、ノートとペンをとりだして、熱心にメモをとり始める。

そして一人ずつ問題を出されて、回答するのを繰り返す。それぞれ順番に頭の中にちょっとばかり残っている知識を絞りだして答えるが、正解したり間違っていたりだ。

「カイ。この問題の答えは？」

サードがオレに尋ねる。勉強会の開催時間はすでに折り返しに来ていた。

「Dだな」

「ちがう。お前、ほぼ毎回まちがってる。しっかりしてくれよ」

頭が悪いだけでなく、今のオレは集中力もないんだ。だってお前の顔を見てるから。こんなにかわいいやつ、こっちの胸はドキドキだよ。

「しっかりやってるって」

「オレの教え方が悪いのか」

「ちがう、教え方はすごくいいんだ。オレがバカなだけ」

「どうしようもないな」

「問題はできてないけど、いいことあった」

「まーた適当なこと言ってる。新しい愛の言葉でも考えついたか？」

「違う。今日はお前の顔をいつもより、ながぁーく見られた」

「へええ――。それ、どういうこと？」

しんとしていた部屋がその言葉でどっと賑やかになった。最近オレが毎日のようにサードに甘い言葉を投げてばかりなので、学科の仲間はうっすらと気づいている。分かるやつには分かるだろうし、察しもつくだろう。ただし、オレはまだ誰にもサードを口説いているとは言っていない。言ったらサードに怒られるから。

「くだらないことをしゃべってないで、問題に答えられるようになったらどうだ？」

最後にオレの夢の時間をひねりつぶすのは、これまたいつもの「親友」だ。

「正解したら、何をくれる？」

オレは交渉を始めた。

「点数がもらえる」

「点数はいらない。でも誰かさんのハートが欲しいなぁ。チャンスあるかな？」

「ポイント、ゲット！」

ボーンがすぐ近くで実況を始める。

「ハートはあげられないけど、足蹴りなら今すぐくれてやるぞ」

サードの一言で、宇宙空間に放り出されたみたいな静けさが訪れた。皆それぞれ素早くお口にチャックして、一心不乱に勉強を始める。

学科でやつに歯向かう人間はいない。サードはおかしいときは大爆笑するし、真剣なムードになったときは脇目も振らずに熱中する。そんな人間だから、普段は偉そうにしている総代のモーでも、やつをバカにはできない。

オレたちは一時間半ほどカリカリとノートをとり続け、ようやく二十分の休憩に入った。部屋にいた仲間たちはいったん解散し、それぞれトイレに行ったり、食べものを買いに行ったりしている。

オレはといえば椅子から立ちあがったが……。

「どこ行くんだ？」

ほら来た。「ハニー」が呼び止めたぞ。

「何か食いもの買いに行ってくる、お前にもこっそり買ってきてやろうと思ったのに」

「座れ。オレが教えてやるから。——お前ら二人は外に行く？　それともここにいる？」

サードが残り二人の人でなしのほうを向いた。けれどその表情は質問したって感じじゃない。むしろオレたち三人に命令をしている。

「そんな顔で言われたら、ここにいるしかないだろ」

トゥーが元の席に腰を下ろした。女の子とチャットをしようと立ちあがったボーンも、トゥーに続いて座り直す。

「じゃあ、この資料を見て。特にカイ、お前はなんにも答えられなかったんだから」

オレは素直に命令に従った。

サードがオレの隣に座り、もう一度一つずつ丁寧に説明してくれる。何度も繰り返し教えてくれるのだが、オレの脳みそは理解できたりできなかったり。その時間のほとんどを一生懸命話しているやつの横顔を眺めるのに費やしていた。

「かわいい」

しまった。口が滑った。

「なんて言った?」

当人に睨まれ、オレは慌《あわ》てて視線を逸《そ》らす。

「なんにも。映画のことだよ」

「しっかり聞けよ。試験で合格しなかったら、お前ら三人の頭をぶちのめして気絶させてやる」

そんなのどうってことない。けど、口論したくないから黙っておく。うぐぐ……。

サードは二年以上にわたる人でなしメンバーの一員で、なんでも助けてくれる。飲み友達にもなってくれるし、試験が近づけば先生、誕生日には飲み会の幹事、そして学部の行事のときには召し使いにだってなってくれる。仲間のみんなの悩みに耳を傾け、聞き役にもなる。けれど……サードは自分の悩みを誰にも話したことがない。

これまでオレは、やつにとってどれほど最低な友人だったんだろう。オレの彼女はサードに迷惑をかけてばかりだったし、トラブルに見舞われたときだって、オレたちは仲間として助け合っていたとはいえ、サードが言いださなければ大して関心を払わず、知らんぷりだった。過去のことを思いだすたびに、オレはひどく落ち込んでしまう。だからこそ、これからはいい思い出を作りたいと思う。

「これはどうしてAなんだ？　選択肢Bのほうが正しいんじゃない？」

「まちがってる。この文章は過去形だから、この単語は使えない。じゃあ説明するから――」

サードは長々と説明を始めた。その説明が終わる頃にはボーンは椅子に寝そべり、腕をおでこに乗せてうんうんと唸《うな》っていた。

「勉強しすぎてストレスが溜まっちゃった。今夜はオレをかわいい子のいる店に連れてってくれ」

「オレも一緒に行く。ムラムラしてたとこ」

トゥーとくそボーンが話す中、オレはしらばっくれて尋ねた。

「お店って？　ミルクを飲ませる店か？」

サードがすぐさま不可解というような視線でオレたち三人をじろりと睨んだ。おそらくこの視線にはよからぬ意味があるはずだ。

「そう。おっぱい飲み放題。カイ、興味ある？」

「オレも行っていい？」

オレは個別指導教官に尋ねた。

「勝手にしろよ」

「不満がありそうな顔だな。じゃあ、お前ら二人で行け。サードが行かせてくれないから」

「オレはそんなこと言ってない」

「口では言ってないけど、目で言ってる。まあ、別にいいよ。オレはそういう悪さはやめるから」

友人二人に当てつけを言ったのだが、ボーンとトゥーはまったく動じない。それどころか、勉強会の後半をサボって、すぐにでも夜の店に繰りだそうとする気配を漂わせている。

「そんな言い方したって、オレが気にするわけねえじゃん。もう続かねえわ。じゃあ明日な」

「サード、お疲れさん」

注意をしようとサードが口を開いたが、あの二匹の素早さには敵わない。

「カイ、お前のせいだぞ」

「オレとなんの関係が？　行きたきゃ行かせろ。どうせあいつらはなんとかなるよ。いつでもギリギリで点はとってるみたいだし」

じゃなきゃ、オレと同様にサードに拘束されているはず。

「そうだな！　お前だけだよ、救いようのないやつは。ボーンから聞いたけどお前、インキンタムシになったことがあるらしいじゃないか」

「そんなのずっと前だよ。乳離れする前の話だ」

「オレは友達だから警告するだけにしとく」

「罵ったっていい。けど友達なんて嫌だ。オレの言ってる意味、分かる？」

「……」

「おヨメさんになってほしいんだ」

「死ね」

「それは困っちゃうな」

「ふざけやがって」

「もっともっと〜。喧嘩するほど仲がいい、ケンカップルって感じだなぁ」

「お前にチャンスをやったのは、お前と付き合ってもいいっていう意味じゃないぞ」

その口調はそれほど深刻でもない。邪魔くさがってるみたいな口調だけど、サードのいつもの話し方のくせだ。だからオレは怯むことなく、上機嫌でまた軽口を叩く。

「オーケー。まだ心を開いてくれなくても大丈夫。構わないよー」

口ではそう言いながら体は別で、オレはここぞとばかりにやつのほうに体を傾けて最後には膝まくらに持ち込んだ。サードがオレの耳を引っ張ったり、顔を叩いたり、髪を乱暴にかきまわしたりして起きあがらせようとするけど、オレは厚かましくべったりとやつの腰にしがみつき、離れない。

そのとき、ドアが開き何人かが部屋へ入ってくる足音が聞こえた。一番はっきりとオレの耳に響いたのは、総代であるモーの声だ。

「カイは寝ちまったのか。さっきトゥーとボーンが下にいたぞ。店に遊びに行くってさ」

「バカなやつら」

「ところで、カイだけどさ。椅子は他にたくさんあるのに、どうしてお前の膝に頭を乗せて寝てるんだ?」

「甘えてるんだよ」

「こいつがお前にぐずぐず甘えるなんて笑っちゃうなぁ。ホントの恋人同士だって言われたら、信じちゃいそう」

「適当なこと言うなよ！」

サードの声が耳に響き、オレはその細い腰を抱く腕にぎゅっと力を込めた。

「見たままを言っただけ」

「オレたちは、なんでもないんだよ！」

「はいはい」

「カイはただの友達だ。これは寝てるだけ。だからオレは放ってる」

「あっそ」

「その、こいつの成績が悪いから特別に教えてやってたんだよ」

「分かった」

「なんでもないんだ、本当に。簡単な問題でもまだまちがってるし。だから教えてやんないと」

「……」

「この問題なんて、答えはAなのにCって書くしさ。なんでそうなるのか全然分かんないよな。そうだろ？」

「なあ、サード……分かったって。なんでそんなに焦《あせ》ってんの？　ったく」

モーがそう言って背を向けた瞬間、オレの頭をかきむしっていた白い手が、耳を乱暴に引っ張った。

オレは歯を食いしばって、心の中でうおっとか、ぐはっとか声を上げる。

ったく！　何一人で勝手に焦って、オレに八つ当たりしてんだよ。痛いっつうの。どうすりゃいいんだ。

運命はオレたちを引き合わせてくれた。だけど、そのあとに起こるのは自分の悪行の報いばかりだ。

はぁ、やってられん！

Khunpol Krichpirom
最初の結果発表来たぞ　平均点以下からの浮上作戦開始だ！

Manut Molitkul
水面に上がったことあんのか　カイ　先生が気の毒

BoneChone
お前に特別指導したサードのほうが気の毒

Khunpol Krichpirom
泣いてるかな　怒ってるかな　許してね @Third Techaphon

「口だけは一人前だな」

メンションされた本人がスマホを下ろすと、しかめっ面が見えた。

中間テストが終わって一週間後、最初の科目の点数が発表された。結果はさんざんだ。

「怒ってる？」

「なんでオレが怒るんだ？　お前の点数だろ。お前の将来だろ」

「半分はいったぞ。平均点より下だってだけで、いつもよりずう――っといい」

「知らん」

「楽しもうぜ、パーティーなんだし」

――ドボーン‼

目の前のプールから、水に飛び込む音が聞こえる。もちろん、フィルムの学生の伝統に倣《なら》って、みんなで集まって大騒ぎしているからに決まっている。

試験が終わるとオレたちはいつもパーティーをする。ストレスを発散して次のプロジェクトに向けて英気を養い、いろいろなアイデアを出し合うためだ。このプールパーティーはプライベートな集まりではあるものの、フィルムの学生が全学年からやってきて親交を深めている。

まだギプスがとれないオレは、プールの中でビキニ姿の女の子たちといちゃいちゃすることもできず、だらしなくクッションの上に寝転がった。まったく、もったいない限りだ。辺りにはＢＧＭが流れ、アルコール飲料もたくさん揃っている。だが心とは裏腹に、飛んだり跳ねたりダンスしたりできない体のオレ。トゥーやボーンと比べてしまい、たちまち泣きたくなる。やつら……水に潜っては浮きあがって、うきうきした表情で女の子を引っかけていやがる。

フォーカスをクンポン氏に戻してみよう。短パン一枚に上着はなし、ギプスを嵌《は》めた左足はキャンバス地のクッションの上に乗っている。その上、傍《かたわ》らにはサード以外にチェーン先輩と憎きアンまでいて、オレが悪さをしないか見張っている。目障《めざわ》りなのにもほどがある。

「カイ、酒飲むか？」

心の中での悪口が聞こえたのか、クマ人間のチェーン先輩が尋ねた。

「いいねー」

「シャンパンとウォッカ、どっち？」

「ウォッカ」

手頃なサイズのグラスになみなみとウォッカがそそがれ、何も加えないまま、こちらに差しだされる。氷もなんにも、だ。

「そのままいけ」

「ああ」

飲み干すと、燃えるような熱が腹に下りてきた。苦みが脳髄まで行き渡り、心地《ここち》よさに思わず顔をしかめる。酒を飲んだのはいつぶりだろう？　一杯やってしまうと、たちまち体中に弾けるようなエネルギーが湧《わ》く。

サードはオレを止めなかった。やつの手にも酒の入ったグラスが握られている。オレたちは流れる音楽と、プールにいる人たちの幸せそうな笑い声を聞きながら、黙って飲み続けた。


しばらくして、思う存分泳いで女の子といちゃいちゃした人でなしの友人二人が戻ってきた。

当然のことながら、夜が更《ふ》けるにつれてパーティーは盛りあがり、飲めば飲むほど皆の頭もイかれてくる。血気盛んな青年たち、つまりフィルムの仲間たちは、車座になっておもしろおかしい馬鹿話を始めた。会場には他にもたくさんの輪ができている。一年生は二年生と仲がいいし、三年生は今オレたちがそうであるように四年生と親しい。

「まだウォッカいる？」

「よっしゃ、来い！」

オレはいける口である。ビールに他のアルコールを混ぜたり、女の子がプールサイドで飲んでいるようなバケツカクテルをあおったりしなければ、一晩中飲んでいても平気だ。

「ほらよ、人でなし」

宴《うたげ》のメンバーの一人が、オレにグラスを差しだす。

「もう人でなしじゃない。一途になったもん」

「ほお——、じゃあグループ名を変えんのか？」

「変えない。人でなしじゃないだけだから」

「変えろよ。クズって名前はどうだ？」

「うるせー。ぶん殴って歯をへし折ってやろうか」

「お口の悪いこと」

「誰かさんには、こんな口叩きませんけどね」

オレはそう言って、隣で一緒に飲んでいる人のほうを見た。サードはもともと冗談ばかり言うおもしろいやつなのに、オレといるときはなぜかずっと怖い顔をキープしたままだ。つまんねえの。

「クズなんだから、クズだと認めろ。恥ずかしがらなくてもいいだろ」

「あーあー、オレはサイテーだよ。クズで、欲深くて、大まぬけで、手に負えないやつだよ。けど、顔はいい」

「最後のは余計だ、バカ」

「ほんっと、どうしようもねえわぁ……プリチャーは」

「それ、オレの親父っ〔タイの子どもの喧嘩は相手の親の名前を言い合って罵り合うのが定番。大人になっても両親の名前を呼ばれると目の色を変えて怒る〕」

今頃父さんが家でくしゃみをしてるにちがいない。こういう親の名前でからかうやつ、うんざり。それなのにこいつら、楽しそうに笑っていやがる。

オレたちはノンストップで飲んでは酔っ払って歌い、ギターをかき鳴らした。体が熱くなると交代で水に飛び込んで冷やし、戻ったかと思うとまたぐびぐびやる。明日は土曜日。どれほどひどい二日酔いになろうとも、誰にも文句は言われない。

夜十時になってかなり盛りあがってきた頃、女の子たちがやってきた。ダンスをしようよと誘ってきたり、酒をついでくれたり。そして次に現れたのは……。

「わあお――。ヌーナーちゃん、何、どした？」

ピンクのビキニがとっても眩《まぶ》しい。

二年生の後輩がボードを手にしてやってきた。傍にはもう一枚ボードが置かれている。彼女の豊かなおっぱいに何人もの視線が集まっていて、以前のオレならもうアソコを硬くして、欲望のままに即抱きついているところだ。けれど今はそんな勇気はない。硬くなることさえもおこがましい。なぜならすぐ隣で一匹の鬼がオレを見張ってるから、ね。つまり、サードが……。

オレはクソなやつだけど、オレの未来のおヨメさんはかわいい。

もしサードと付き合うことができたら、オレは二分ごとにＳＮＳに「Happy anniversary」のメッセージを投稿するぞ。見ているがいい、ここいらにいるあいつ――アン先輩に思い知らせてやる。

「今夜はプールパーティーに来てるフィルムの学生の中から、ホット・ボーイとホット・ガールを選ぶんです。男女で分かれてるから、気に入った人にステッカーを貼ってくださいね」

「ねえねえ――、君の体に貼ってもいいの？」

「ダメです。ボードの上にお願いします」

やめとけ、ケダモノどもめ。

それぞれのボードには、事前に選ばれた十人ほどの候補者の名前があった。女の子のほうは知っている名前ばかりで、美人でセクシーな子が揃っている。男のほうはオレたち人でなし全員の他に、各学年からも名前が入っている。そして、宿敵アンもエントリーされていた。

ここで注目すべきは誰がエントリーしているかではない。サードが誰に投票するかである。

オレたちは男女それぞれ三つのハートのシールをもらった。誰に貼ってもいいのだ。女の子のほうは迷わず一番バストの大きな子に投票した。続いて男のほうを眺めたが、オレが投票するのはもちろんサード。ボーンとトゥーのシールまでもらって、愛の追加点を加える。

サード　：　♥♥♥♥♥♥♥♥♥

いっぱいハートをつけてあげるからね。

オレだけで九点も稼いじゃったじゃないか。ただし、オレがもっと胸をときめかせているのは、隣に座っている人物が誰の名前にシールを貼るのかってこと。お願いだから、オレの気持ちに応えてくれよな。

「ほら貼ったら？　誰に投票する？」

サードの手がボードに伸びた。小さな赤いシールが誰かさんの名前の上に貼られる。

「トゥー、一点」

周りのやつらがいちいち実況中継する。

二つ目のハートはボーンだ。三つ目は……。

「コ、コホン」

オレは小さく咳《せき》をして相手の関心を引いた。サードはかわいらしい目でオレを振り返り、渋々といった様子でシールを貼る。

カイ：♥

「一つだけか」

オレは半分おどけて、半分真剣に言った。

「一つでも、もらえないよりマシだろ」

一番ヘコむ返事。サードの反応を見守っていた周りの仲間たちがざまあみろと言わんばかりに、楽しそうにはやし立てる。

「サードってば、一途じゃないいなぁ」

オレは負け惜しみを言った。

「お前よりいいだろ。こうやってたくさん投票すんのは、〝心がたくさんある〟〔タイ語で浮気者の意味」〟って言うんだよ」

「たくさんかもね。でもあげたのはお前一人だけだぜ。な？」

　一本！

「ヒューヒュー――。お前ら二人、どうなってんの？」

「恥ずかしがるなって。みんな見てるぞ」

　これがマズかった。とたんにサードがどんな顔をすればいいのか分からないといった様子で動揺し始める。そして、余計なことを言ったオレは、相手に怒声を浴びせられないよう、必死でやつをなだめなくてはならなくなり、元通り酒を飲むのにえらく時間がかかった。疲れるわぁ。だけどまあ、チェーン先輩とアン先輩は悔しがるだろうから、これはこれでいい。

最終的に誰が今宵のホット・ボーイになるかは分からない。だが、オレにとっては……サードに決まりだ。

　夜はさらに更けて、血液中のアルコール濃度もどんどん上がってきた。オレたちは歌ったり、踊ったり、血気盛んな若者らしく馬鹿騒ぎをして、世にも奇妙な酔っ払いたちのゲームに次から次へと引きずり込まれた。トランプに始まって、嘘《うそ》つきゲーム。そして今、三つ目のゲームが始まっていた。負けたやつはグラスの酒を飲み干さなくちゃいけないルールで、オレもそろそろヤバくなってきた。世界がぐらんぐらん揺れて吐きそうだ。

　始まったのは、Never Have I Ever《ネバーハブアイエバー》〔したことない〕ゲーム。

「オレはスワッピングをしたことがない」

「ある」

「なんだと――？」

グラスの酒を飲み干す、ゴクンゴクンという音が繰り返される。

このゲームは時計回りで順番に、今まで経験のない物事について「○○したことがない」と発言し、それをしたことがある者は、グラスの酒を飲み干さなければならないというルールだ。このゲームのおかげでそれぞれの悪行が暴露される。酔っ払ってつい秘密を洩《も》らしてしまうのが楽しい。

「ベッドにおしっこしたことがない」

「ある！」

ったく、何言ってんだよー。その場の全員が一気飲みする。どこの世界に生まれてこの方、ベッドにお漏らしをしたことのないやつがいる？

「オレは……これまで付き合ったのは十人以下では、ない」

「オレはちがう！」

サードを含め、何人もが立ちあがってグラスを空にした。けれど、オレ、トゥー、ボーン、そしてアンの野郎は静かに目配せし合っている。

今まで誰と付き合ったかなんて訊いてくれるな。申し訳ないがオレだって覚えていない。ただ、これまでの自分の行いは、今のオレとサードを脅《おびや》かすオバケのようなものらしい。サードの顔から冗談っぽい笑顔が消えて、無理に作った微笑だけが残るのを見て、オレはやつを抱きしめたくなる。

ああ、オレがまちがってた、ごめん、と。

「次だ次。オレは評価でAをとったことがない」

「オレはある！」

皆が立ちあがって、一気飲みをする。……オレ一人を残して。

「そっかー、カイ。ドスケベに生まれただけでなく、頭も悪かったね。大丈夫、泣かないで～ガハハハッ」

ちくしょう。じっと座ってなきゃならないことより、この先輩にバカにされるのが一番ヘコむ。チエーンめ、このクズックマ！　おバカに生まれてしまった自分が悲しいなぁ。

今度はボーンに順番が回ってきた。やつは車座をぐるりと眺め、何か考えている様子だ。このゲームでは、飲ませる人数が多ければ多いほどいい。だが、それにもまして盛り上がるのは、人の秘密を暴露する「〇〇したことがない」が出たときだ。

「オレは……親友を好きになったことはない」

「オレはある」

抑揚のないサードの声が耳に飛び込んできた。白い手がウォッカで満たされたグラスを持ちあげ、飲み干すと、テーブルにこつんと音を立てて置く。静けさが辺りを包み込んだとき、トゥーが言った。

「カイ、お前も飲め。それとも氷を入れて薄めるか？」

「そうだな、オレはある」

そう言ってグラスの酒を一気に飲んだ。とり囲む仲間たちが一瞬声を失う。

オレたちのグループは四人しかいないし、すごく仲がいい。オレにとって親友と呼べるのはこいつらだ。その中の二人が飲んだのだから「カイが好きなのはボーンだ」なんて誤解するやつはいないだろう。

サードの番が回ってきた。オレたちは固唾《かたず》を呑《の》んでやつの言葉を待つ。

「オレは試験で、落第したことがない」

「サードてめえ、ちくしょ――」

全滅である。飲まずにいることができたのは言った本人ただ一人。

そのあとは、自分のとっておきの秘密をばらされてはたまらないと、全員が警戒するようになったので、リーダーの四年生が新しいゲームを提案した。もちろん、みんな酔っ払っていて深く考えずに賛成する。ついでに「このゲームを始めたら、絶対に途中で抜けてはいけない」というルールまで追加された。

新しいゲームは、その場にいる誰かに関するものや場所などの名前を挙げて、その人を当てることができたらセーフ、残りの者がグラス一杯を飲む、というものだ。

最初はアン先輩から。

「レンジファインダーカメラ」

「チェーン先輩」

「ちがう」

「トゥーだ」

「正解」

やった！　今回オレは冴《さ》えている。上機嫌で酔っぱらいどもがグラスを空にするのを眺める。

トゥーはレンジファインダーカメラの名機を所有している。だが大切にコレクションするあまり、やつが撮影に使っているのを見たことがない。アン先輩はいったいどうやって知ったのだろう。またオレたちの心の中を透視してやがったのかも。

「おい、マイルド。お前一番にまちがったろ。頭をテーブルに三回ぶつけろ」

「ひどくない？」

「つべこべ言うな」

頭を叩きつける音が三回続けて鳴り響き、おでこを真っ赤に腫らしたマイルドを見て、何人かが満足そうに拍手する。みんなゲームをやめるつもりはないようで、次々に順番を回していく。

「〝AV480XX〟」

「カイ」

「ちがう！」

「ボーン」

「せいかーい」

なんだあ？　なんでもかんでも、まずオレかよ。それはボーンの大好きなアダルトビデオだっつうの。ミカミだとかマユコだとか、知るわけないだろ。オレは何も知らない。なんで言いがかりをつけてくるんだ、わけ分かんねえ！

これまでの恨《うら》みつらみが火を噴き、オレは仲間に耳打ちして自分の名前を出したその四年生に、プール一往復の刑を命じさせた。ざまみろ。

今度はオレが目にもの見せてやる。

「〝REFLECTED〟二〇一〇年」

「チェーン先輩かな。いやビームか」

「ちがう」

「メーティーだ。やたらロマンティックなのが好きなんだ」

「ちがう」

「アン、お前か?」

「三回まちがったぜ。答えはサードです」

「うっそ――」

サードが何が好きで、何が嫌いかなんて、知っている人間はそういないのだ。トゥーやボーンだってそれほど知ってるわけじゃない。けどオレは、やつのことならすべて知っている……大切な情報だから。

ぐでんぐでんに酔っ払った三人が、ぐるぐるバット二十回をさせられている。一人がよろけてプールに落ち、なんとか上がってきてから、また続きを始める。次はトゥーの番だ。

「かのじょはいくおがくぶー」

「トンだ」

呂律《ろれつ》の回っていないトゥーの問題に、オレは自信を持って答えた。

「ちがう」

「マイルドか」

「せいかいでえーす。やあくがく(薬学)じゃなくて、りこおがく(理工学)だよー、ばあか」

足の裏で一発、顔を蹴り飛ばされた気分だ。さっきやつらにさんざん罰ゲームをさせたから、今回はこっちに相当な仕返しをしてくるはず。

「で、オレに何をさせる気だ」

これだけ飲んでもまだ平気なんだ。何だってちょろい。

「ボーンに一回キスするだけでいい」

「ちくしょ――――!」

なるほど、めちゃくちゃ残酷な仕返しだ。キスの相手として選ばれたボーンは、足を振りあげて自衛の体勢になる。とはいえ周りがやいやいと煽《あお》るので、オレは相手の顔を掴んで、息を止めて勢いよくおでこに一発キスをした。やるならしっかりやりきらねば、だ。

「大ぼけ野郎。ボーンにするんだよ!」

友人が大声で喚き立てる。――そう、ボーンの隣にサードが座っているのを見て、我慢できなくなったオレは、イケないことをしてしまったのだ。

キスされた当人が目を剥いているのを見た瞬間、思わず吹きだしてしまった。いきり立っているサードは、どうしてこんなにかわいいんだろう。

「うわっ! まちがえた。どうしようー」

「とぼけるなよ」

「ごめん、くらくらしちゃった」

「何がくらくらだ」

「サードごめんね。酔っ払ってオレ、もうダメだわぁー」

「ぐるぐるバット、二十回。もう一回やれ。鬱陶《うっとう》しいやつ」

オレたちはまたしばらくゲームを続け、再びボーンの番が回ってきた。やつは酔って潤《うる》んだ瞳でオレを見つめ、にんまり笑ったあと、短く言う。

「カイの好きな人」

「マットミーだ」

アン先輩がぴしゃりと答えた。オレの秘密、かなり知ってるんだな。だけど残念。マットミーとは何もなかった。だってオレ、その前に遊ぶのをやめたもん。

「ちがう」

「舞台公演でヒロインをやる、ピンクちゃんだろ」

「ちがう」

「マプラン」

「ちがう。三回使ったな」

「ちょっと待て。もう一回だけ。経済学部のファーだ」

「ちがう。まだ答えたいやついる？」

「オレが答える」

チェーン先輩が名乗りを上げた。

「じゃ、先輩どうぞ」

「サードだ」

ボーンが正解を明かさないので、皆の視線がオレとサードを行ったり来たりする。これはなんだ？質問がオレに関することだから、オレが答えるべきなのか？

「正解。オレはサードが好きだ」

「……」

「だから、手を出すやつは許さねえ」

「何言ってんだよ――――！」

《第13章》つきまといは世界を制覇するのではない。心を制覇するのである

「あー、正解。オレはサードが好きだ。だから、手を出すやつは許さねえ」

――カイのその一言は、その場にいた全員を驚愕《きょうがく》させた。

一晩寝て再び目を覚ましたとき、皆がその言葉をまだ覚えているかどうかは分からない。しかし、僕の心にはカイが何を言ったのかが、そらで言えるぐらいしっかりと刻み込まれていた。たとえ酔っ払っていたとしても意識はちゃんとしている。だがあのでまかせ野郎、カイときたらどうだ。理性を失っているとしか思えない。そうでもなければ、あんな言葉を口にするわけがないのだ。

それればかりではない。僕が発端でもないのに皆から質問攻めに遭《あ》い、根掘り葉掘り問い質された。確かに僕たちは約束した。僕はカイに本気を示すチャンスをやると言い、すべては順調だった。今夜、さっきの出来事が起こるまでは。

カイは爆弾発言のあと、少なからず責任を感じたようで、自分からゲームをやめると言いだし、その場はお開きになった。

「カイがあそこまで覚悟を決めてたなんて、信じられないよ。お前のこと、やばいくらい独占したがってたな」

僕はプールサイドに置かれたキャンバス地のクッションに倒れ込んだ。傍《かたわ》らにはチェーン先輩しかいない。他の友人たちは向こう側にある噴水の辺りでだらだら飲んでいる。だから僕たちの会話を邪魔する者はいない。

「どのくらい前から知ってたんです？　オレとカイが……」

言葉を濁しながら僕は、先ほどからこちらに視線を向けていた四年生の顔を見つめた。

「舞台公演のプロジェクトが始まった頃から」

「そんなにはっきり分かった？」

「前におかしいなって思ったことがあったんだ。お前らいつもくっついていたからさ。だけどそれは友達としての親しさだと思ってた。ただ、お前が四年生のオレたちとつるむようになって、自分のグループから距離をとってた時期があっただろ？　あれで確信した。人間ってのは何かに耐えられなくなると、そこから離れたくなるもんだ。そしてお前はカイから一番距離を置いていた」

「へえ、後輩のこと、よく分かってるね」

「お前はオレの弟分だからな」

「……正直、今のオレたちのわけの分かんない関係は誰にも知られたくなかった。自分でもカイのこと、まったく信じられないし」

カイのことは誰もが知っている。人でなし組といえば、真っ先にあいつを思い浮かべるだろう。カイに近づく女性は揃いも揃って痛い目を見る。僕でさえ、やつが何人の子と付き合ったのかなんて覚えていない。最初のうちはおもしろがって数えていたけど、時間が経つにつれて、とてつもなくくだらなくなって疲れてやめたのだ。

一年生から三年生の初めまで、カイが最も金をつぎ込んだのがコンドーム代だ。その次がプレゼント用の洋服と口紅。自分のためにはたいして買わない。本人はよく「一夜の果実を手に入れるために支払うんだ」と言っていた。セックスはカイにとって人生最大の悦楽なのだ。僕はそんなやつを憎々しく思う以外、何もできずにいた。

そしてなんの前触れもなく、ある日突然、カイは僕に好きだと告白してきた。僕が諦めようとしたそのときに、僕にアプローチすると宣言してきたのだ。こんな友人をどう信じろと言うんだ。

カイは本当に女遊びをやめるのか。自分は以前のように、傷ついて泣くことはないのか。保証なんてどこにもない。だから僕は前に踏みだせないでいる。

「分かるよ、カイがどれほどサイテーなやつか。オレが知らないわけがないだろ。だが、最近のあいつがずいぶん変わったのも確かだぞ」

「……」

「びっくりするほど、変わった」

そこで会話が中断した。プールの向こう側から二年生の後輩の澄んだ声が上がったからだ。

「お待ちかねの時間がやってまいりましたぁー」

後輩はマイクを片手に、わくわくした表情をしている。スピーカーから流れるＢＧＭの音量がほとんど聞こえないぐらい絞られ、みんなが好奇心に満ちた眼差しで声の主に注目する。

「では映画科プールパーティー、今夜のホット・ボーイ、ホット・ガールの発表です。ホット・ガールに選ばれたのは……美しい一年生、メイさんです。拍手をどうぞー」

賑やかで楽しいムードが戻ってきた。とても可愛らしい一年生がプールサイドを駆けていく。彼女の首にレイがかけられると、次の受賞者の発表に移る。

「ホット・ボーイは接戦になりました。けれどもこの方、とってもかわいいハンサムさんですよ。映画科、人でなし組のメンバー、三年生のサード先輩です。おめでとうございます」

何、僕だって⁉

「ほら。これがカイに起こった変化だよ。お前にありったけ投票して勝たせただろ」

チェーン先輩が顎《あご》をしゃくり、僕に立ちあがって前へ出るようにと促す。

別にそれほど嬉しくない。紙で作られたレイをかけてもらうだけだし。

「キャ――ッ」

「は？　何かあった？」

レイを受けとりに行こうとしたとき、プールにいた全員が瞬時に別の方角を振り返った。四年生の先輩たちが階段を駆け下りて、トイレのほうへ向かっていく。三年生の一部も蟻《あり》みたいにぞろぞろとついていく。僕はクッションの上のぽっちゃり男と顔を見合わせ、状況を確認しようと揃って下の階へ走った。

何が起こったのか分からない。とりあえず確認しないことには気になって、おちおち眠れそうにない。

トイレの前はずいぶんな騒ぎになっていた。上級生が下級生をここから立ち去るようにと追い払っている。人混みをかき分けて進むチェーン先輩の背中を追いかけて行くと、殴り合わないようにと友人たちに羽交《はが》い絞めされているカイとアン先輩の姿が目に飛び込んできた。見たところどちらも尋常な状態でない。

カイの口角と眉尻《まゆじり》には血が付着していて、一方アン先輩のまぶたには紫色のあざができている。二人の間にトラブルがあったことは明らかだった。

「何があったんだ？」

チェーン先輩が割って入り、アン先輩の傍らに立った。僕の方はボーンの近くで状況を見守る。そのボーンは狂犬のように暴れるカイの体を押さえている。

「カイのやつ、どうなってんだよ。いきなり殴りかかってきやがった」

「てめえのせいだろ。オレは見たぞ、何やってたのか」

「何したってんだよ!」

「二年の後輩をトイレに連れ込んでいちゃついてただろ。分かってんだぞ」

「お前となんの関係があるんだ。オレが何しようが勝手だろ、放っとけよ」

「放っとけるか。サード、よく見とけ。こいつがどこまでサイテーなやつか、な!」

僕は自分がどう関係しているのか分からないまま、二人の酔っ払いの言い争いに巻き込まれた。

「何? オレに何を見てろっていうんだ」

まるで分からず、僕は尋ねた。するとカイは腕を振りまわして力ずくで友人の拘束を振りほどくと、僕に詰め寄り、アン先輩の顔を指差して鋭い口調で罵った。

「だってこいつ他の女の子とキスしてたんだぞ! 分かってんのか」

「だから、それがオレとどう関係があるんだよ」

「こいつはお前のことを口説いてんだろ。なんでお前はそんなにバカなんだ!」

「バカはお前だ。先輩はオレを口説いてなんかないよ」

とんでもないことになってしまった。おまけに次々とカイの口から飛びだす罵倒《ばとう》の言葉に、周りのとり囲みが好奇の目を向ける。

「やつの弁護なんかするんじゃねえ。騙《だま》されてたくせに強がり言いやがって」

「それはお前だろ。どうしてオレのためだなんて言ってこんなことするんだ」

「だって焼きもちも焼きたくなるだろ。ちくしょー」

「なんでお前がそんなもの焼くんだよ」

「何言ってんの？　お前が好きなんだから、焼きもち焼くに決まってんだろ！　なんでそんなバカなこと訊くんだ、サード」

一同、騒然……。

その場がどよめきに包まれた。僕は棒立ちになったまま、イかれたみたいに頭をかきむしっているカイを見つめた。このバカ、正体もないほど酔っ払っているだけでなく、理性もすっかり飛んでしまってやがる。

カイが吐きだした言葉を一言一句聞いていたのは僕たちだけではない。すべてこの場にいる映画科全学年のやつらの知るところとなってしまっていた。

「まず冷静にならないか？」

僕は静かな口調で言った。

「どうやって？　お前のことでこっちは必死になってんのに」

「カイ、待てよ。お前、オレが女の子にキスしたから殴ったって言うのか？」

今度はアン先輩が口を開いた。赤黒く腫れあがった顔は、見ているこっちが震えあがるほどだ。

「ああ！」とノッポが叩きつけるように言い放つ。

「サードを口説いてるオレは、他の子にキスするべきじゃない、と？」

「ああ、そうだ！　オレと張り合う気なら、行儀よくしてくれよ」

「このまぬけ、オレはサードを口説いてなんかいない」

「嘘も休み休み言え。今まで口説いてたろ」

「そんなことを言った覚えはない。サードはオレの後輩だ。そんなバカなことするか」

「チェーン先輩から聞いたぞ、口説いてるって」

はっとしたように、皆の視線が一斉にぽっちゃり男に向く。

事の発端は、この男ということらしい。尻尾《しっぽ》を掴まれた先輩はへらへらと笑い、思わずぶちのめしたくなるような言い訳を口にした。

「あらま！　バレちゃったぁ。あははー」

「チェーン、てめえ！」

「オレはただ、後輩を守ってやろうと思ったんだ。カイがはっきりしなかったろ。結局のところ、今はサードのことどう思ってんだ？」

厄介事《やっかいごと》の丸投げは、このぽっちゃり先輩の得意技だ。僕の目の前にいるカイは、ふうっと酒臭い息を吐くとはっきりとした口調で言った。

「友達だ」

思った通りだ。やっぱり……。

「家族だ。未来の恋人だ。相談相手だ」

「……」

「オレにとってのすべてだ。これでいい？」

「オーケー、満足だ。じゃあみんな、お開きにするぞ」

何がお開きだよ……。

その夜のプールパーティーは、カイとアン先輩の殴り合いをフィナーレに終了した。けれどそのあとのみんなの注目は他でもない、僕に集中した。僕はいつの間にかさらし者になってしまったのだ。

チェーン先輩は、自分のしでかしたことを僕に白状した。「何もかもカイにきちんと自分の気持ちに気づいてほしくてやったことなんだ」と言い訳をして。親友のアン先輩ですらチェーン先輩の企《たくら》みに気づかず、まんまと騙されていたことになる。それればかりかチェーン先輩は僕とアン先輩の、先輩後輩としての関係を利用した。アン先輩が僕を口説いているとカイに吹き込んだせいで、あいつの頭のネジは吹っ飛び、ごらんの通り、揉《も》め事になってしまった。

そういうわけでチェーン先輩は今、ひたすら頭を下げてみんなに謝罪をしてまわっている。おかげでこっちはひどい目に遭った。今ではカイと一緒にいるだけで、フィルムの学生たちにおもしろおかしく冷やかされるというおまけ付きだ。それは学部の食堂でも変わらない。

僕とカイは食堂の店の前に立っていた。すぐに四年生の軍団がやってきて、僕たちの列の後ろに並ぶ。

「獰猛《どうもう》なトラが獲物にかぶりついてるぞ。助けに行かなきゃ」

指をポキポキと鳴らす音が聞こえる。先輩たちがわざとらしく言葉を続けた。

「オレらの人でなし坊やに近づくんじゃない。〝だって、焼きもちも焼きたくなるだろ！〟」

「――オレ、まだ何もしてませんけど？」

僕のすぐ後ろからカイの低く響きのある声が上がる。あの出来事があってから、ここ数日ずっとこんな調子だ。

カイが僕を口説いているとの情報が知れ渡ると、四年生たちが反応し、我らが映画科は二派に分裂した。一つは焼きもち派。学部内の治安が乱され平和が脅かされるという理由で、カイが僕に近づきすぎないように邪魔をしてくる。もう一つはカイがとりまとめているクズ派で、ほとんどが三年の学生だ。

今のところ、これについて当の僕はそれほど気にとめていない。この二派が僕を呼ぶあだ名につい て以外は。

カイは自分の一派をクズの人でなしチームと名付けている。一方、僕のグループは人でなし坊やチーム。

なんだそれは！　もう少し強そうな名前にしてくれたっていいのに。まったく嫌になる。

「もっと離れとけよ、坊や。こっちに野蛮なやつがいるからなー」

笑える。フィルムの学生は揃いも揃ってふざけたやつらばかりだ。相当の暇人だな、ここまで人のことにお節介を焼くなんて。

「料理はできたんだろ？　持ってやるよ」

心配派の先輩たちから逃げるためか、カイがそそくさと僕の皿をとりあげた。自分の料理は注文せず、テーブルへ向かってひょこひょこと歩きだす。

「食べないの？」

僕は我慢できなくなって尋ねた。

「サード保護の会があんなにいたんじゃ、注文なんてできるか。お前の一緒に食べていい？」

いたずらっぽくおどけて言う相手の両目を、フォークで突き刺してやりたくなる。

「他の店で頼め」

「分かったよ。でもオレはお前の皿を持ってきてやったぞ。そして、これから飲みものも買いに行く」

「それで？」

「お前はオレに借りができたってこと。だから明日、オレを食べ放題に連れてって」

「見返りを期待してるわけか」

「期待なんてしてない。強要してる」

「チェーン先輩とアン先輩に確認しないと。明日も何か作業があるのかどうか」

「何言ってんだよー。あるわけないだろ。もしあるって言ってきたら、オレがやつらをぶん殴って教室から出られなくしてやる。さんざんオレの頭ん中をかきまわしやがって」

カイは料理の皿をテーブルに置くと、僕に背を向けて飲みものを売る店へ向かった。

ボーンとトゥーは美味しそうに料理を口に運びながら、目の前で起こっている僕ら二人のやりとりを眺めている。

プールパーティーの夜、カイを部屋まで連れて帰り、傷の手当てをしたあともこの二匹はひたすら笑い続けていた。こいつらは今、どちらの一派に属しているのか。二人ともどうにも信用ならない。

「先輩にまたからかわれたんだろ」

尋ねるトゥーに、僕は返事をする代わりに頷いた。

「我慢しろ。四年生にはお前のファンが多いんだ。ただし、オレは人でなし坊やより、クズ・カイ派を応援するがな」

一番に引っぱたいてやるべき人物はボーンか。このお調子者め。

僕は二人の向かい側の長椅子に腰を下ろす。すぐにカイが戻ってきた。二本の飲料水のボトルを脇に挟み、手には一皿、料理を持っている。

当たり前か。もうすぐ十二時だから、きっと胃が苦情を申し立て始めたんだろうな。

「はい、お前の水」

「いくら？」

「あげるの。オレのポケットにカネをねじ込んだりするなよ。巨大サソリがいるぞ」

なんだよその警告。

「あー、怖い」

「巨大サソリが？　それともカイ君の巨大なアソコが？」

「クズめ」

下ネタはカイの得意とするところだ。しかしくだらない冗談を言っている場合ではない。学科の総代、モーが午前中のクラスで発表した情報によると、フィルムの三年生は間もなく出されるプロジェクト課題に注力しなければならないのだ。

「ちょっとは真剣になってくれ。三年最後の課題で短編映画を作ることになってる、あれ。今から考えたほうがいい。のんびりしてたら間に合わなくなる。誰かいいアイデアある？」

「写真部で撮影に出かけたときに、ざっと考えてみたことがあるんだけどさ――」

と、トゥーが手を挙げる。

「うんうん。どんなの？」

「コンセプトは、鉄道で海へと旅する間の人間模様っていうの」

「いいな。サードが一風変わった人間たちの関係を脚本に書いて、それを列車と海沿いの風景をバックグラウンドに撮影するっていうの。すごくよさそう」

珍しく、カイが冴えたことを言った。

「追加でちょっと。電車に乗って雨季に海に行くのどう？　メインテーマは、鉄道と雨っての」

ボーンも手を挙げて意見を言う。

「で、人間模様ってのはどうする？　恋人同士か」

「友達にしよう。言葉に強烈なパワーがある」

「このコンセプトでいくわけ？」

「サード君、これよりいいものがあるわけ？　ＳＦの宇宙世界はとっといて、四年でやろう」

また見透かされている。僕は誰もやったことのないような実験的なことがしてみたかったのだが、それは来年に持ち越しらしい。

「やるんなら、今から少しずつ考えとけばいい。ロケハンにも行かないとな」

「長期休暇に入ったらにしよう。モンスーンの時季な！」

何とんでもないこと言いだすんだ。嵐の中で命がけでやるようなもんでもないだろ。

「じゃあこれを大枠にしといて、また他のジャンルでアイデアが浮かんだら話し合うことにしよう。けど、オレはこのコンセプト、好きだなぁ」

「オレもだ。Friends...Train...Rain なんてユニークじゃん」

トゥーが言い、僕ら四人は座ったまま顔を見合わせる。言葉はなくても感覚だけで通じる、ある種の合意がなされたみたいだ。見たところ、これに対抗できるプロットを思いつく者はいなそうだ。だって僕たちには、今考えてるこのプロットがもう充分素敵なものに思えたから。

「じゃあ、もう一つ提案。その人間模様は友達同士の愛情ってところから始まって、最終的には恋人同士の愛情で終わるってのはどうだ？」

カイはこの映画制作にすごく興奮しているようだ。でも、こちらを見つめるその表情を目にした瞬間、僕はふいに鳥肌が立つのを感じた。

「どんなふうに？」

ボーンが尋ねる。

「だからオレとサードの話を書くの。最後には絶対に付き合うことになるから」

「やめろ」

頭どうかしてるんじゃないの？

「たとえば……サードが拳銃みたいに残酷だって気づいて、オレが女遊びをやめる、とかさ」

「撃ち返せばぁ？」

「なんの話してんだよ？」

「撃ち返して、穴だらけにしちゃおっかな」

「えっ！　まだ分かんないの？」

「……」

「〝サード。お前に対してのオレのモットーは、愛さなくていい、隙を見せてくれさえすれば、だ。

だからオレの近くでそんなにかわいい顔すんな。たまらなくなる〟なんてな～」

「うぉお――――」

下ネタ一色になって会話は終了した。

カイは普通の人間とまるっきりちがう。やめたのかどうか定かではない女遊びに加え、思春期から勢いの止まらない性欲もそうだ。誰がこいつとヤりたいなんて思うものか。僕だってカイのセックス好きに辟易《へきえき》している人間の一人だ。だからこれ以上心を開かないほうがいい。

最終的に泣きを見るのは……僕になりそうだから。


カイお坊ちゃまをマンションに送ったあと、僕は自分の部屋へ戻った。

服を着替え、パソコンの前に黙って座る。しばらくするとトゥーが部屋にやってきた。図々しく僕のベッドの上に飛び乗ったトゥーは、まるで自分の部屋にいるみたいに寝転がり、しばらくスマホをいじった後、ようやく話を切りだした。

「明日空いてる？」

「あー……ダメだな。チェーン先輩と約束してる。舞台公演のほうが形になってきてるしさ」

本当は明日の約束なんてない。僕はうっかりカイと食べ放題に行くことに同意してしまっていたのだ。しかし面子《メンツ》を保つために、そのことは言わないでおく。

「で、それカイは知ってんの？」

「知ってるんじゃないかな」

「あいつ、明日はお前と約束があるって言ってたけど」

「ふん！　行かないよ」

「そうなの？　カイもかわいそうだな。明日はお前と食べ放題に行くんだって、わざわざオレに言いに来たんだぜ」

「オレはまだそこまでやつを認めてない。カイはわきまえるべきだろ」

「え？　じゃあまだやつとつき合う気にもなってないってこと？」

「オレは吹っ切ってたんだって」

「そうだよな。分かるよ、ずいぶん傷つけられたしな」

「だからチェーン先輩に言われた通り、心じゃなくて頭を使うことにしてるんだ」

逃げてるわけじゃない。少しは自分を守らなければ。そうすることで、期待していた通りにいかなかったとき自分を守る盾《たて》にはなる。僕は今までの経験から、人の気持ちは当てにならないものだと学んだ。カイのようにふらふらした人間が相手なら、なおさらだ。

「チェーン先輩がお前に心より脳みそを使えと？」

「うん」

「けど知ってるか？　その先輩は今まさに頭より心を使ってるぞ」

「……！」

「でなけりゃ、彼女にあんなにデレデレしてねえわ。ばーか」

騙されていたことよりも、僕は友人のこの罵倒の言葉に傷つくのだ……。

夕方の五時に講義が終わると、人でなし組は解散した。

他のメンバーにはカイをマンションまで送ると言っておいた。だから僕たちがこのあとどこへ行くか、誰も知らないはずだ。ノッポに確認したところ、やつも誰にも話していないと言っていた。それを聞いて一安心だ。自分の言葉と裏腹な行動をとっていることを、トゥーとボーンに罵られずに済む。

「先にメシにしない？　講義が終わってから腹が減ってるんだ」

カイの誘いに僕は頷いた。

「どこで食べたいの？」

「この店の食べ放題が美味い」

「ああ」

連れ立って店内に入り、カウンターのエリアに席をとる。カイは松葉杖を脇に置くと、椅子に腰を下ろした。さまざまな料理を載せたベルトコンベアが目の前を流れているので、食べたいものをすぐに手にすることができる仕組みだ。

「飲みものは何が欲しい？　とってくるよ」

「いらないって。歩くの不自由なのにまたカッコつけちゃって」

「普段からしてやってることだ」

僕はカイの反論を聞かなかったことにして、さっさとグラスをとると飲みものをそそぎ、それを骨折している相手まで運んだ。

「もうすぐギプスがとれる。すっきりするだろうなぁ」

僕の耳の傍で深みのある声がぼやき、流れていく皿に手を伸ばす。カイは箸《はし》で料理を口に入れながら、前に置かれた鍋に具を投げ入れている。食べるかしゃべるか、どちらかにすればいいのに。

「でも、まだ走れないからな」

カイはギプスがとれても三カ月は走ることは禁止だと医師に言われている。いい気味だ。

「分かってるって。ギプスがとれたらもう迎えに来てくれないんだろ？」

「そりゃそうだ」

「実家から車を借りたんだ。広いからお前も乗り心地がいいぞ」

「オレは車持ってるし。関係ないだろ」

「お前はオレの送迎をしてくれたから、フェアにしたい。今度はオレが送迎する」

はあ？　僕の運転手だと？　ふん！　そんなのいるか。見返りを期待してるに決まってるんだ。

「いらないよ」

「了解だな。よかった」

「人の言葉が通じないのかよ」

「人の言葉なんて聞いてない。自分の心の声を聞いたの」

ゲロが出そうな台詞。

「お前のマンションは大学のすぐ近くなのになんで行ったり来たりするんだよ。オレに何かあったらトゥーとボーンが助けてくれる」

「それとこれとは別。最初はオレ、お前らと同じアパートに引っ越そうと思ったりしたけど、今はもういい。いつかお前がこっちに来て、一緒に暮らすんだろうから」

「寝ぼけてる？」

「希望は持ったほうがいい」

はあ――。好きにしてくれ。

カイとのくだらないだらだらした口論を終え、僕はベルトコンベア上に流れる皿を選ぶことに専念した。けれど手を伸ばすたびに、その皿はすべて一足先に悪がしこい人物に奪いとられてしまう。

「からかってるだろ」

きつい口調で尋ねたのに、カイはにっこり笑った。

「からかってないよ」

僕は再び新しい皿に手を伸ばす。

「ほらみろ」

狙《ねら》った皿は、やはり先まわりして横どりされた。

「耳の近くで何がちゃがちゃ言ってんだ。うるさいったら」

「お腹が減ったんだ。食べたいんだよ！」

「ほら、とってあげただろ。自分で食べるつもりじゃない」

カイがそう言って、楽しそうにくすくす笑う。

僕は視線をテーブルに落とし、じっと色とりどりの皿を眺めた。確かにカイの言った通りだった。並んでいるのは僕の好物ばかり。普段から僕は嫌いなものは絶対にとらない。そして目の前にある皿の中に嫌いなものは一つもない。

「このエビは茹《ゆ》でるぞ。後で殻《から》を剥いてやる」

カイが上機嫌で言った。

「いらない。自分で剥くよ」

「手を怪我するぞ。食べにくいし」

「お前の手垢《てあか》がつく。食べたくない」

「じゃあこの中で手を洗うか」

「おい、何すんだよ」

カイがそのごつい手を熱々の火鍋に突っ込む仕草をしたので、僕はすぐさま声を上げた。さては、こっちを攪乱《かくらん》させる陽動作戦か。やけにはしゃいじゃって。

結局僕はカイの好きにさせることにした。食べたり、言い争ったり、そしてラッキーなことにエビを剥いてもらったり。一方やつの方は僕にサービスばかりして、自分はほとんど食べていない。

「カイ」

ふいに誰かがノッポを呼ぶ声がして僕の幸せな食事が中断した。

記憶にまちがいがなければ、この人は一時期、どこへ行くにもカイと一緒だった相手だと思う。ただし、彼女の名前は知らない。なにしろ、僕の友人とカイには数え切れないほどたくさんのギッグがいるから。

「ああ。元気だった?」

「食べ放題?」

「うん。誰と来てるんだ?」

カイが訊く。

「友達と。じゃあ行くね」

「分かった」

「バイ」

「バイ」

名残惜《なごりお》しそうにしちゃって。

「なんだ？　人でなし坊やが嫉妬《しっと》か？」

相手の視界から外れた途端、カイが僕の顎を撫《な》でて、からかうような態度をとる。おもしろくもない。僕はさっとやつの手を振り払った。

「焼きもちを焼いてるように見えたのか？　イかれてる」

「焼いてない、でいいよ。さっきのは昔の遊び相手」

「ああ、なんとなく覚えてる」

「お前ってすっごいなぁ。オレはあの子の名前も覚えてないのに。ハハッ」

なんてやつだ。最低最悪。これが一心不乱に僕を口説いている人物か。疎遠になった途端に、名前も忘れてしまうのかよ。

「カイ、訊きたいんだけど」

「どーぞ」

口ではそう言いながら、やつの手は忙しくエビを剥いては僕の皿に入れている。

「これまで付き合った人で一番の人って誰？　お前が大好きになって付き合った女性の中で、って意味だけど」

だって前に言ったみたいに、僕はやつのこと信じられないでいるんだ。心の奥底ではまだ、カイの気が変わるんじゃないかって恐れてる。だからこの機会にずっと心に引っかかっている件を尋ねてみることにした。

「まあ、一番なんていないよ」

「じゃあ、恋人として付き合ってた子のことはどう思ってたんだ？」

「ジェムか？　拗《す》ねた時にいつもオレに拗ねてる理由を当てさせようとする子ね。訊いたら訊いたで話してくれないし、しょっちゅう別れるって言いだすし。なのに、こっちが鬱陶しくなって別れるって言ったら怒りだしてさ。思いだすと腹が立つ」

ちぇっ。言ってること全部、相手の悪口じゃないか。

「でも実際のところジェムもいい子だよ。すぐ拗ねるけど気づかってくれるし。けど、オレが遊びをやめないから彼女もすぐに愛想をつかしちゃった。オレがどんだけサイテーだったか、知ってるだろ。彼女にはオレよりいい人間がいる」

「分かってるんだ」

「お前はちがうんだ。お前にはオレよりもっといい人間に出会ってほしくない」

「……」

「お前はオレみたいなサイテー人間と一緒にいなさい、って」

そんな言葉を聞くと、こいつの耳が吹っ飛ぶくらい引っぱたいてやりたくなる。

「鬱陶しいやつ。お前の顔に熱湯をかけてやりたいよ」

「じゃあ代わりに、オレはお前の首に痕《あと》をつけてあげる」

このダニ野郎。お前って男は人間を超えたエロ生物だな。友人として付き合っていたときは、ここまでおちょくられたことはなかったぞ。今はなんだってこうして二分ごとに品性の欠片もない口を利《き》くんだ。

これじゃあ僕はR18指定のウェブサイトの会員になって、カイの底なしの性欲を治療するためにセックストイでも買っておくしかないのかな……。

「食べようぜ。おー、よしよし……冗談だって」

お前の顔は真剣そのものだったけどな。

食べ始めると、またすぐにやつがこちらに目配せをした。まだ食べ足りない僕とは裏腹に、カイは満腹で手持ち無沙汰なのだろう。僕も怖い目つきを作って睨み返す。

「なんだよ？」

「スマホ見せて」

またプライバシーを侵害する気か。トゥーにこっそり僕のスマホをチェックさせたの、まだ未精算だぞ。

「渡すもんか」

「ありがとう」

言った瞬間、カイの手が僕のズボンのポケットに触れる。しれっと他人のスマホを抜きとるなんて、どこまで図々しいやつだ。

しばらく操作してから、カイがぼやいた。

「パスワード、変えた？」

「前のを使ってるわけないだろ」

「あ、入れたわ」

「くっそー。なんで分かったんだ?」

「お前の考える番号なんて、たかが知れてる」

——Rrrrr...!

「電話だ。こっちに寄こせ」

僕は渡せというように指先をくいくいと手前に引いたが、カイは従わない。首を振ると傍らに置いていたスマホをとりあげ、表示された名前を確かめている。

「オレのスマホの音だった」

「じゃあお前、オレのスマホを先に返せよ」

「ボーンだ。お前が出て」

やつの大きな手がこちらにスマホを差しだした。

「なんでオレが?　お前が出ろよ。それからオレと一緒にいるって言うなよ」

僕が厳しい声で念を押すと、ノッポは命令通りスマホに向かって話しかける。

「何?　……外だよ」

僕は精いっぱい音量を抑えた声で、「オレは一緒じゃないって言え」と念を押す。

「サードはいない。なんで電話してきたんだ?　ああ……それはまた今度な。じゃあ、今忙しいから」

そして通話が終わった。僕は興味が湧いて尋ねる。

「ボーンはなんで電話してきたんだ?」

「外で何か食おうって誘ってきたんだ。けど心配ない。断った」

「ああ、それでいい」

ボーンが知ったらトゥーにも言うに決まっている。つい昨日、カイとは絶対に出かけないと見得を切ってしまったのに。もし二人でいることをあいつらに知られたら、僕の面子は丸つぶれだ。

「よおー、誰かと思った」

——しかし、神様はいたずら好きだった。

レストランなど星の数ほどあるというのに、いったい何がどうして、まさに今、この店に入ってきた客はいつも見慣れた「やつら」でなければならないんだ。

「カイ、サード。なんでいるんだよ——？」

正真正銘の疫病神《やくびょうがみ》がしゃべりかけてきた。トゥーとボーンの二人が揃っている。テーブルの陰に隠れようにも、もう遅い。カイと協力してそれらしくとぼけるしか道はない。

「おおー、お前ら二人も来てたんだぁ。そっか！　偶然偶然、ハッハハッ」

「ホント偶然だな。さっきオレ、カイに電話したんだよ。この店に行こうって誘おうと思ってさ～」

「よかったなー」

「だけど、サード。チェーン先輩と約束があったんじゃないの？」

「早く済んだから何か食べようと思って。そしたら偶然カイに会っちゃってさ。やだねぇ」

「そうなんだよ。世の中、狭いなぁ。お前らも一緒に座ろうぜ」

ノッポも口裏を合わせるが、事態は改善しない。

「いいよ。〝偶然〟一緒のテーブルに座るのは面倒だから。オレはあっちのテーブルに行くな」

「待てよ、ボーン。オレも〝偶然〟お前と一緒のテーブルに行く」

そうして二匹はテーブル席のあるエリアへ歩いていく。
内心、やられたと思った。しかし、僕とカイのスマホから通知音が同時に「ポン！」と鳴り、事態はさらに深刻化する。
隙をついてカイの大きな手からスマホをとりあげ、ホームにどーんと現れた通知を確認する。
そして、僕の目に映ったものは――。

BoneChone
バレバレだよ　修行し直せ

Tatt'oo
お前らが店に入るときから見てたよ
（写真）

BoneChone
エビの殻剥きはそんなに難しいのかなぁ　人に剥いてもらわないとできないほど?
（写真）

Tatt'oo
店のど真ん中でズボンをまさぐり合ってた

（写真）

BoneChone
偶然会ったとか　しらばっくれちゃって
オレたちの目は節穴じゃねえぞ　大まぬけめ

　ちくしょう――――。もうそれ以上言うな。充分だ！　恥ずかしくてどんな顔をすればいいのか分からない。

　二匹の疫病神は、写真集でも作るつもりかと思うほど、僕らのあらゆる瞬間を撮影しまくっていた。おまけにドッキリまで仕掛けてくるとは。それでも友達か。

　立て続けに面子をつぶされて、こっちはズタボロだ。

　しかし、もっともむしゃくしゃするのは、新たに飛び込んできたある人物のメッセージである。

K.Khunpol
隠しとく計画がダメになっちゃった　どうしよう？
もう恋人だって発表しちゃおうか　サード
（✿◕‿◕）

　このー、何が恋人だ！

おかげで帰路の車内は出かける前とは正反対に、暗雲が立ち込めていた。まだ気持ちが落ち着かないので、隣の人物のせいで生まれるイライラを解消するため、大音量で音楽を流す。

カイはエンドレスに冗談を言い続け、続けて僕の流す曲を変えようとしたので、思わず一発やつの頭をはたいてしまった。だってトゥーにかなりの強がりを言ってしまったのだ。こうしてバレてしまった今、僕はどんな顔をしてあいつらに会えばいいんだ。

「拗ねてんの？」

カイはまだ懲《こ》りずに僕の肘《ひじ》を指で突いてくる。もう一発、平手打ちでもかましてやろうか。

「黙れ」

「仲間だろ。何照れてんだよ」

「トゥーにお前とは遊びに行かないって言っちゃったんだよ」

「は⁉ 気が変わっちゃだめなのか？ あいつらだって二日もすればからかうのをやめるよ」

カイが初めて夢精した日の話、ボーンは今でもよくネタにしてるんだけど。忘れるわけない。こちらの都合の悪いことはあいつは絶対忘れない。

「音楽でも聴こ。この曲、オレだあい好き。ドライブ中に聴くと気分も上がるぜ」

「歌うな。お前の声、ウザい」

「明日、映画に連れてくからさ」

「もういい。明日はチェーン先輩と本当に約束がある。お前も仕事しろよ」

「じゃあ何が欲しい？ 買ってきてやるよ」

「なんにも欲しくなんかない。それからよく他の人にしてあげてるみたいに、オレに何かを買う必要もない。友達としてオレのことを大切に思ってくれれば、それでいいんだ」

人の心を掴むためにモノを買う。やつのやり方にはうんざりだ。それでうまくいくこともあるのかもしれないけれど、僕はちがう。

カイはあまりにも恵まれた家庭で育ち、物質至上主義の考え方が染みついている。初めて出会った一年生のときから、僕はやつがあちこちでお菓子などいろいろなモノを友人たちに買ってやり、仲良くなってきたのを見てきた。

「お前とオレは、友達みたいに大切に思うって地点はもう過ぎちゃってんの」

「どこがちがうんだよ。今までお前がしてくれたのと」

正直、僕は運転に集中できなくなっていた。なぜなら、助手席の人物からの返事に気をとられていたから。

「気持ちがちがってる。じゃあ言うよ」

「うん」

「その交差点を過ぎたら、左折のウィンカーを出せよ」

ああ、そうだ。どこへ向かっているのかすっかり忘れていた。

「じゃあ言うよ」とまたカイが言う。

「何、交差点を曲がる話でしょ?」

「何言ってんだ。オレがお前の何が好きなのかって話。オレたちが親友になれたのは、好きなものが同じ、似た者同士だからってだけじゃない」

「そうだな。お前とオレじゃ性欲のレベルがちがうもん。お前はトゥー、ボーンと同じ階級だ」

「ちくしょー！　ロマンティックなことを言おうと思ってんのに」

「そうなの？」

「初めてお前に会って話したとき、オレは世界が開けたような気がしたんだ。お前はおもしろいことにあれこれ誘ってくれただろ？　何か嫌いなものがあっても、心を開いて試してみろってオレに言ってくれた。で、最終的にオレはそれを好きになった」

「……」

「オレ、いつもお前に恋愛映画は嫌いだって言ってたろ？　けどお前は、しょっちゅうオレを恋愛映画に連れてった」

「それで、好きになった？」

「いくつかは。全部毛嫌いしてた前よりはいい」

「よかったな」

「一年のラップ・ノーン〔上級生が一年生の集団に歌わせたり、ゲームをさせたりする、タイの大学の伝統的な新入生訓練〕のときにオレ、先輩後輩の上下関係が嫌だって反抗しただろ？　先輩から黒いシャツを着るように言われたけど、オレは白いシャツを着ていった。白いスニーカーを履《は》いてこいって命じられたときは、黒いスニーカーを履いていった。そしたらお前、オレに着替えろって言って、先輩のやり方を理解させようとした」

　あのときのことを思いだすとおかしかった。学部の先輩は今でも事あるごとに、学部内行事の掲示板に語り草になっているカイの写真を貼っている。

黒シャツの群れの中に白シャツが一人。おちゃらけた髪型で、巨大な十字の形のイヤリングをつけている。その顔つきと悪っぷりのおかげで、カイは学部の約半数の男子学生から目をつけられた。僕はカイにラップ・ノーンのやり方を学ばせようとしたわけではない。ただ、やつにその時期をうまくやり過ごしてほしかっただけだ。

目的はそれだけだった。けれどそんなふうに学んでいくのも結果的には同じ。

「それから、オレが三年に上がる前に専攻を選んだときもそう。いつも言ってる映画が好きだっての、ホントか？　って自分自身に訊いたんだ」

「それで本当に好きなのか？　それともまちがってた？」

「本当さ。夢中になった」

僕は助手席に座っている長身の相手をちらりと見た。カイの視線はちょっと尋常じゃないみたいだ。

「好きならよかったじゃないか。お前の一生の仕事になるよ」

「じゃあこれからもずっと好きでいる。オレと一生、一緒にいてくれ」

「なんで今ここで、仕事のお願いをするんだよ」

「仕事じゃなくて、お前のこと」

「次から次へとうまいねぇ。そんなんだから女の子がいっぱい引っかかるんだなぁ」

僕は慌てて話題を変え、カイのマンションへ入った。やつの母親と姉から託されたお役目通り、部屋の前まで送る。

「じゃあ帰るよ。また明日」

僕は手を振ったあと背を向ける——つもりだったのだが、それより一瞬早くカイが僕の手をとり、元の場所に引き戻した。

「まだ遅くない、入ってけよ。〝トン・チャバップ〟で手に入れた映画があるんだ」

「……」

「お前にあげたいんだ」

僕はしばらく迷ったものの、結局悪がしこい人間の口車に乗ってしまった。

カイの部屋へ入りソファーに身を投げだすと、真剣な表情で何かを探していたカイが、ある日本のアニメ映画のＤＶＤを僕に差しだした。

「これを？」

「そう。ケーブルテレビで前に観たんだ。けど、ＤＶＤを見つけたからお前にあげる」

「お前、普段アニメ映画は観ないのに」

「心を開くようになったから」

長身の相手がソファーの僕の隣にすとんと腰を下ろした。片手でテレビのリモコンを押し、チャンネルをどんどん変えていきながらも、その視線はひたすらテレビの画面を凝視している。

「……」

「サード……オレはお前の目にどう映ってる？」

カイの口からそんな質問が出るなんて思ってもみなかった。今まだそう遅くはない時間だし、それほど眠いわけではないだろう。酔っ払っているわけでもなさそうだ。そもそもアルコールなんて舐《な》めてもいない。だったらなぜ、誰のことも気に掛けたりしないカイのような人間が、そんなことを訊くのか。

「気にしてるの?」

「他のやつのことは気にしない。けど、お前だから知りたい」

「お前がどう映ってるかって? 最低なやつの一人、かな。男前であること、金持ちであること、それに口のうまさを使って人の心を掴むっていうか」

これは誰もが知っている事実だ。なぜならこれまで何年もの間、カイはその通りの人間だったから。

「男前で金持ちで、口がうまいのは悪いこと?」

カイは依然テレビのチャンネルを次々に変えていて、一向に手を止める様子はない。しかし僕は気にもとめず、慎重に答えた。

「使い方をまちがえなければ、いいことだよ。でもこれまでお前はやたらに使いすぎた」

「今はやめた」

「ああ」

テレビはようやく、とあるチャンネルで止まる。古い映画を放映しているチャンネルだ。

けれど僕らはお互いが流れている映画を観ていないことに気がついていた。視線は真っすぐテレビにそそがれているものの、頭の中は今話していることが渦を巻いている。

「サード……」

「まだ何か?」

「お前、誰かとキスしたことある?」

「……」

お前とだろ、と思ったが、黙っていた。最悪な話を持ちだしてどうする。

「オレだけだよな。何度もお前にキスしたのは。そしてそのたびにお前は泣いていた」

「全部、お前の仕業だろ」

そう言い返した。最初のとき、カイは僕にキスしたあと女性の名前を呼んだ。二回目は、学部棟の一階で四年生を待っているときで、僕はやつに嫌いだと言った。誰も知らないことだけど、心の奥ではやつと同じように傷ついていた。

「じゃあ、泣かないで誰かとキスしたことは？」

「……」

「きっとないよな」

「……」

「幸せなキスってどんなのか、知りたくない？　教えてやる」

「いらない」

すぐさま拒絶した。けれど返ってきたのはクールな微笑と、不穏な気配で、僕はソファーの背もたれにくっつかんばかりに体を縮めた。

カイは体をずらし、吐息のかかりそうなほど近くにやってきた。上背のある大きな体が密着し、逃れられないように僕を押さえつける。

「幸せなキスは、指をこうして絡めるんだ」

その言葉に、心臓がさらにドクドクと激しく打つ。

カイの大きな手の五本の指が、僕の指の間に差し込まれ、ぴったりと重なり合う。体をソファーの背もたれに押しつけられ、重ねた手がその柔らかさのなかに埋まってしまう。

「……」

「こうして、見つめ合う」

僕には見る勇気はなかった。死んでも見るものか。

「サード。オレの目を見てくれよ」

「もう放せって。オレ、帰る」

「だったらオレの目を見てからだ。そしたら放す」

僕はその言葉を頭のなかで繰り返し、最後に仕方なく顔を上げて相手をまっすぐに見つめた。

目が合った一瞬、灼《や》けつくような熱が僕の顔にさっと広がった。きっと近くで見ればすごく赤くなっているのを感じられるくらい、激しく。僕はそのとき、自分がすっかり騙されてしまったことに気がついた。

カイの瞳の輝きはいつも見ているのとちがう。酔っ払ってもいないのにこんなことをするくらいだ、それなりに理性を失っているのだろう。

「幸せなキスには何もいらない。お前が心を開いて、オレの気持ちを感じてくれるだけでいいんだ。オレもこうやってお前の気持ちを感じるから」

そうして世界から空気が消える……。

次に気づいたときには、僕はもう後戻りできないほどに、その友人の行為を受け入れてしまっていた。熱を持った唇が急かすような素振りもなく、柔らかく僕の唇に押しつけられる。僕らは言葉にできない感情——渇望《かつぼう》と呼ぶものかもしれない——を吸い込みながら、触れ合った。

僕は目を閉じたまま、自分の体の上に覆いかぶさっている相手のなめらかな誘導に身を委ねた。熱い舌がゆっくりと口腔内に差し込まれ、体が力を失ったように揺れる。頭の中は真っ白で、何も考えられない。気づけば、こうしてキスされることへの嫌悪もなくなっていた。

熱くじっとりとした舌が巧みに、そしてごちゃまぜになった感情をこめてもてあそぶように僕に絡みつく。最初はそっと触れるだけだったそれは、すぐに体から魂を抜きとるほどの激しいものへと変わり、追い立てられた僕は思わず我を忘れ、かすかな喘《あえ》ぎ声を上げて応《こた》えてしまう。恥《は》ずかしいけれど、自分を止めることができない。

相手を押し離したい。なのに、一方で渇望している。それは僕自身も説明できない、矛盾した感情だった。

形のいい唇は甘噛みを交えながらまだキスを続けていて、僕に息つく暇すら与えない。続けてあたたかな舌先が歯を撫でるようにして僕を導き、口の中で甘い感覚を交わらせる。

絡んだままの大きな手に力がこもった。ハンサムな顔が角度を変えたかと思うと、僕らは目も鼻もすべてが溶けて一つになってしまいそうなほど密着した。体の中の酸素がゆっくりと抜けていき、経験不足の僕は次第に呼吸ができなくなる。そこでようやく声を上げ、異議を申し立てた。

カイがすんなり唇を離したのでやっと息をつく。けれど、僕を見つめるその眼差しは激しい感情に満ちたままだ。

やつがまた僕にくちづけた。僕はまったく抗《あらが》うことなく、何度も繰り返されるそれに身を委ねた。だって、初めてキスすることに幸せを感じたから。カイが教えてくれる幸せを。

「また泣いてる。オレのキスはそんなにひどい気持ちになっちゃうの？」

耳の中で鳴っていたノイズの代わりに低い声が聞こえて、僕は自分の唇が目の前の人物から解放されていたことに気づいた。カイが手を伸ばし、僕の涙を拭ってくれている。

「だってお前が……」

「お前がひどい気持ちだったとしても、幸せだったとしても、その気持ちはしまっといてくれるかな」

「でもオレ……」

「よしよし、泣くなって。これは秘伝の術だ。他の誰かに使うなよ」

「……」

「オレたち二人で使うのにとっておくんだから」

《第14章》
恥じらいのアイ・ラブ・ユー

人は人生の中で、何度こんなことを経験するのだろう。夢から覚めたはずのに、実際はまだ覚めていない、そんな感覚を。今の僕がそうだった。アパートの自室に戻ってきたのに、カイの気配がまだ体に残っている。

自分の手で何度唇に触れたことか。ありとあらゆる感覚が鮮明なままだ。そして、何よりもあの行為を嬉しく感じてしまっている自分がいる。くそうっ、なんてことだ。

頭の中から何もかもを消し去ろうとしても、カイのこれまでのひどい行いをあげつらってみても、どれだけ自分に諦めろと言い聞かせても、やつの顔が記憶の奥深くに刻みつけられていることを思い知らされる。心底、自分が嫌だ。どんなに走って逃げようとも、最後にはやっぱりカイを許してしまう自分が。

どれほど傷つけられたのかも、どれだけ泣いたのかも、すっかり忘れてしまっていた。心を強く持てるようになるまで、血反吐《ちへど》を吐くようなつらい思いをしたくせに。やつから離れ親しくなった先輩たちにも山ほど相談に乗ってもらった。それなのにカイが戻ってきた途端、すべてがぶち壊しだ。やつが血まみれになって学部棟に戻ってきたときのことまでが思い出され、僕は本気で泣きだしたくなった。

あのときのカイは、事あるごとに自慢げに口にしている「モテ男」の姿は見る影もなく、頭から顔に滴り落ちる深紅の血にまみれていた。肘と膝は皮膚がべろりと剥けて、辺り構わず女性にちょっかいを出していた白い手のひらは、鮮やかな赤色に染まっていた。やつは切羽詰まったようにひたすら僕を迎えにきた、部屋へ連れて帰ると呟《つぶや》き続け、僕はそんなやつの一挙手一投足を見つめていた。

……つらかった。

つらくて、あともう少し相手を突き離しておきたいと思っていた気持ちが、ぐだぐだに崩れてしまった。そのあともカイは、僕の関心を引くためにいろんなことをした。口では好きだなんて言うけれど、その行動からはどんな誠意も見つけられない。だから僕は、これ以上深入りするとまた傷つくのではと怖くなった。

だけどキスした瞬間、カイは僕の心からその恐怖をすっかり拭い去ってしまった。勇気をくれた。そして今、僕は自分自身にもう一度カイとのスタートラインに立つ機会を与えようとしている。たとえ未来がどのようなものになったとしても、もう一度だけ試してみたい。きっと、今までより辛いことなんてないはずだから。

——Rrrrr...!

着信が入って傍らに置いたスマホが震えだしたのが目に入り、僕の鼓動はさっきより激しくトクトクと打ち始めた。表示された番号はカイのものだ。慌ててスマホを手にしたものの、すぐにでも電話に出るべきか、それとも相手を焦《じ》らすべきか、座ったまま考える。

うううぐぐ。お前はついさっき僕にキスしたばかりだぞ。またこっちを振りまわして、いたぶろうってつもりなのか？

ひとしきり悩んだあと、相手からの呼びだし音が切れる前に覚悟を決める。

「な……なんだよ？」

くそう。静電気に触れたみたいに声が震える。

『着いたか？　シャワー浴びた？』

「着いたけどシャワーはまだ。何か用？」

無理やり不機嫌そうな声を作って返したが、心臓が波打つのを抑えられない。ダメだ。これか、恋をしている人間の気持ちってのは。

『だってお前が電話してこないから、心配になって』

「ああ、着いたから。じゃあ切るよ」

『ちょっと待てって。プレームシニー先生の課題、終わった？』

「終わった」

『オレまだなんだ。写させてよ』

「明日持ってくよ。もういい？」

相手が一瞬黙ったので僕はもう話すことがなくなったのだろうと考え、このわけの分からない通話を終えようとした。が、また声が返ってくる。

『……その、腹減ってない？』

「さっきお前と食べたばかりだろ。また何を食べるっていうんだよ」

『眠くなった？』

「シャワーもしてないし、まだ寝れないよ」

今の状況を見るに、どちらかというとおたおたしているのは僕じゃない。カイのほうが焦っている。

『じゃあ先にシャワーしろよ』

「うん、じゃ切るよ」

『切るなよ。シャワーしながら話せない？』

「バカじゃないの？　どうしてそんな子どもじみたことしなきゃなんないんだよ」

そう言ったものの、言葉とは裏腹に胸がいっぱいで弾け飛びそうになる。

何年も片想いしてきた友人が自分を想ってくれるなんて、夢にも思わなかった。だって今までは期待するたびに、こんなの虚《むな》しい実現するはずのない夢なんだ、って思ってきたんだから。しかし、おかしなものだよな。夢でしかないと分かっていても、僕はいつかこの夢が本当になるってずっと希望を捨てなかったんだから。

『サード。聞いてるのか？』

その低い声ではっと我に返り、僕は再び受話口越しの相手に注意を向ける。

「なんだって？」

『通話はそのまま。切らなくていいよ。シャワーしたらまた話そう』

「切ったほうがよくない？　話してないのに電話代がもったいない。お前の母さんはそんなに金持ちか？」

『まあな』

ああ、そうだった。でもそういう話じゃないんだ。もうっ。

文句を言いたいけど無駄なようだ。仕方なく僕はバスルームに入り、スマホを洗面台に置く。引っきりなしに電話の向こうから音が聞こえてきて、相手がスピーカーをつけたままにしているのが分かる。

歯を磨いている間はどうってことなかった。カイは静かにしていて、たまに何かを探しているようなゴトゴトっていう音が聞こえてくる。きっと映画のＤＶＤをキャビネットからとりだして、埃《ほこり》でも払っているのだろう。それが趣味だから。

カイがどんなやつなのか、僕はなんでも知っている。しかし、ただ一つ分かった試しがないのは、ふらふらと安定しないやつの心だ。こんな人間と恋愛を始めたなら、どんな結果になったとしても僕はリスクを覚悟しなければならない。

『サード、何してる？』

ちょっと静かになったと思っていたら、また何か言いだしたぞ。

「これって、いちいちお前に状況を報告しなくちゃなんないの？」

『で、何してんの？』

「シャワーを浴びるところ」

『ほぉっ。めちゃくちゃドキドキしてきた。カメラつけてよ。覗《のぞ》き見したい』

「死ね」

カイはげらげらと笑い続けている。救いようのない下ネタをやらせたら、クンポンお坊ちゃまに勝てる者はいない。やっているのは、クズで最低なことばかり。いい行いをしているところなんて、見たことない。

スマホを介した言い争いが終わったのは一時間ほど経ってからだ。シャワーを浴びて着替えを済ませたら、次はベッドにダイブする。いつもなら三十分から二時間ほどノートパソコンを使ってネットサーフィンをするか、寝落ちするまで映画を観る。けれど一人じゃなくなった今、すべてがこれまでとはまるで変わってしまっていた。

「シャワー浴びたよ。切ってもいい？」

僕が尋ねると、カイが甘えた声で答える。

『本当に寝ちゃうの？　オレはまだ切りたくないよ』

「バカじゃないの？　お前、女の子みんなにこんなことしてんの？」

『しない。他の人とは話したくないんだ。ヤりたいだけ』

「クソだな」

『映画を探してたんだ。お前と観たいと思って。切らないでよ』

「スマホでお前と映画を観て、オレは何を得られるの？」

『オレの心を得られるよ』

「ごめん、欲しくない」

『一緒に観てくれるだけでいい』

「今は映画を観たくない」

『ナ、ン、ダ、ト！　もう再生しちゃった。どうしよう？』

何やってんだよ。どうしよう。通話を切っちゃったら意地悪すぎるよな。だって、心の奥ではまだやつと話していたいって思ってる。結局僕はスピーカーをつけっ放しにして、映画の音が途切れ途切れに聞こえてくるのを流したままにしておいた。カイが教えてくれないので、なんの映画なのかは分からない。だからただ横になって眠ってしまうまで、その音を聞くことにする。

親友の低い声が途絶えたまま三十分近く過ぎた。映画の音楽と台詞だけが止まることなく流れている。僕のまぶたは今にも閉じそうだったが、今日を締めくくる相手からの言葉を待ちながらひたすら耐えた。

さらに十分が過ぎた。きっとカイは先に寝てしまったのだと確信した僕は、眠たい声でぼそりとスマホに話しかけた。やつが応えるとも思えないけれど。

「カイ。オレ、寝るよ」

『もう寝るの？　で、なんの映画か分かった？』

まだ寝てなかったのか……。

「そんなの知るか」

『当ててみて』

こっちは眠くてたまらないのに、まだふざける気か？　僕はイライラして頭をかきむしり、返事をしてやらないことにした。カイが諦めて会話を終えると思ったから。

『当たったら賞品があるぞ』

そうきたか。交換条件を出してきた。また何か企んでて泣かされるんじゃないだろうな。

「賞品って何？」

『当たったら、相談に乗ってくれる友人が一人もらえる。アドバイザーってやつ』

「今のままで充分満足だけど」

『経済的に充実した人生設計を手に入れることができる。お前に一生カネを貸してやる』

「オレだってカネがないわけじゃない。なんでお前に養ってもらわなきゃならないんだよ。アホか」

『なら、特別なキャンペーンもあるぞ。十分以内に正解を答えたらお前の家族が増える。母さんが二人、父さんも二人になる。そして姉さんまでついてくる』

カイの言葉を聞いて僕は吹きだしそうになった。まったく口がうまいやつだ。それにしてもこんなに上手に人を乗せてくるなんて思わなかった。家族が増えるだって？　そんな話考えたこともない。

しかし、実際にカイのご両親は僕によくしてくれる。

「じゃあ答えるよ。作品名は……」

僕はとあるアイルランド映画のタイトルを言った。

『わざとまちがったな』

なんだよ、バレちゃった。付き合いの長い親友はこれだからやりにくい。嘘をついてからかおうとしてもすぐにバレる。

「分からないんだよ」

『じゃあ条件を追加するよ。賞品を手に入れたくなるように』

欲しくなんかない……。しかし、必死で自分をプレゼンするカイの図々しさに敵うやつはいない。

『正解したらずっとお前の送迎係になってやる』

「大型バイクに乗るの嫌いなんだ」

『じゃあこれは？　お前が悲しいときや、くじけそうになってるときに傍にいてやる』

「……」

それ、いいな。

『お前が夢を追いかける手助けをする。同時に自分の夢も実現させる。今まではサイテーなことたくさんしてきたけど、お前のために全部やめるって約束する』

ほおおー。いっぺんにレポート用紙二ページ分は言ったぞ。なおかつ、すべて僕の求めているものにぴったりの内容ばかりだ。とはいえ、その夢のように舞いあがるほど素敵な言葉の数々も、しょせんはただの言葉にすぎない。

「言ったら行動に移すんだぞ」

僕は警告した。

『当たり前だ。それで答えは出たか？　ヒントは音楽と関係のある映画。お前は二回観ている。ヒロインが歌った曲がヒットした』

まったく。そんなにヒントをもらったら、クイズでもなんでもないじゃないか。

まあせっかくだから、答えるとするか。僕は頭に思い浮かんでいた映画のタイトルを口にした。

『ご名答――。じゃあオレたち、最初からまた始めよう』

「……」

『それからさっき言ったやつ全部、お前のものだから。いいか？』

「……」

『いいか？』

カイがもう一度念を押す。

「うん」

短い言葉に、胸の中から溢れて止まらない想いをこめる。

通話を終えると僕はベッドに寝そべり、ブランケットを顔まで引きあげた。そしてその中で一人にんまりしながら、眠りに落ちた。

カイ、約束だぞ。僕の記憶力は抜群なんだ。だから今夜、僕たちがどんなことを語り合ったか、どんな約束をしたかを決して忘れない。そして、どれだけ幸せかってことも、だ。

今日も変わらず舞台公演の稽古場は騒々しかった。皆それぞれ自分の担当の仕事にてんてこ舞いで、他人のことには関わっている暇はない。だけど脚本チームのメンバーである僕は、脚本の修正やシーンの細かな説明を終えもうやるべきことがない。暇で暇でしょうがないので、チェーン先輩とアン先輩が役者の演技を指導している傍らに座って手伝うことにした。

「ファーン。お前、気持ちを作り直すか？　無理やりやっても演技になってないぞ」

クマのような体形の人に断言されてしまい、初めての舞台で主人公という重要な役を演じる一年生は、頭を抱えながら肩を落として傍らに控える演技指導チームのほうへ歩いていく。

「カイだったらもっといいものができるのに」

「愚痴はよそう。カイが演じたって上手くいくわけじゃないさ。ファーンはよくやってる」

僕はそう言ってチェーン先輩の肩を叩いて慰めた。開演するのは新学期の初めだが、のんびりしている暇があるわけではない。

「なんだ、恋人の味方はしないのか？」

「カイは僕の恋人じゃないです」

「はいはい。だけど、試してみようって気になってんだろ」

「ちょっとはね。まずは行いを見てからかな」

「だったらさっさと見てくれよ。これ以上オレを巻き込まんでくれ。あいつときたら――」

会話に割って入ってきたのはアン先輩。憎々しそうに言っただけでなく、手にしていたスマホを乱暴にスクロールしている。

だが、言っておかねばならない。すべてチェーン先輩が一人でやらかしたことなのだ。

何もかも見通していたはずの彼は、僕の恋を叶えてやりたい一心で忘れていた……余計なお節介だってことを。先輩、ホントにえらいことしてくれたよ。何も知らない親友のアン先輩まで巻き込んで。カイに長い間ネガティブな印象を持たれていたアン先輩が不憫《ふびん》で仕方ない。

「アンちゃん……ごめんなちゃい」

「腕を撫でるな。鳥肌が立つ」

アン先輩がさっと身をかわして逃げたので、チェーン先輩は僕に向かってへっと笑うと、さっさと新しい話題を切りだした。

「で、カイはどうだ？　素行はよくなったか？　問題があったらオレに言えよ」

「まだ尻尾は見せてない」

「もしあいつが変わったんなら、お前はラッキーだぞ。オレの友人の中にも悪い癖を改めたやつは何人もいる」

「何人？」

「よん」

「十人のうちの四人？」

「五十人だ」

お粗末な仲間……。

女遊びをやめるのはそんなに難しいものなのか、本当のところが知りたかった。確かに僕は生まれてこの方、人でなしの仲間たちのようにあまたの恋愛を渡り歩いたり、性欲のことで頭がいっぱいになったりしたことがない。だからなのか、遊ぶのをやめて一途に誰かを愛するのに努力しなければならない人間の気持ちが、理解できなかった。

煙草《タバコ》をやめるのと同じくらい、難しいことなのかな？

「その四人の様子が知りたい。今どうしてるの？」

その四人とは、おそらく同じ学部でよく顔を合わす先輩や後輩たちだろう。けれど、僕は彼らがどう過ごしているかなんて詳しく知らない。

「まあ、四人のうち三人は、恋人にデレデレで頭が上がらない状態。仲間たちには呪いをかけられたんだと噂《うわさ》されてる。残りの一人は最高にハッピーに過ごしてるよ」

「それは？　うまくいってるってこと？」

「そうさ。新しい恋人との付き合いがな」

「……！」

「遊ぶのをやめるって公言して、本当にやめるやつもいれば、誠実に一途に付き合うって綺麗《きれい》事を言いながらも、浮気しちゃうやつもいるってこと。だからいつも言ってるだろ。人の心は当てにならないものだって」

そうだ。確かに僕自身でさえ、意志を強く持とうって自分にずっと言い聞かせてきたのに、やっぱりカイの誘惑に負けてしまったんだから。ましてカイのようなやつならなおさらだ。思春期からあんなふうに数えきれないほどの人と愛し合ってきたのを、今になってやめたいと言っている。けど、本当にそんなことができるのか？

「先輩と話してから、オレは心より脳みそを使うようにしてる」

なぜだか分からないけれど、そう言葉が口をついて出た。きっと、自分の愚かさを周りのみんなから隠そうとしているせいだ。

チェーン先輩はニヤニヤしながら僕の顔を眺めているばかりだ。一方、アン先輩は了解したように頷くと、スマホに視線を落とし現実世界を断絶したように画面をスクロールし始めた。

チェーン先輩には素敵な恋人がいて、素敵な恋愛をしている。アン先輩はというと、風に吹かれて生きる根なし草タイプの人間。みんなそれぞれ自分の求めるものに従って生きている。けれど、カイのことは本人が行動で証明してくれない限り僕には分からない。

「怖いんだな」

チェーン先輩が話を続けた。

「なんで？　怖くなんてない」

「そうか？　お前の顔に全部書いてあるけどな」

「当てずっぽうを言わないでよ」

「あーあー、当てずっぽうかもな。ま、もしカイがお前にひどいことをした日には、オレの愛人にしてやってもいいからな」

くだらない。こんなクマ男と誰が付き合うか。

「近いうちに誰かと付き合うつもりはありませんから。オレが傷つくなんて心配はご無用」

自分を鼓舞するように僕は断言する。誰のためにだろう。ただ、聞いていた先輩は分かったというように大雑把に頷いた。

　しばらくして主役の二人、ファーンとピンクが揃って戻ってきて、再び重要なシーンの稽古が始まった。

　劇中歌が静かに流れるそのシーンは、ストーリーのクライマックスにあたり、人物の内なる感情を演技で表現しなければならない。

　感情を伝える言葉を一言も使わず、愛を告白する場面。

　このシーンを書いたのはチェーン先輩なのだが、まったく何を考えているんだか。無謀としか言いようがない。舞台演劇、それも主役の二人は新人だというのに、こんな大それたことをするなんて。
五、四、三、二、という声が聞こえ、その場の皆が体を硬くして見守る。
　書棚の間での告白シーン。うーむ、まるで「Fish《フィッシュ》 Upon《アポン》 The《ザ》 Sky《スカイ》〔本作と同一著者の作品〕」のモークとピーが稽古場に現れるのでは？　と思うぐらいありがちな設定だ。しかし、演出担当自ら書いた脚本なのだから、文句を言わずに観るしかない。本人いわく、このシーンは観た者の心に死ぬまで残る、らしいから。

　世界的な賞へのノミネートでも狙ってるつもりかもしれないけど、忘れてんじゃないの？　演技力が足りなければ、全部が台無しになっちゃうってこと。

「カオポート……」

　このシーンで台詞らしい台詞はこれだけだ。主役がヒロインの名前を口にする、この一言だけ。上背のある一年生のファーンが、ヒロインを演じるピンクに近づき、ぴたりと体を寄せて目の前の華奢《きゃしゃ》な相手に視線を投げる。その眼差しに、愛という言葉を滲《にじ》ませようとするが……。

「カット！　二人とも、こっちへ来て」

演出担当が手招きして後輩を呼んだ。そして一方的に即席の役作り指導を始める。

「ファーン、見ているこっちが感情移入できないよ。ピンクもだ。化石みたいにカチコチの演技だぞ」

疲れ交じりのお小言めいた言葉が飛びだし、二人とも肩を落とす。それでも後輩らはぼそりと声を上げた。

「台詞のない告白シーンなんて、どうやってもできませんよ。言葉にしないものを観ているほうはどうやって理解するんです？」

「何言ってんの。お前がおいおい泣いてなくても、涙を見れば観客はつらいんだなって分かるだろ？」

「は……はい」

「それと同じ。何も言わないからって伝わらないことはない。言葉だけがコミュニケーションだと考えるから、台詞の暗記にばかり気をとられるんだ。黙っていても意思疎通《そつう》は可能。わずかに体の向きを変えるだけでも意思疎通は可能。視線を動かすだけでも、それは意思疎通。アー・ユー・オーケイ？」

上級生が声を高くしたので、ファーンは自信なげな表情のまま、こくりと頷いた。

舞台演劇の演技は本当に難しい。生で演じるから失敗ややり直しが利かない。台詞を覚え、感情を表現し、歌い、踊り、すべてをこなさなければならない。その上、その演目を何度も繰り返し、役者は大変なエネルギーを消耗する。

稽古を開始してすでに一カ月。脱落することは許されない。大学入試より真剣勝負だ。

「じゃあ始めよう。音も入れよう。よくなるかもしれないから。カイ、お前の出番だ。シーン二十三。図書館での告白」

ギプスを揺らして座っていた人物が、任せろとばかりにひょこひょこっと走ってきた。カイのすぐ後ろを音響班の仲間たちがノートパソコンとスピーカーを持ってついてくる。ざっくりとした音合せなので音響調整室を使わず、ノートパソコンだけで音を調節する。

カイが言うには使うのは大半が既成の効果音で、新しく録《と》り直したのはほんの一部らしい。劇中歌のほうはそれぞれのシーンに合ったものを見つけて編集し直した。なおかつ、この公演のために特別に準備した歌もあるという。作曲者はコミュニケーションアーツ学部の学生で、歌手はオーディションで選ぶことになっている。

「準備はいいかな？　五、四、三、二……アクション！」

演出の声が響いた。気が遠くなるほど何回も繰り返した甘いシーンだが、まだお気に召さないらしい。

タリンとカオポートは、（幻の）書架の間で向き合って立った。バックに流れる甘くせつない恋の歌に乗せて男の手が伸び、ゆっくりと女の白い手を握る。

まさに台詞のない告白シーンに相応しい。

僕は目の前で繰り広げられる演技を期待を込めて見守った。すぐに誰かに体をつつかれたのを感じて振り向くと、こちらを見つめているカイがいた。

「何？」

僕はほとんど聞こえないような小さな声で尋ねた。ノッポは何も答えず、代わりに脚本のト書き通り手を伸ばしたかと思えば僕の手を握った。

何やってんだよ！

「いいぞ。続けて」

チェーン先輩の声が聞こえる。演技をしている後輩に目をやると、二人は気持ちの赴くまま動き始めていた。タリンがそっと両手でカオポートの手を握る。

同じく、カイも両手で僕の手を握った。

タリンの大きな手が胸に移動し、二人の手を心臓のある場所に当てる。

僕とカイの手といえば――。

やつの股間の辺りに移動し、僕の手のひらはカイの膨《ふく》らんだ弟君をモミモミさせられていた。てめえ――――っ。

「ほんっと下品だな、お前って」

僕は大きく舌打ちをし、熱いものに触ったときのように素早く手を引っ込めた。このクズ野郎。公共の場でぬけぬけと猥褻《わいせつ》なことをしやがって。しかし、やつはおふざけをやめるどころか、僕に向かってこんな言葉を返した。

「感極まってくれないの？　愛という言葉を使わずに愛を伝えるシーンじゃないか」

「何が愛だ。くそくらえだ！」

「そんな！　愛の始まる場所はベッドであり、バルコニーであり、そして芝居の稽古場なのに」

「お前、もうあっち行け」

「行けないよ。愛が足りなくて死んじゃうかも」

たいそうロマンティックだことで。こいつ、救いようがない。

「熱々ですなぁ。とっくにカットしてるのに、いつになったら音がやむんだ！」

チェーン先輩がいきり立った声を足を骨折した音響担当カイにぶつけたところで、僕らはようやく目の前の状況に意識を戻した。もちろん後輩たちの演技はすでに終わっていて、ＢＧＭと僕の感情だけが宙を漂っていた。しまった。

「ごめんなさいってば〜」

「許さん。音響替われ。お前はさっさと消えろ」

追い払われたノッポは、他の人の邪魔にならないように部屋の隅に大人しく座った。が、しばらくするとトゥーにちょっかいを出し始め、さらには広報班の代わりに、ウェブサイト用写真のカメラマンの役をやると言いだした。

僕が横目で見ていると、カイは熱心に稽古場をひょこひょこ歩きまわり、練習風景を写真に収めている。最初は俳優陣を撮《と》っていたようだが、そのうち演出やケータリング班を撮り始め、とうとう僕の周りだけを集中的にうろうろし始める。

「サード、笑って」

大きなカメラを顔にくっつけてカイが言う。シャッターボタンに指をかけてじっと待ち構えているが、僕は非協力的な態度をとって隙を与えない。

「他の人を撮れよ。お前のせいでサイトページで目立つのは嫌だ」

「笑ってよ。今日の空は快晴だぞ」

何が快晴だ！　稽古場にこもってるってのに、お日様なんて見えるものか。しかし、相手はあまのじゃくだ。僕が無視すればするほど、忙しなくパシャパシャとシャッターを切る。おそらくもうすでに百枚は撮っているだろう。

「足を骨折してなかったら、膝を蹴飛ばしてへし折ってやるところだぞ。鬱陶しい」

「いきり立っちゃって」

「仕事してるんだよ。見えない？」

「見えてるさ。オレだってこうやってウェブサイト用の写真を撮る仕事をしてんじゃん」

「嘘つけ。ほら、弁当が来たぞ。食べに行けよ。ここにいられたら邪魔でしょうがない」

僕は相手のことなどお構いなしに、手を振って追い払った。カイは睨むような目つきをしたものの、命令通りに足を引きずりながら歩きだし、同じく食べものを発見して犬のように走り寄ってきた他の二人の親友と合流する。

ボーンは弁当を二つ抱えているが、親友のためではなく一人で二つ食うつもりだろう。あとからやってきたトゥーも弁当と飲料水を受けとると、強引にきれいな女の子の隣に座り込み、楽しそうにおしゃべりしている。僕はそれを眺め呆《あき》れて頭を振ると、演出担当であるチェーン先輩が俳優たちに指導するのを最後まで見守った。しばらくしてようやく先輩が皆に休憩の許可を出し、皆それぞれ空腹を満たせるものを探しに散らばっていく。

トイレに行った後、僕はアン先輩とともに稽古場に戻った。チェーン先輩は学部棟にいる恋人のところへ行ったので、ひとまずは耳の傍で愚痴ばかり吐いていたクマ男の声を聞かなくて済む。

「サード、これお前のだ」

アン先輩が弁当をくれた。僕は断りきれずに受けとる。

「ありがとうございます」

「サードはゲーンキアオワーン〔グリーンカレー〕を食べないんだ。知らないの？」

誰かの声が会話を妨げた。近くに来ていたカイが、僕とアン先輩の間に割って入り、僕から弁当をとりあげると、もう一つの弁当を素早く僕の手に押し込んだ。

「お前の好きなムーガティアム〔豚肉のニンニク炒め〕」

「ああ、ありがと」

「あっち座ろうぜ。ここじゃ、まちがって誰かさんを蹴飛ばしちゃいそう」

親友は横目で四年生を睨んでいる。僕は、行けという視線を送ってくるアン先輩と目配せすると、カイのあとについて歩き、稽古場の向こう側まで行って二人で座った。

まったく、なんて執念深いやつなんだ。チェーン先輩に騙されていただけで、アン先輩は悪くないと分かっているくせに、カイはいまだに恨みがましく、一向に先輩と仲良くしようとしない。間に立つ僕が二人の関係を修復しようと心を砕いているのに。

「開けてやるよ」

「いらないよ」

「開けてあげるって」

床に置いたばかりの水のボトルがとりあげられ、すぐに元の場所へ戻される。カイがボトルのフタを開けてくれたのだ。おい、僕は友人だ。病人じゃない。そんなふうに特別扱いされると怖いんだけど。

「食べろよ。……何？　オレのイケメン具合でもチェックしてんのか」

じっと見つめていたせいか、カイがふざけた声を上げた。僕は思わず「ああ！」と、つっけんどんに言い返す。

ご飯をかき込んでいると二分も経たずに、また間の抜けた声が僕の神経を逆撫でしてくる。

「睫毛《まつげ》が長いなぁ」

「弁当を食べてるんだ。ガチャガチャ言うな」

「二年以上も一緒にいて、お前がこんなかわいいのにやっと気づいた」

「……」

「えっ、恥ずかしがってんの？　これ本気だから、恥ずかしがっていいよ」

「ちっ」

「愛という言葉なしの愛の告白か？　うっひょー」

「アホか」

「また告白された」

「寝言言うな」

「照れるだろ。もういいって〜」

「イかれてんじゃないの？」

「恋をすれば何もかも素晴らしく見えるの。お前の罵倒の言葉さえ、美しい音楽みたいに聞こえるよ」

「好きなようにしてくれ」

今のカイは手の施しようがない。これまでのやつの姿は見る影もなく消えてしまっている。

カイが一年生、あるいは二年生のときのことは、皆の記憶に刻まれている。顔つきは悪党そのもの、性格だって最低で、片っ端から女の子に声をかけ手を出していた。そして、あれこれヤった次の日には、あっさり他人に戻る――ということを年がら年中、続けていたのだ。

カイの悪評は学部内どころか、近隣の学部にも知れ渡っていた。考えてみれば、やつに片想いしていたことで、僕は傷ついてばかりだった。それが今のカイときたらどうだ。天と地――いや、天国と地獄くらいちがっている。まるで十歳の子どもが初めて恋をしているみたいじゃないか。

これまでのお前のクールさをとり戻せよ……。

「もっと食べろ。それとも、オレを食べたいの？」

「カイ、せめて一分くらいふざけるのやめられないかな？」

「だって好きなんだもん。困らせたいんだもん」

カイの弁当の中身はほとんどなくなっていて、ボトルの中の水も残りわずか。僕は横目で広報用に撮った一眼レフカメラの写真を確認している大きな手を眺める。カイはしばらくおかしそうに笑いながら画面をスクロールしていたが、ふいにカメラを差しだし、ある写真を僕に見せた。

「かわいくない？」

低い声が尋ねる。画面には、むすっとした顔の僕の写真が表示されていた。

「消せ」

「命令すれば言いなりになると思ってんの？　これは広報用の写真だぞ。仕事の写真は適当に削除したりできませんって」

カイはそう言って画面を閉じると、こちらに言い返す隙も与えずにカメラを傍らに置く。

「サード」

名前を呼ぶ声はとても優しいものに変わっている。そればかりか、やつはこちらを向くと僕の目を覗き込んだ。

「うん？」

「明日、講義が終わったら映画観に行かない？」

「どうかな。考えとく」

「考え直せ。オレと行ったらいいぞ。全部タダだ」

安心しろというように、カイが大きな手でズボンのポケットを叩く。そうだな、お前は金持ちだ。大型バイクをとりあげられたって、あっと言う間に実家の車を借りられるんだから。ただ、今その車を運転しているのは、僕という家来だけどな。

「考えとくって」

「カチコチ、カチコチ」

「くっそー、分かったよ！　行けばいいんだろ」

「ハハハッ。オーケー。明日は映画だぞ」

僕は弁当のご飯をスプーンでほじくりながら、「早く明日にならないかな」と小さな声で呟いてみた。

「オレの隣に座れるのが嬉しいんだ？」

「ちがう。好きな映画監督の最新作が来てるから、興奮してるんだ」

「じゃあオレは？」

「お前はそんな重要人物なの？」

「……」

デッドエア状態が訪れたが気にするものか。僕は隣に座っている人物には目もくれず、ひたすらご飯を口に運ぶ。すると、カイがある言葉を口にした。とても小さな声だったのにもかかわらず、僕には一語一句、はっきりと聞こえた。

「オレは嫉妬なんてしない。だってそいつは、お前の隣で映画を観ることはできないしな」

「……」

「お前の隣にいるのは、オレだもん。どんな映画も一緒に観るんだから」

僕には先ほどまでのカイの言葉の意味がよく理解できなかった。しかし、これは……。

まさに、愛という言葉なしの愛の告白そのものじゃないか。


その日の稽古は思ったより早く終了した。夜七時にはそれぞれ帰宅し始め、僕は店に立ち寄ってご飯を食べたあと、カイを部屋へ送った。自分の部屋へ帰り着いてシャワーを浴び、歯磨きを終えると九時過ぎになっていた。その後はこれまで通りのルーティン——つまりノートパソコンを手にベッドへ飛び込む。

普段ならSNSを開いてあれこれチェックするだけだが、ときには寝落ちするまで映画を観ることもある。今日も最初の三十分は、いろんなSNSの投稿を見ているうちに過ぎていった。それに飽きると、買いだめしてあった映画のDVDストックの中から、おもしろそうなものをとりだし寝転んだまま、のんびりと鑑賞することにした。

不思議なもので、映画には一度観ただけでもう観る気にならない作品がある。いい映画かと訊かれれば、とてもいい映画だ。しかし、だからといって何度も観たくなるとは限らない。中には楽しい気分になれるから何度も取りだして観たくなる映画もある。たとえたいした感動作でなくても、疲れ果てた日にはとてつもなく心の癒やしになることがあるのだ。

映画を観るとき、僕は滅多にノートパソコンを使わない。画面が大きいし気持ちが入り込めるから、テレビに映して観ることが多い。だからパソコンの画面をしばらく眺めていると、まぶたが今にも閉じそうになってきた。

あの悪党カイが電話を寄越して、神経を逆撫ですることさえしなければ。

「何か用？」

僕は通話の相手に向かって、もそりとした口調で言った。

『寝てたのか？　舞台公演のウェブサイトを開いてみて。更新して新情報を載せたから』

「重要なこと？　そうなら今言えよ。そうじゃないなら、明日の朝にしてくれ」

『重要だ』

「じゃあ言えよ。開くの面倒」

『自分で読まないと。ディテールがいろいろあるんだから』

「じゃあ切れよ。スマホで見る」

『パソコンで見ろよ。訊きたいこともあるし。通話を切るなよ！』

お前はオレの父親か何かか？　と訊いてやりたい。しかし、またカイにひどい返しをされたら困る。仕方なくため息をつくと体を捻《ひね》り、サイドテーブルに置いたノートパソコンをとりあげて起動させた。

僕は普段パソコンを使い終わってもあまりシャットダウンまでしない。ＳＮＳもログインしたままになっていて、とてつもない数の通知が赤く点滅しているのが目に入った。

しかし、そんなこと今の僕にはどうでもいい。眠くてたまらないのだ。誰が何を連絡してきているかなんて確認もせず、さっさとプロジェクトのホームページをクリックする。当然のことながら、ここ数日は広報班が大学のみんながこの公演を観たくなるように、ばんばんと宣伝を打ちだしていた。

だが、問題はそこではない。

「特に何も見当たらないよ。宣伝記事ばかりじゃないか」

イライラしながらそう言うと、カイが焦ったように返事をした。

『その記事の最新のやつだよ。お前に見せたいのは』

「ああ」

僕はスマホを手元に置き、音声をスピーカーモードに切り替えた。それから最新の記事まで画面をスクロールする。そこには十数枚の写真が掲載されていて、『伝えたいことがある』という短いキャプションがつけられていた。

「新しいキャンペーン？」

『で、読んだ？』

「今読むとこだよ」

僕は最初の写真をクリックした。とあるモノクロ映画の写真で、脇にキャプションがついている。きっとすべての写真につけられているのだろう。閲覧者の関心を引いて、チケットを買ってもらうために。

一枚目……

ご存知だろうか？　世界で初めての映画は、一八九五年に上映された。

二枚目……

一九〇六年、世界で初の長編映画が上映された。

三枚目……

一九二三年、タイで初めて映画が上映された。

四枚目……

一九八六年、タイで初めて舞台演劇が上演された。

五枚目……

二〇一七年、私たちの大学で間もなく、壮大な傑作が上演される。その名も「Likebrary」。

今年の公演の広報用ポスターに使う写真の撮影がまだなので、最初のチラシはプロジェクトチームの一人による、精緻《せいち》な筆跡で描かれた図書館のイラストに、見る人の関心を引くようスタイリッシュなフォントの公演のタイトルを添えただけのものだ。

『どこまで読んだ?』

カイは逐一こちらの状況を尋ねてくる。

「五枚目まで」

『ドキドキするな』

「アホじゃないの」

『どんどん読んで』

「じゃあ邪魔するなよ」

死ぬほど眠いので、さっさと目を通してしまうことにする。


六枚目……


壮大な舞台装置に始まり……。

画面に映っているのは、プロジェクトチームが作製中の舞台装置の一部だ。断言しよう。とても壮大で華麗に出来あがっていた。その写真にはカメラに向かって手を振る、チェーン先輩まで写っている。まったく、どこにでも登場するんだから。


七枚目……

醸《かも》しだすオーラはどんな有名俳優でも真っ青になるほど。誰だろうと足元にも及ばないさ。ここは、ファーンとピンクの出番だ。

八枚目……

プロフェッショナルなビデオ・写真撮影班は自腹で揃えた高級機材で挑む。

ちょっと待ってくれ！　十秒だけ。トゥーのキメ顔が笑える。ハハハ……。

九枚目……

神・音響班。ハリウッドでの共同制作経験も豊富（大ウソ）。

十枚目……

豊富な経験を有する、敏腕演出家。素晴らしいことに名だたる超有名映画……の制作に参加した経験はゼロだ。

なんだよこれ？　余計なことを。

これを書いた人物はチェーン先輩のことを嫌っているようだ。とはいえ、おもしろい。それだけじゃない。写真はすべて、舞台公演のメンバーたちのＳＮＳにタグ付けされていて、公演の話題作りと、メンバーたちに恥をかかせることの両方を同時に成功している。

十一枚目……

傑作だけを生みだすために組まれた脚本チーム。チェーン、ヨンイー、そして業界の人でなし坊やこと……サード。

十二枚目……

脚本チームはすべてをやってのける。人を恋に陥れることさえもだ。

僕の心臓は、体から飛びだしそうなくらいトクトクと鳴っていた。画面に現れた写真は、カイが夕方にパシャパシャ撮っていた僕のふくれっ面。それがいつの間にか、舞台公演のサイトに掲載されている。

僕はさらに画面をスクロールして続きを確認した。

写真を見る僕の気持ちはさっきとは打って変わり、手は震え、心までもが震えている。なんと言えばいいのか……言葉も出ない状態だ。けれど幸いそれ以降は僕の写真が出てくることはなく、キャプションもなかった。先ほどまでの写真と文章が、白い背景に濃いピンク色の文字の画面に変わる。

十三枚目……

一九九五年、ベストセラー小説を基にしたとある映画の封切り。そして、そのＤＶＤがある人物の誕生日プレゼントとして、二〇一五年に購入された。

十四枚目……

二〇一〇年、青春恋愛映画「REFLECTED」が世界初上映。それは脚本家が一番好きな映画である。

十五枚目……

二〇一五年、オレたちは初めて出会った。お前とオレはともに創設した、人でなし組の公式メンバーとなる。

十六枚目……

二〇一七年、お前はオレの人生だ。

十七枚目……

現在〜これからずっと。お前はオレの人生のままだ。


最後まで写真を見終わった。しかし、僕はまだ画面を見つめたままだった。

下のほうに小さな文字でクレジットが記されている――［担当・クンポン］。この世界にクンポンという名の人物は大勢いるだろうが、そのクンポンはコミュニケーションアーツを学んでもいないし、今芝居を作ってもないはずだ。

僕はふと押し黙った。部屋もしんと静かになる。ほどなくして、誰かの声がスマホの向こうから聞こえてきた。カイのやつ、まだ通話を切っていなかったのか。

『読み終わったんだろ?』

「うん」

それ以上、なんと答えればいいのか分からなかった。本当のところ自分がどんなふうに感じているのかすら分からない。けれど心の奥でこの感情が悪いものではなく、ポジティブなものだということは感じられた。

『たいしたことじゃないんだ。伝えたかっただけ』

「学部のサイトを個人的なことに使ったな。チェーン先輩に殺されるぞ」

『みんなに許可をもらった。全員が応援してくれてる』

爽《さわ》やかな声で言いやがって。

『お前は?』

「何?」

『オレを信じられる?』

「まだ分からない」

『じゃあ、これから映画のことを時系列で話す。最初の作品はクリーム。二作目と三作目はランラーとビア。そのあとはあんまり覚えてない。けど、時系列に沿って並べなくて名前だけでいいんならヌム、ミニー、ペーン、ジェム』

「……」

『これ、マンスリー・シネマな。あとデイリーもいっぱいある。カトゥーン、パン、クックカイ、フラン、アップル、うわー、多いな』

「熱心に映画を作ったもんだな」

僕は皮肉った。やつの彼女の名前は僕だって全部は言えない。

『でもお前とはこんなふうじゃない』

「オレのことは一生をかけて演じる映画だっていうオチか？　言っとくぞカイ。一生、上映を続ける映画なんてない。いつかは終わるんだ。オレには分かる。たとえオレの名前をつけた映画を作ったとしても、なおかつ、他の人の名前の映画を作らなかったとしても、いつかオレっていう名前の映画は終わるんだって」

僕は一気にまくし立てる。ところがカイはただ、こう答えた。

『終わらないよ』

「……」

『だってお前は映画じゃない。お前は現実だ』

ドッカ——ンッ！

どうして僕はまだワープしてないんだ⁉　今すぐここから消えてしまいたい！

《第15章》
君の言った「愛」

Khunpol Krichpirom
♪そっと、優しく愛してほしい〜――　Third Techaphon へ

「ぐふっ！」

カイ、お前ってやつは――っ。誰もが見られるウェブサイトでラブソングの歌詞を送ってくるなんて！


『そっとってどゆこと？　本当に優しくか？　激しく、じゃないの？』

『このクズ、オレの人でなし坊やを傷つけるな』

『〝てめー、殴ってやる〟＃カイの奴隷化に反対します』

『サード、生きてるか？　カイのせいでヘロヘロになってんじゃないだろうな』


「ヘロヘロってなんだよ！」

コメントを最後までスクロールして読み終え、僕は一人で毒づいた。これはごく一部だ。非公開にしているとはいえ、学部の先輩後輩たちが寄ってたかってコメントを発信しまくっていて、着信のアラームは鳴りやむ気配がない。

昨日、カイがウェブサイト上でやらかして以降、僕を見るみんなの目が変わった。

当初、学部のやつらは二つの党派に分かれて対立していたが、今ではさらに混迷《こんめい》を極め、カイを応援する一派、僕を援護する一派、そしておもしろおかしく焚《た》きつける一派の三つに分裂している。おいみんな、僕の恋愛問題はいつ学部の最優先課題になったんだ？

朝一番の講義も同様だった。カイをボーンとともに食堂に残して出てきたので、僕とトゥーがまず二人で、根掘り葉掘り尋ねたくてたまらないフィルムの三年生たちと対面することになってしまった。そして、僕らが講義室に入った途端、一人が大声でとある恋愛映画の主題歌を歌いだした。

「♪ああ、愛する人よ。僕のほうを見てくれ。人は傷ついたときに出会うもの～」

「その曲は使えない。この曲でないと。♪君はなんにも分かっちゃいない～友情の裏にはそれ以上の何かが隠れているというのに～」

「もう二人は両想いなんだよ、バカ。この曲だろ！　♪決めたんだ、決めたよ、この人に決めたんだ～」

「サード。どの曲がいいか、お前が選べ」

「なんでオレが選ばなきゃいけないんだよ。ったく――――！」

歌いながらはしゃぐ友人たちに向かって、僕は大声を上げた。冷やかすような視線が集まる中、講義室のスロープをうつむいたまま進み、一番後ろに席をとる。

ただただ、担当講師がやってくるのを待つしかない。が、僕らはかなり早い時間に着いてしまったようで、仕方なくみんなが次々とドアを開けて入ってきて、仲間と挨拶《あいさつ》を交わすのを眺めていた。

ところがやつら、一人の例外もなく全員が僕のほうへ一目散に歩いてきたかと思えば、カイの名前を口にするではないか。

この悪魔どもめ！

ギイッと音を立てて講義室のドアが開き、次の犠牲者がフィルムのハゲタカどもの前に姿を現した。カイとボーンが戦場に足を踏み入れたのだ。一人、また一人と友人たちのざわめく声がボリュームアップする。

さっきの僕はみんなの冷やかす勢いに抗うこともできず、できるだけ早く席に着こうとそそくさと歩いたのだが、カイはちがった。歓迎の拍手で溢れ返る中、やつは教室のど真ん中で足を止める。

「よっ、フィルムの英雄。呆れて冷やかす気にもなれないよ。ハハハ！」

前にいる友人たちから声が上がり、さっそく質問が飛ぶ。

「カイ、友達には手を出さないはずじゃなかったの？」

「美味しそうだったから仕方ない」

「ウハハ！　いいなーそれ」

最悪なやつらだ。結局回りまわって僕がからかわれるはめになる。

「インタビューさせてよ。いつから付き合うことに？」

「サードに訊いてくれ」

すごく親しくしていた女友達のユンイン。君はもはや僕にとって憎むべき相手でしかない。くだらないことを訊きやがって。

こうして僕はまた、カイによってややこしい質問の回答義務を負わせられた。

「知らないよ！　なんでも知りたがるんじゃないっての」

「友達でしょ。おめでとうって言いたいの」

「祝ってくれなくていいよ」

「じゃあカイにもう一度訊く。ずっと一緒にいて美味しそうなモノがすぐ近くにあったのに、どうして今頃になって気づいたの？」

新しい質問が飛んだ。おかげで僕はさっきの質問に異議申し立てをするチャンスを失う。

「まだ果実が熟してなかったんだな。こういうことには時間がかかるもんだ」

「自分の愚かさを隠さなくてもいいんじゃない？　水牛みたいに鈍感だっただけでしょ」

「カイは水牛どころか、鹿だっつの」

「なんで？」

「鹿の角みたいに長いモノを持ってる〜。ハハッ」

まさか、大ウケしてる！　教室にいる全員が十点満点と言いたげな顔つきだ。憎たらしいことにトゥーとボーンまで上機嫌で賛成するみたいに手を上げてやがる。

「言ってくれるなぁ、みんな。オレは長いだけじゃない、ビンビンしてるんだ」

「何がビンビンなんだ？」

「サードに訊いてくれ」

ちょっと待てよ。また僕に振るんだから。

「オレに訊くなよ！　カイ、いつになったら席に着くんだ、鬱陶しい」

「分かったよ。〝ヨメ〟があぁ言うので座ります。質問があったら、ダイレクトメールで送ってくれれば答えるよ」

「そうするよ、カイ。サンキュー」

こいつら……。

フィルムのやつらはいつもこうなのだ。おめでたくて、日がな一日、他人の噂話に花を咲かせている。学科の誰かの恋愛が発覚すると、たちどころに盛りあがり、みんなで寄ってたかってこんなふうに冷やかすのだ。

いうなれば僕らは家族であり、友人であり、兄弟のようなものなのかもしれない。幸せなときにはその幸福を一緒になって感じ、つらいときには隣に座り冗談を言って慰め、不安をほぐしてやる。しかし、ときに忘れてしまうんだ。自分一人の心の中にしまっておきたいこともあるんだって。だから今日みたいなことが起きる。

講師が部屋に入ってきたが、勘のいい彼は五分で学生たちの異常な盛りあがりに気づいたらしい。またもや僕とカイを冷やかすようなやりとりが蒸し返される。聞いているこっちはトゥーの股の間に頭を突っ込んで隠れたいくらいだ。おかげで講義が終わったときには、僕は体が溶けて椅子にくっつきそうなほどへたり込んでしまっていた。カイはというと、一人幸せそうににんまりしている。


その夜はカイと映画を観に行く約束をしていたので、夕方になるとショッピングモールのレストランでご飯をかき込み、最終上映回のチケットを買った。人が少ないほうが雰囲気がよくていい。僕は映画を観るときかなり集中する。観たものを分析したり、大学での勉強のヒントにしたり、将来の仕事に役立つかも知れないから。それなのにその親友は館内に入る直前、僕が眉を顰《ひそ》めるような質問をしてきた。

「ジュースとポップコーンいる？」

「知ってるだろ、オレは観てるときには何も食べないって。お前が食べたければ買えばいい」

僕にこんなことを訊いたのは、やつがよく連れている女性たちの影響だろう。映画デートで毎回カイはそういうやり方で彼女たちにサービスしていたはず。

あの光景はいまだ僕のまぶたに焼きついている。あの日の映画館、そして僕の涙……。

「何考えてんだ。買わないよ。お前が腹減ったら困ると思って訊いただけ」

会話の内容を切り替えるように、大きな手が僕の髪をくしゃくしゃにかきまぜる。そして僕らは館内へ入った。

「E列だ。Eの13って幽霊が座るシートだっていうよな」

「バカだな。Eの13を空けてるのは、緊急用とかエアコンが水漏れしてシートが濡れて、どこかのシートが座れなくなったときの予備とか、そんな理由だろ」

僕を怖がらせようなんて百年早いんだよ。オバケごときでびくびくする人間じゃない。今までだって数えきれないくらいのホラー映画を観てきてるのに。

「参ったなあ、怖がってくれないんだ」

「出直してくるんだな」

僕が中央側のシートに腰を下ろすと、カイはひょいひょいと歩いて隣のシートに座った。今では歩き方も上達していて、松葉杖を使わなくても蝶《ちょう》が舞うように歩いている。傷が一向によくならないのは、このへんてこな行動のせいだ。

「どうして肘掛けを上げるんだ？」

大きな手が僕らを隔てている肘掛けを持ちあげたのを見て、僕は厳しい口調で尋ねた。

「ジュースのコップもないんだし、上げないと狭苦しい」

「じゃあ離れて座れば？　そっちのほう、三つか四つは空いてるだろ。ほら」

最終上映だから客はまばらだ。

「イヤだ。オレは今みたいにスクリーンの真正面で観たいんだ」

「前に行ってくれ」

「しぃ――っ。映画が始まる。お静かに」

すっとぼけた態度をさせたらカイに勝る者はいない。今日の作品は戦争映画だからまだ助かる。さすがに相手も僕を困らせるようなことはしないだろう。

だが、映画が始まって十分ほど経った頃、やつの手がもぞもぞと動き始めた。

僕は責めるようにやつの顔を見た。しかしカイはまるで分からないといった表情をして、さらに僕の手に指を絡めてくる。おかげで指と指との間が汗だくだ。

「映画を観てるんだよ」

「観ればいいじゃないか。誰かが目隠ししたわけでもないだろ」

「集中できない」

「ドキドキするなら言えよ。分かってるって」

僕は口を噤《つぐ》み、カイの顔をいっさい見ないことにした。このままではやつのくだらない言葉に気をとられて、チケット代が無駄になってしまう。

「かわいいなぁ。なんで気づかなかったんだろう」

「戦争映画のどこがかわいいんだよ」

「映画じゃなくて、お前のこと」

「黙れ」

「感動しないの?」

「ああ」

「この映画監督のどこがいいんだよ?」

「どこもかしこも」

「けど、こいつはオレみたいにお前の手を握れない。フッフッフ」

我慢だ、我慢。口論しても疲れるだけなので、僕は渋々《しぶしぶ》カイと手を繋《つな》いだまま、座って最後まで映画を観た。エンドロールが流れだし、長身の人物がやっと手を離して僕を解放した。ようやく、お互い別々に大きなスクリーンに集中する。

「お前とオレの名前がここにあったらいいよな」

今度聞こえた声は、先ほどのようにからかう口調ではなかった。

「卒業したら、お前も夢に向かって進めるだろ」

「そこにはお前も一緒にいるんだぞ」

「分かるもんか。オレは他の分野に方向転換してるかも」

「映画はお前の人生のすべてだってのに?」

僕のこと知り尽くしてるな。そうだよ! 最初にコミュニケーションアーツ学部に足を踏み入れたときから、三年になって専攻を選んだ今まで、映画科を選んだことはまちがいじゃなかったって思ってる。カイのほうはまだ今後の人生に迷っているみたいに見えるけど、自分の中でははっきり決めているんだろう。

「だって世の中、確かなものなんてないだろ?」

「けど、お前がオレといるのは確かだ」

「適当なこと言ってんなぁ」

「だって! 足を骨折して歩けなくなったオレを、お前はどこにも行かずに助けてくれてるじゃん」

「仕方なくだよ。お前の母さんがああして四六時中電話してくるんだから、助けてやらなきゃ申し訳ないだろ」

「申し訳ないなんて思わなくていい。お前の家族だと思えばいいよ」

そりゃ心温まることで。僕とカイはそれなりに長い付き合いであることは事実だが、あとの二人の人でなしだってカイの家族とは親しくしている。だから自分が他のやつらより特別だなんて思わない。

「分かった、分かった——さて帰るぞ。エンドクレジットも終わったし」

「お前がオレの恋人になるって言ったら、帰る」

「老いぼれるまでここで寝てろよ。オレは先に帰る」

そう言って僕はすっくと立ちあがると、すぐさま映画館の出口に向かう。

夜ももうおっかないほどに更けていた。

「いつになったらオレと付き合う気になってくれるんだよ」

カイの声がまだ背中のすぐ後ろで聞こえる。

「時間が証明してくれるよ」

これが今、僕が答えられる精いっぱいだ。

相手を焦らしたいわけじゃない。けれど僕はまだ、カイの誠意をこれっぽっちも目にしていないし、血まみれのお化け状態で学部にやってきた日のことを除けば、形になった行動も見ていない。カイは遊びをやめると言い張っている、ただの女好きな男の一人にすぎなかった。

僕は「リスクを覚悟する」と心に決めたことがある。だがそれは、そこに水があるのかどうかも確かめずに、闇雲に滝つぼの中へ飛び込むということではないのだ。落ちていく先は硬い地面で、飛び込めば重傷を負うか即死する。……そのことが飛び込む前に明らかになる可能性だってある。


学部の劇団にとって、死の一日がやってきた。この日、重要な作業を担うのは脚本を書く僕ではなく、衣装班、撮影班、そして音響班だ。

チェーン先輩とアン先輩が関係チームに招集をかけ、早朝から目ヤニをつけた学生たちが集合する。土曜日といえど早起きしなければならない。自分の仕事がない僕も人でなし三人とひとくくりにされて駆りだされる。

敏腕カメラマンのトゥーは、公演の広報用ポスターの撮影を任されていた。カイとボーンは、今年の演目で主題歌を歌うキャストのオーディションの準備だ。今日はきっと全員の目が回る記録的な忙しさの日になるだろう。

僕たちはそれぞれ持ち場に分かれた。僕自身、撮影は得意分野ではないため、トゥーがカメラマンとして働くのを眺めたり、効果音を作っている音響班やライトを調整している照明班の仲間に細々とした備品をとってやったり、その程度のことしかできない。キャスト陣はというと、撮影に向けて衣装やヘアメイクなどの準備に余念がない。

「ポスターのテーマはどんなの？」

僕は黒くて重そうなカメラを持っているトゥーに尋ねた。

「チェーン先輩が言うには、甘ったるくてフワフワした感じだと。全然オレのスタイルとちがうんだけどな」

「まあまあ。お前の腕は確かなんだから。撮り終わったらグラフィック班に回せばいいんだよ」

「撮るには撮りますけど。ただ、ピンクが胸寄せブラ一枚で撮らせてくれたらいいのになー、ってな」

このエロ男！　仕事だっていうのに欲情してんのかよ、トゥーめ。

「チェーン先輩に言いつけてやる」

「言えばいいさ。先輩の友達のアン先輩だって、オレに同意してくれてるんだ」

僕は絶望して額《ひたい》に手を当てたくなった。こいつには将来、パートナーが現れるのだろうか？　その人に心から同情するよ。

「分かってんだぞ。お前が心の中で何を考えてるのか」

トゥーの声が僕の思考を遮《さえぎ》った。

「何を考えてるって言うんだよ？」

「なんでオレが男前なんだろうって考えてたろ〜。最近、高いコスメを使ってるんだ。モデルの後輩がくれてさ。塗るだけじゃ効果が出ないんだよ。指の代わりにおっぱいで顔を擦るんだ」

「このクズ」

二〇一七年度のサイテー人間はこいつに決まりだ。

「クズ、いいねえ。じゃあな、サード。――ピンクちゃん、真ん中へどうぞ。ファーンてめえ、さっさとこっち来い！」

トゥーのやつ、さっさと話題を変えやがって。そしてこのダブルスタンダードな仕事ぶり。僕は仕方なくやつが思う存分仕事ができるよう脇に寄った。すると、突然やつが大真面目な顔を僕に向けた。

「ここは特に何もやることはないから、オーディション会場にいる恋人を見に行っていいぞ」

「誰が恋人だ！」

僕は大声を上げた。

「カイだろ」

「やつは恋人じゃない」

「ああ、そうだな。でもあっちはサポートがいるかもしれないだろ。こっちは大丈夫だ。さっさと行け。邪魔」

なんだよ、傷つくなぁ。僕は仕方なくそそくさとスタジオを出て、すぐ近くのオーディション会場へ向かった。

入り口ドアのノブを掴んで押し開けた途端、女性の美しい声が耳に流れ込んできた。

幸いドアは審査員の後ろにあって、僕に気づいて振り向く人は一人もいない。僕は邪魔をしないようドアを少しだけ開けたまま、そして空気を壊さぬよう中には入らず、その場で耳を澄ました。

目を開けて見てごらん

僕らの見ている地平線が繋がる先を
ありとあらゆる星々の光が
僕とともにある夜に君を連れていってくれるだろう

「いやー――、かわいいー」

オーディション会場にいる人たちが口々に言う。僕は一段高いステージ上で椅子に腰をかけている女性を見つめた。彼女はギターを持っていて、幸せそうにそれを奏でている。

傷ついた痕から　血が流れるだろうけれど
僕ら二人は心から信じている
星々が僕らを、かつてのあたたかい場所へ
連れて帰ってくれるだろうということを

すごくきれいな声だ。息をするのも忘れるぐらい。

ゆったり語りかけるようなラブソングの名曲。今まで聴いた女声バージョンの中では最高だ。きっとこの人が舞台公演の主題歌の歌手に選ばれるだろう。オーディションを最初から見ていたわけじゃないけど、会場にいる人たちの反応とチームメンバーの態度を見る限り、この声の持ち主が本命であることは一目瞭然《いちもくりょうぜん》だ。

彼女の歌が終わるや否や、会場に割れんばかりの拍手が起こった。カイは審査員の一人として椅子に座っている。今のカイがどんな表情をしているのかまでは見えないが、きっと少なからず満足しているはずだ。

「じゃあ次の人。ステージに上がって準備をしてください」

緊張が解けて、聴衆の注目が次の人に移る。僕も同じだった。その場にとどまったまま動く気にもなれず、ステージを見守った。

次から次へと人が入れ替わり、全員の審査が終了した後、審査結果を発表する前に短い休憩に入った。結果はもちろん、予想通り先ほど聴衆を魅了したあの声の主が選ばれた。オーディションが終わると参加者たちは一人、また一人と会場を出ていく。そこで僕もトゥーを冷やかしに元の場所へ移った。やつは真剣な表情でポスター用の写真撮影に没頭している。

「あっち、キャスティングは終わったのか」

そう尋ねつつ、手は休むことなくシャッターを切っている。

「ああ。選ばれたのは天使みたいにきれいな声の人でさ。かわいいし」

「バストは大きい？　撮影の予約させてもらおうかな」

「それ、どうにかならないのかよ。セクシー系の美人じゃないんだ。人形みたいなかわいい系」

「じゃあないな。カイは気に入るかも。あいつは萌え系が好きだから」

僕は一瞬ショックを受けたが、何も言わずにトゥーが撮影する様子をだらだらと眺める。

終わったのはそれから二時間近く経ったあとだった。というのも、撮った写真をグラフィック班に送り、その場で加工作業をするはめになったからだ。ああ、ずっと座ってたせいで尻が痛い。

しかし、なんでだろう。機材の片づけとスタジオの掃除を終えても、カイと音響班のやつらは一人も姿を現さなかった。オーディションは二時間前に終わってるっていうのに。

「じゃあみんな、解散するぞ。お疲れさん」

最後の確認作業をしていたチェーン先輩が、その場にいる全員をねぎらう。何時間も働きづめでへとへとの学部のみんなはそれぞれ帰っていき、残ったのは黙って顔を見合わせている僕とトゥーだけ。

「どうする？」

「そっちこそ。サード、あとの二匹を捜してこい。その後、一緒にメシにしよう」

「お前も一緒に来いよ」

「ションベンに行きたい。撮影が忙しくて休憩できなかったんだ。それともオレを便所まで送ってくれるのか？」

「イヤだ。時間がもったいない」

「じゃあ、急いであいつらを捜してこい。駐車場で待ってる。いいな」

「ああ」

トゥーは右手のトイレへ向かい、僕は左手にあるオーディション会場へ向かう。

ドアを少し開けて中を窺うと部屋は明るく照明がまだついていた。室内に残っているのはケダモノたちばかり。ただ意外なことに、オーディションで選ばれたあの後輩もいた。

ここにいる音響班のやつらは全員男だ。悪党たちのいる部屋の中に、どうして戸惑う様子もなく彼女一人でいられるのだろう。僕はなんだかいぶかしく思った。

「シンシンちゃん。オレの友達が君のこと好きなんだって！」

ふいに三年生の一人が大きな声で言い、ガハハッと笑う。シンシンと呼ばれた女の子は恥ずかしそうにもじもじと身を捩《よじ》ると、はにかんだ微笑を覗かせる。

ふぅん……デレデレしちゃって。それにしても音響班の女性陣はどこへ消えてしまったんだ？ まったく、どうなってんだか。

「その友達ってのはこいつだよ。もしよければ」

四年生がカイの姿を指差した途端、僕は目を見開いた。心臓が勝手にドキンドキンと激しく打ちはじめる。

「ああ、カイ先輩ね」

「知ってるんだ。ヒュ――。だったらこいつも期待しちゃうかも」

部屋にいるみんなが冷やかし声を上げて、途切れることなくカイに声援を送っている。当の親友も反論する気配を見せない。惜しいことに、僕の立っている場所からはカイの顔が見えなかった。笑っているのかも、どんな反応をしているのかも分からない。が、笑ってたらどうしよう。

「こいつはちょっと女好きがすぎるんだけど」

「私は女好きな人でも、なんとかなるかな」

「へえ――。最高じゃん。カイ、どうする？」

僕はやつの口から誠意のある言葉が聞けるのを願った。だってカイは僕一人と真剣に付き合うと言ったのだ。僕はその言葉を忘れていない。

けれど、どんな反論の言葉も聞こえてこなかった。タイミング悪くボーンが上げた声以外は。

「うわ、サード。いつからいたんだ？」

その言葉で全員の視線が一斉に僕に集まった。どうしていいのか分からず、仕方なく中途半端に開いたままのドアを押して中に入ると、ぎこちなく答える。

「ええっと……今来たとこ。ポスターの撮影が終わったから」

「そっか」

「トゥーが下で待ってるぞ。でもお前ら二人、まだ終わってないんならそのまま続けて」

「終わったよ！　行ける」

今度はカイが声を上げ、ギプスをつけた足ですたすたと僕に歩み寄ると、仲間や先輩に手を振って挨拶した。

ボーンも慌てた様子で追いかけてきて、素早く隣に並んで歩きだす。ボーンは僕に何か見たり聞いたりしなかったか耳打ちで尋ねてきたが、僕は安心させるために否定した。だって何もなかったじゃないか。ただ女性に軽口を叩いて楽しんでいる、血の気の多い男たちってだけのことだ。僕とカイのことでさえ、仲間たちに一週間ほどからかわれたんだ。あんなかわいい子をあいつらが放っておくわけがない。

それでも訊かずにはいられなかった。

「オーディションに受かった人、なんて名前？」

そう切りだしたのは、大学の隣にある食堂に着いたときだった。人でなし組のメンバーが全員揃っている。

「シンシン。二年生だ」

「会計学部のシンシン？　へえー、有名な子じゃん」

トゥーも知っているらしい。

「かわいい系は好きじゃないって言ってたくせに」

僕は怪訝《けげん》に思って尋ねる。

「かわいい感じで、バストの小さな子は好きじゃない。でもこの子は手からはみ出るサイズなんだ。ところで、シンシンはかわいさで点稼いで選ばれたんだろ？」

「ゲホ、ゲホッ。ちがう」

カイが焦った様子で素早く否定する。

「よく言うよ。お前が高得点をつけたからだろ」

今度はボーンが皮肉った。ふーん……ああいうのが好みなんだ。ふーん……。

「歌がうまいんだ。聴いたらお前も同じことを感じるよ」

「聴いてたよ。中には入ってないけど、お前の言う通りだった」

話をこじらせずさっさと終わらせるために、僕は本当のことを話した。

「そっか。じゃあ、どうして一緒に座って聴かなかったんだよ？」

「トゥーの手伝いをしに戻らないといけなかったから」

「はあ？　でもお前……」

トゥーが何かしゃべって嘘がバレてしまわないよう、僕は慌ててやつの足をトントン、と小突いた。

本当のところ、僕は候補者全員の審査が終わるまで、あそこにずっと立って聞いていた。音響班の男どもの集う部屋で「今来たとこ」って言ったことも嘘だ。

シンシンが何者なのか、そんなことはどうでもいい。気になるのは、カイの今の気持ちが彼女に向かってしまってるんじゃないかってことだ。あんなにかわいくてカイのタイプなんだろ。それに歌もうまい。舞台公演の主題歌を歌うことになれば、ドカンと有名人になるはずだ。そうなったとき、今のままでいられるだろうか。

やっぱり過去のあいつを頭から消し去ることができない。

カイは熱しやすくて冷めやすい。恋人と別れたら次の人と付き合う。あちこちで一夜限りの関係を持っては拗らせて、あちこちでトラブルを引き起こした。だから僕は決めていた。カイが僕にアプローチしている間に誰かと一夜限りの関係を持ったら、すぐに恋人候補という立場から外すって。

本当は友人のままでいるのもそう悪くはないんだ。ただ苦しいだけで。

「で、これからどこへ行くんだ?」

「もう寝るよ。朝起きられなくなる」

トゥーが眠そうな声で言って料理を口に放り込む。ボーンも賛成するように頷いた。残る僕とカイはお互いの顔をちらちらと窺い合ったが、最終的にやつのほうが我慢できなくなったらしく、僕に訊いた。

「帰って寝るか?　サード」

「帰るって言ったら、タクシー呼んで自分で帰れる?」

「いいや。お前をオレの部屋に連れて帰って寝る」

くっそー!　その言葉に苛立《いらだ》つだけじゃない。カイのこの、小悪魔みたいな微笑《ほほえ》みが大嫌いなんだ。

結果、断ることができたかというと、断れるわけがなかった。僕は家来となって、足を骨折したクンポンお坊ちゃまをお部屋に送迎しただけでなく、ぐだぐだと引きとめられてベッドでほぼ一日過ごし、再び目覚めたときには空は真っ暗になっていた。

部屋の主が、キッチンで口笛を吹いているのが聞こえる。また何か企んでいるな。見に行こうとしたが間の悪いことに、ベッドに置かれたままのカイのスマホに着信が入っていることにふと気がついてしまった。ロック中の画面に通知が表示されたままになっている。

僕の知る限り、カイがこのアプリを使うのは仲間内や学部の親しい先輩後輩との連絡だけだ。それに、昔の彼女たちの連絡先はすべて消したはず。でもそういったことは全部、僕がカイのプライバシーをどうこうしたわけではなく、カイ本人が余計な連絡先を全部消して、なおかつ「トラブルを解消したい」と話したから知ったことだ。

なのに、どうして今日「シンシン」というアカウントからメッセージを受けとっているんだ？

いや、主題歌のことで何か話があるのかもしれない。そう考え、僕はごちゃごちゃした思考を急いで振り払うと、イカれたように口笛とハミングを繰り返しているノッポのところへ向かった。

「何作ってんの？」

尋ねながら、フライパンの中を覗き込む。

「カイチアオ［タイ風オムレツ］」

「目玉焼きもぐしゃぐしゃになってたのに、またやるのか？」

「お前と夕飯を食べようと思って」

「じゃあ作れば。失敗したら捨てるけど」

結局、本当に捨てるはめになった。そして、カイのために作ってやるのはまた僕だ。お坊ちゃまはカイチアオと野菜炒めを食べたいらしい。ホントに手のかかるやつだ。

ようやく料理が出来あがり、テーブルに着いたのは夜の七時ちょうどだった。

カイはいきなり突進するような勢いで自室に入って行ったかと思うと、足を引きずりながら上機嫌で出てきてテーブルに着いた。僕らは座って、いつものように口喧嘩をしつつ食事をした。その間もメッセージの受信通知が一向に鳴りやまない。横目でスマホを窺うと画面にシンシンの名前が表示されているのが見えたので、僕は声を落としてカイに尋ねた。

「誰だよ」

「いんや。なんでもない」

「大切な用事なんじゃないの？　先に連絡して、そのあと食べたら？」

「いや。お前こそいっぱい食えって」

カイは手を伸ばして僕の頭を軽くとんと押すと、また美味しそうに料理を口に運び始める。なんだよ！　ごまかすのがうまいんだから。もしなんでもないんなら、最初から後輩と話してるって言えばいいだろ。いつまでこっちを蚊帳《かや》の外に置いておくつもりだよ。

僕はなるべく公平な目で物事を見るようにと自分に言い聞かせた。プライベートなことにせよ、そうでないにせよ、カイが言わないというのは僕に知らせたくないってことだ。僕に気をつかわせたくないとか、そういうことなのかもしれない。だからシンシンという子の件は僕が心配するべきことじゃない。

しかし――。

その日以降、稽古場に行くと、僕は彼女がしょっちゅうカイと一緒にいるのを目にするようになった。

「シンシン。こいつはオレの親友のサード。サード、こっちは公演の主題歌を歌うシンシンだ」

「よろしくお願いします、サード先輩」

「よろしく。で、何をしてるの？」

「彼女の歌の練習を見てたんだ。明日、録音するから」

「ああ……」


大勢の仲間と学内の食堂で食事をしているときもだ。

「シンシン、こっちに座って」

「いいんですか？」

「ここはみんなの場所だろ。ところで、うちの学部の食堂に来るなんて、どうしたの？」

「会計学部の食堂は美味しくないんです」

「じゃあ毎日不味いといいなぁ。そしたら毎日一緒にランチができる」

仲間たちがウキウキしている中、僕だけが不安な気持ちになっていた。

カイが彼女を誘ったわけではないし、彼女に話しかけたわけでもない。けれど、互いに向ける二人の視線を見れば僕には分かった。

カイの心は変わっていない。これまでとおんなじ。誰も愛することができない、これまでのカイとまるで変わっていない……。


カイの足からギプスがとれ、それをやつがＳＮＳに投稿したときもだ。

『友達がスッキリしたんだ　お祝いするぞ』

『ヤッター　おめでとう』

『えっクンポン足治ったの？　そりゃ残念』

『カッコいい――』


僕は大量のコメントをスクロールして読んだ。そして視線はやっぱり最後に「シンシン」と表示された誰かのコメントで止まる。

僕の知らないことがまだたくさんあるんだろうな。だからといってこれ以上のことを知る権利なんてない。


そして今日――。

あっという間にやってきた心躍る金曜日。けれど僕たちはやっぱり全員が揃うことはなかった。

「音響班でお祝いがあるの？」

トゥーが音響班の主要メンバーであるカイとボーンに尋ねる。

「ああ。お前ら二人は部屋で映画でも観て、静かに飲んでろな」

質問に答えたのはカイだ。ギプスのとれた足でソファーに座る僕の目の前までずんずん歩いてきたかと思うと、すとんと隣に腰を下ろす。

「あっち行けよ。煙草くさ」

「ボーンだよ。オレが言ってもまだ吸ってんだ」

「なんだよそれ。なんでも人のせいにすんじゃねえ」

「人でなしちゃあーん、ボーンが無理やり吸わせるんだよー」

言い返せなくなると、途端に何も分からないふりをして論点をずらすんだから。

カイはときどきヘビースモーカーになる。ときどきっていうのは、ストレスがたまったとき、酒を飲んでいるとき、そして……セックスしまくっているとき。頼む。このにおい、ストレスがたまってるだけであってくれ。

「で、何時に行くの？」

僕は尋ねた。

「八時の約束だ」

「もうすぐじゃないか。行けよ。オレたち人でなしの飲み会は毎週やってるんだし」

僕は二人に後ろめたさを感じさせないよう、フォローする言葉をかけた。とはいえカイとボーンが部屋を出ていくと、残った僕とトゥーはちらちらと互いの顔色を窺う。

今夜の定例飲み会は僕の部屋でやることになっていた。キッチンには氷とソーダ、それにツマミが揃っていて準備万端。それなのに夕方の四時になってやつらが別の約束をしていたことが分かったのだ。最初に教えてくれていれば、僕だってこんなにひどい気持ちにならなかったのに。

「これからどうする？」

芸術家肌の親友が早く出かけたくてうずうずするという目で尋ねる。

「お前はどうするんだ？」

「二人で飲んでてもつまんない。飲み屋に行こう」

「いいな。部屋に二人っきりじゃ、なんだか気分浮かないもんな」

善は急げ、行動開始だ。

シャワーを浴びて着替えると、僕とトゥーは大学近くの飲み屋に向かった。正確には飲み屋というよりパブだ。座って酒を飲む席と踊るスペースが分かれていて、夜が更けて盛りあがってくると客がダンスを始める。けれど僕のように人混みを嫌う人間は、ここで座ってただ飲むだけだ。

しばらく飲んだあとトゥーが切りだした。

「ずっと前から訊こうと思ってたんだ。ここしばらく、何か思い悩んでることがあるんじゃないのか？　もしそうなら相談に乗るぞ」

人でなしの三人からカイを除くと、いつも僕と苦楽をともにしてくれるのはトゥーだ。

考えてみれば恋愛沙汰で泣きに泣いていたときにも、トゥーは僕の傍にいてくれた。だから僕はトゥーに包み隠さずすべてを話すことにした。

「お前はシンシンと個人的な付き合いとかある？」

「会計学部のシンシン？　ないな。けど噂は聞くよ」

「どんな子なの？」

「ちょうどいいってさ。バストのサイズがちょうどいい」

「冗談じゃないんだよ」

こっちは真剣な話をしてるのに、相も変わらずイライラさせることを言う。

かわいいのにバストが大きいことはもう知っている。じゃなきゃ、舞台公演に参加している男たちが、へらへらと彼女を崇《あが》めたてまつるわけがない。彼女の人気ぶりはヒロイン役のピンクだってかすんでしまうほどだ。

「オーケー、真面目に話す。ちょうどいいっていうのは、本当にちょうどいいんだ」

「……？」

僕は首を傾げて、分からないという顔をした。すると友人はすかさず説明を始める。

「男の心を掴むのに長《た》けてるってこと。ベッドでのあれこれとか、そういうのがうまい」

「シンシンが？」

「お前、人を顔で判断するなよ。ああいう清楚《せいそ》系《けい》のかわいい子だけど、お前が目にしてる外見とは大違いなんだから」

「そんなに？」

「で、なんで彼女のことを訊くんだ？　まさかカイと関係あんのか？」

「じゃない？」

「考えすぎだって。カイはもう遊びはきっぱりやめるって言ってたんだから」

「オレにはそう思えない。お前だって知ってるだろ。女たらしな性格は簡単に治らないって。じゃなきゃ、お前だってとうの昔にやめてるはずじゃないか」

「オレはまだホントに好きな人に出会ってないからさ。カイはちがうだろ」

僕はビールをあおり、グラスを空にした。トゥーがすぐにその透明なグラスをとりあげて、氷をいくつか足し元通り満杯まで酒をそそぐ。

「オレに隠し事してるんだ」

精いっぱい絞りだした声はなぜかかすかに震えていた。言いようのないひりひりした痛みを心の奥底で感じる。

「もしかして……始めっからカイに心を許すべきじゃなかったのかな」

「待てよ、落ち着けって。お前はいつも先まわりして考えすぎだぞ」

「何度も見たんだ。メッセージアプリでシンシンと話してるのに、カイはオレにそれを話そうとしないんだ。それに、事あるごとに彼女と一緒にいる」

「そりゃそうだろ。一緒に仕事をしてるんだから」

「お前、今カイの味方してる。分かってんの？」

「おい、サード。オレは誰の味方でもない。もし疑ってんなら腹を割って話し合うべきだ」

トゥーはそう言うがもし後ろめたいことがないのなら、やつから僕に話すべきじゃないのか？　僕だってプライベートなことを詮索《せんさく》する人間にはなりたくない。だから今まで黙っていたんだ。

「オレのこと、口うるさいアホだって思うかも」

僕はビールで喉《のど》を潤《うるお》した。

「そういうのをアホっていうんだ。お前らしくない」

正座して実家の母さんに叱《しか》られてるみたいな気分だ。分かった。明日カイに会ったら率直に話をしてみよう。もう状況をあれこれ推測するのにも疲れてきたところだ。

そう悪いことばかりってわけでもないはずだ。僕の早とちりでカイとシンシンはなんでもない、ふたを開ければそんなところだろう。

「もし気をつけるとするなら、あの子のほうだろうな。結構なやり手みたいだから」

「相手にしなければいくら誘われたって問題ないだろ。カイが応えない限りはさ」

「まあまあ、オレを信じろって。そんな悪いことにはならないから。——えっ、おーい、ケン先輩！」

「……なんだ？」

「ケン先輩だよ。ダンスフロアで女といちゃついてる。世の中狭いもんだな」

トゥーが口にしたのは音響班にいる四年生の先輩の名前だ。フロアであんなにはじけちゃってるところを見ると、音響班の他のメンバーもこの店にいるってこと？　本当に世の中狭い。カイとボーンにはどこでお祝いするのか訊かなかったから、何も知らずにここに来たのに大当たりだ。結局同じ店で飲んでたなんて。

「声をかけに行ったほうがいいかな」

僕はトゥーに意見を求めた。やつは少し考えてから頭を横に振る。オーケー、たまには二人でだらだら飲むのもいい。

あっという間にビールを六本ほど飲んでしまったが、まだ十時半だ。トゥーは手を振ってウェイターを呼ぶと、ビールの追加を注文する。僕とトゥーはこうしてさらに三本も空け、さすがに瞼《まぶた》がとろんとなってきた。普段ならちびちびやってゆっくり酔っぱらうところなのに、なぜ今日はこんなにペースが速いんだろう。まるで照明の光に酔ったように体がぐったりする。

「トゥー、トイレに行ってくる」

そう言って僕は素早く椅子から立ちあがった。

「そんなんで歩けんのか？」

「行ける。まだまだ力は残ってるよ」

「サード、意識がちゃんとしてるかどうかって訊いたの。さっさと行ってさっさと戻ってこいよ。女の子に誘拐されないようにな」

なんて罵ればいいのか分からず、代わりに中指を立てて返事をする。

夜遊びに興じる客たちの間を縫って僕は歩いた。視界に入る風景が時おりぐらぐらと傾く。が、そのたびに足を止めて目の焦点を合わせると、なんとか問題なくまっすぐ歩くことはできた。

「おい、サード」

誰かの声が聞こえた。声の主が僕の肩先を掴みその場にとどまらせる。振り向くと、背後に四年生のケン先輩が立っていた。

「あれぇ、先輩」

「飲みに来てたのか。誰と来た？」

「トゥーと」

「偶然だな。お前の友達二人もこっちのテーブルにいるんだ。一緒に飲もう」

「やめときます。音響班のお祝いでしょ」

「つってても身内だろ。あっちだ、あっちのテーブルね。一番奥の席、百十三番。じゃあオレちょっと踊ってくからさ」

先輩が指差した先は、人だかりの向こうのまったく何も見えない暗がりだ。もう一度確認しようと僕が振り返ると、先輩はすでにダンスフロアで踊り始めている。

少し考えたあと、僕は覚悟を決めて暗闇の中を手探りで歩きだした。時おり降りそそぐ照明のライトで、店のあちこちが暗くなったり明るくなったりする。その一瞬の光の中に学部の先輩や後輩たちが楽しそうに酒を飲んだり、踊ったりする姿も浮かびあがった。その中で何より僕が驚いたのは、一人の女の子がカイの膝の上に座り、周りのことなど気にもかけず体を寄せ合って濃厚なキスを交わしている光景だ。

その瞬間の僕はその場に棒立ちのまま、気を失いそうになっていた。

……お前は変わったと思ったのに。やっぱり元の悪い癖が戻ったんだな。

これまでの信頼がめちゃくちゃに壊れていく。奥歯を噛みしめてじっと立ち尽くしたあと、ようやくその女性が誰なのかに気づく。

舞台公演の主題歌を歌うあの子じゃないか？　カイがすごくきれいな声をしているって言っていた、シンシンという名前の彼女。

そっと後ずさりをした。頭がくらくらして何も考えられない。ただひたすら、そこから遠ざかろうと必死になった。気づくと、いつの間にか僕は屋外にあるトイレの入り口に立っていた。

何人もの煙草のみたちが、店のスモーキングエリアにたむろしている。前方には女性の一団がいて、アルコールが回ってそうな雰囲気で踊っている。どうにもならない感情の逃げ場を探していた僕の目の前に、暗いトンネルの先に見える光のように人影が現れた。はっとして思わず声を上げる。

「ボーン……」

「サードじゃないか。どうしてここに？」

友人が落ち着いた声で尋ねる。

涙がこぼれそうだ。けれど思ったようには流れなかった。ただ僕は呆然《ぼうぜん》と立ち尽くすだけ。傍へやってきたボーンがいろんなことを尋ねるのを見つめるが、質問の意味が頭に入ってこない。そして僕は……。

「ボーン」

「だいぶん酔ってんな。オレが連れて帰るからな」

「キスしろ」

「アホか、サード。何すんだ？」

「キスしろ。噛みつけ。オレの体に痕をつけてくれ。やってくれないか？」

僕は顔を上げて尋ねた。我ながらなんてバカなことを思いつくんだろう。けれど誰とキスしようが大して変わりはない。

相手が指示通りにしてくれそうにもないと分かると、僕は隙をついてボーンの首筋に腕を回し、顔を引き寄せ即座に唇を押しつけた。ちくしょう、つらすぎる。愛情も信頼も、何もかも消えた。この目ですべてを見定めた今日、この日に。

僕は大まぬけだ。何度も同じ失敗をしてるくせに、少しも懲《こ》りてない。結局は現実を知って涙を流すはめになるのに。カイという滝つぼには本当に水がない。あるのは硬い土だけで、飛び込んだらめちゃめちゃに傷つけられるのに。

アルコールの香りのする舌を親友の口腔に挿し入れた。ボーンはそれを引き剥がしにかかったが、僕は抗い、恥じらいもそっちのけで必死にキスを続ける。

人がたくさんいるからなんだっていうんだ。僕がゲイだって見せてやるよ！

僕のような恥知らずが何をやってのけるか、見てればいい。

——バコン！

鈍い音がした瞬間、僕は自分の体がバランスを失い、よろめきながらふらふらと後ろへ下がっていることに気がついた。

——ボコ！　ボコ！　ボコ！

重たい拳《こぶし》の当たる音がいくつも鼓膜に響いた。しかし、拳を受けて倒れたのは僕ではない。

「ボーン、てめえ！」

鋭い声が辺りに響き渡る。カイがボーンを勢いよく殴りつけ、上背のある体が床に倒れるのを目にした途端、さっきまでかなりぼやけていた視界がたちまち鮮明になる。

僕は慌てて力ずくで二人を引き離した。カイがぐっとこちらを睨みつけ、片手で僕の首を掴むと体をトイレの壁に押しつけられた。

首を掴む力の強さに息ができない。涙が筋となって頬《ほほ》を伝う。言葉が出ない。伝えられない。できることと言えば、このまま呼吸ができなくなるまで泣き続けることぐらいだ。それでも僕はカイの顔を見つめた。言葉にできない感情を抱えたまま、まばたきもせずに。ただ、すごくつらいということだけは分かっていた。カイに裏切られたことがつらかった。

「ちくしょうっ！」

「ケホ、ケホッ」

カイがようやく手を離し僕は激しく咳き込んだ。その間も大きな音が何度も鳴った。しばらくして気がついた。とめどなく壁を殴りつけ、手のひらまで血まみれになっているカイの拳に。

生臭い血のにおいが鼻をついて吐きそうになりながらも、僕はネジが弾けたように壁を殴り続けているその拳を、ありったけの力で押さえ込んだ。目の前にいるカイの手首をしっかりと掴んだまま、声を絞りだす。

「オレを殴れよ。めいっぱい殴れ」

「サード、お前……」

「オレがボーンにキスしたんだ。だからオレを殴ってくれ」

「……」

「それで終わりにしよう。もうお前を好きでいたくない。オレはつらいんだよ。ううっ……つらいんだ」

まるで堰《せ》き止めていたものがすべて決壊して、噴きだしたようだった。長い間、片想いしてきた人の目の前で決壊したのだ。

やっぱり無駄だった。やっぱりすべてを失うことになってしまった。

何度も覚悟はできてるって自分に言い聞かせてきたけれど、実際には痛みから逃れることなんてできない。カイは何も変わってない。こいつは口だけで僕を愛してなんかいなかった。これっぽっちも……愛してなんかなかったんだ。

「サード、ごめん」

「……」

「オレ……謝るよ」

僕が握った手首は震えている。カイはわななく声で僕への謝罪を口にした。そして僕は今、真っ赤になったやつの顔に……涙がこぼれ落ちるのを目にしていた。

どうして泣くんだ、カイ。僕みたいな人間のために泣かなくていいよ。

そんなことをしても無駄だ。

「オレは、お前じゃない人にキスできるよ」

「……」

「オレは、お前じゃない別の人とヤれるよ。誰も愛さずにいられるお前みたいになりたい。今みたいに失ってしまうことを悲しまなくていい、お前みたいにさ。お前は今オレを失って、少しでも悲しいって思うのかな？　オレが他の人にキスしたら、悲しいって思うのかな？」

「サード、ごめん」

僕の体がカイに抱き寄せられる。とても強い抱擁《ほうよう》なのに、心は芯まで冷たくなっていく。

あの日、やつは僕のことを家族であり、相談相手でもあると言った。

幸せなときも悲しいときも、いつでも傍にいる人だと。

ともに夢を作りあげ、実現する人だと。

そして僕のために、すべてをやめると約束すると。

「オレがこんなになってるのは……こんなに悲しいのは、お前を愛してるからだ」

「……」

「なのにお前は、オレの愛情を大切にしたいって思わないの？」

訊きたかった質問は一つだけだ。今僕を抱きしめている相手が、別の人と幸せそうにしている姿を見たときから、答えは分かっていたけれど。

《第16章》
ずっと言わずにいたこと

「サード、お願いだ……オレから離れていかないでくれ」

「……」

「頼む、行かないでくれよ」

かすれた声が途切れることなく訴える。

でも僕は見てたんだ。お前が選んだことじゃないのか。そして今僕たち二人が傷ついているのは、つい先ほどのお互いの行動のせいだ。これを終わらせるためには——。

「オレたち、本当に友達でいるべきなんだよ、カイ」

涙が流れて止まらないくらい悲しいけれど、事実は受け止めるしかない。

元の関係に戻るのだって悪くない。カイなんて逆に自由になってせいせいするだろう。僕の気持ちがどうだとか、満足しているのかどうかとか、絶えず心配しなくていいんだから。気詰まりな状態から始まる恋愛なんて、いつか終わりを迎える。

「嫌だ、ダメだって。オレはお前を友達になんてしたくない。お前のことは放さない」

僕を抱きしめる太い腕に力がこもり、息ができない。大泣きしているせいか、目眩《めまい》がひどくなってきた。抗うことも許されず力が抜けていき、最後にはカイに体を捕らわれたままになってしまう。

「カイ。サードを連れて帰ったほうがいい」

ボーンが言った。そっちを見ようとするとカイの大きな手が遮り、僕の顔はやつの肩に押しつけられる。その後、返事をする低い声が聞こえた。

「もちろん連れて帰るさ。お前とはあとで話をつける」

「ああ、オレはどこにも逃げたりしない。これじゃ殴られ損だ」

「オレのもんにキスするからだ！」

「お前のって、オレの友人だろ？　ったくよお！」

「おー、お前ら。ここで何してんだよ？」

トゥーの声だ。けれどカイは、僕が顔を上げてどんな状況なのかを確認するタイミングを一瞬たりとも与えてくれない。片手で僕の背中をしっかり支え、もう片方の手で僕の頭と肩を押さえつけたままじっとしている。

この場にやってきたばかりのトゥーは一瞬息を呑み、先ほどよりも声のトーンを落として言った。

「カイ……お前、サードに何をしたんだ？」

「この件はオレがなんとかする」

「何したかって訊いてるんだ」

「お前に関係ない」

「サードを放せ。放せって言ってんだろ！」

二人の間の奪い合いになり、僕の体はぐらんぐらんと揺れた。けれど最後には、再びサイテー人間カイの胸に埋もれてしまう。

「サードと話さなきゃならないんだ。誤解を解かなきゃ」

「お前が泣かせたんだろ」

「なあ、トゥー。こいつの好きにさせとけ。とりあえずオレを病院に連れてってくれよ……ひでえことになってる」

ボーンの不機嫌そうな声が聞こえる。僕はというと、ノッポに体を預けてひたすら嗚咽《おえつ》をこらえることしかできない。自分の胸のうちが乱れきっていることはよく分かっていた。冷静にカイと話をするなんてとても無理だ。

「お前とは話したくない。帰りたい」

やっとのことで必要なことを伝える。できるだけ早くここから去りたい。お願いだ、それだけでいい。

「じゃあ帰ろう」

カイはそう言うと僕の手首を掴み、反論する隙も与えず店の中へ引っ張っていった。薄暗い照明と耳をつんざくような音楽にますます頭が痛くなる。カイが元いたテーブルに戻ろうとしているのが分かり、僕は顔がカッと熱くなるのを感じてその場でぴたりと足を止めた。

「オレは行かない」

あの女の子はまだそこにいる。僕のまぶたの裏に、カイと彼女がキスしていた光景がたたみかけるように浮かびあがる。

もう充分だ。充分傷ついている。

「じゃあここにいてくれる？　財布と車のカギをとりに戻るだけだ。どこにも行くなよ」

僕は答えなかった。これ以上どこかへ行く気力などない。こんなにも世界が不安定に揺れているのに。

カイは僕が何も言い返さないのを見ると、テーブルまで歩いて自分の荷物をとり上げ、席に座っている人たちと話をし始めた。けれど僕の視線はそこへは向かわず、音響班に加わったばかりの後輩の女の子だけを凝視していた。考えまいとするのに、やはり不安になってしまう自分が嫌になる。

カイはあの手この手で言い訳して、ようやくその場を去ろうとしたが、例の女の子がカイの手首を掴んで動くことができなくなっていた。

僕の足はなぜかテーブルに向かって歩きだしていた。歩きながら、ぐちゃぐちゃになった頭の中でいろんな言葉を探す。たとえば……大丈夫、ここに残れよ、オレは一人で帰る、とか……また明日な、トゥーに電話して迎えに来てもらうよ、とか。

すごく馬鹿げてると思う。でも僕はそんな言葉を必死になって考えていた。そして気づいたときには、いつの間にか親友の背の高い体の傍まで来ていた。

「カイ先輩、何かあったの？」

尋ねる声は本当に不思議そうだ。だから僕は大きく息を吸い込むと、ちょっと上ずった声で言う。

「なあ、カイ……ここに残れ……」

だが僕の声は目の前の人物の冷たい言葉で遮られた。

「オレに関わんないで」

そう言うと、カイは僕の体を引きずるようにしてずんずん歩き出した。店を出るとそのまままっすぐに駐車場へ向かう。大きな手が僕の体を車の中へ押し込んだ。車が発進し、どれほどスピードが上がっても静けさが辺りを包んだままだ。

あえて言葉にするならば、貫かれるように胸が痛かった。たくさんの疑問が頭の中を駆けめぐる。

けれど何をどう訊けばいいのか、どう切りだせばいいのか分からない。だから僕はいつものように押し黙るしかなかった。

僕は本来、明るい性格だ。これまでずっと陽気にやってきたのに、カイに恋をしてすべてが変わった。

ただ、過去の自分に戻りたかった。友人たちとおもしろおかしく日常を過ごし、しっかり勉強して、毎日けらけらと笑っていたかった。それなのに今日、自分がかなりの深みに足を踏み入れてしまっていたことに気がついた。笑い声とはどんなものだったかも忘れてしまうほどの深みに。だって今じゃもう、涙を流している自分の姿しか記憶にないんだ。

カイは自分のマンションの地下駐車場に車を停めた。僕は自分の部屋に送ってもらえなかったことに何の異議も唱えない。カイは車のエンジンを切り、静かになるとドアを開け、僕を支えて立たせた。そのときだ。ようやく自分がすごく酔っ払っていることにはっきりと気づいたのは。頭がずきずきと痛み、目が回る。胃がムカムカしてここで吐いてしまいそうだ。それをなんとか耐えながら、前を歩くカイのあとをふらつきながらついていく。

「カイ、オレ……」

吐きたい。カードキーで部屋のドアを開けようとしている人物にやっとの思いで伝える。カイが振り向き、驚いた顔で尋ねる。

「どした?」

「オレ……」

言い終わらないまま、咄嗟に自分の口を手で塞《ふさ》いだ。

「おっ、ちょっ待てっ」

せり上がってくる吐瀉物《としゃぶつ》に耐えながら、僕は息苦しさでいっぱいになった。なんだこれ、死んでしまいたい。まるで象のウンコのにおいを嗅《か》いだみたいに気持ちが悪い。

カイは僕を引きずって部屋へ入った。ついていないことにバスルームは寝室の中。必死でそちらに向かうもはや力尽きそうだ。ぼやけてかすむ視界の先へ無我夢中で進む。

「サード、これはテレビだ。ここで吐くのはよせ」

大きな手が素早く僕の口を塞ぐ。が、その瞬間、我慢の限界に達した。もう、どうにでもなれだ。

吐瀉物はカイの指の間をすり抜け、すごいスピードで外の世界へ飛び散った。目の前の光景は揺れている上、ぼやけていて、部屋のどの家具にそれをぶちまけてしまったのか分からない。ただし、テレビモニターが犠牲になったのは確実だ。

「うぐっ。うっぷ！」

「サード、大丈夫だ。いいよ」

慰めの言葉が聞こえ、遠慮なくもう一度吐いた。耳の中でわんわんと音が鳴り、生臭いにおいが辺りに漂う。泣きたい気分だ。

僕は身を翻《ひるがえ》してノッポの友人の腕を振り払うと、ふらつきながら一人でバスルームへ向かう——つもりが、実際にはじたばたしただけ。掴まるものを探し手を振りまわしていると、何かが指の先に当たった。

——ガシャン！

テーブルに置かれたランプだ。

「おいサード、待て。動くな」

――ぐしゃっ！

「痛――――っ」

僕は部屋中に響く声を上げた。

遅かった。両足で思いきりガラスの欠片を踏みつけてしまった。何故か涙が次々に流れ出し、おかげでクリアになろうとしていたはずの視界が再び滲み始める。痛くて自分の体を支えていられない。どうしてこんなに涙が出るんだ。

今日の僕はいったいどうなっているんだ？　これは夢？　夢なら早く覚めてくれ。

パニックはそれほど長く続かなかった。ごつい手が膝の下に挿し入れられ、僕はカイに抱きかかえられてバスルームに連れていかれた。カイは僕をバスタブの縁に座らせると、いったんバスルームをあとにして薬箱を手に戻ってきた。

「大丈夫だ。もうすぐ痛くなくなるよ」

カイは少しだけ水の入った洗面器を持ってくると、僕の怪我した足をそこに浸した。そして洗面器の中で僕の足を念入りに探りながら言った。

「ちょっとだけ痛いぞ。小さいガラスの欠片がお前の足に埋まってる」

僕は相変わらず黙っていた。目の前でひざまずき、静かに傷口の手当てをしている人を眺める。血のにおいが鼻をついて頭がくらくらした。カイは僕の足をきれいな水に浸し、丁寧に洗ってくれる。

「沁みるか？」

カイが訊く。

「ボーンとキスした。キスしたことは後悔してない」

話している間も涙が流れて止まらなかった。時間を戻せたとしても僕はまた同じことをするだろう。自分が誰のものでもないことを確認するために。

自分の意志ですべてを選び動く自由は捨てていない。カイのことを気にしたり、待ったりする必要なんてない。こいつだって僕のことなどこれっぽっちも思ってくれていないんだから。

「でもオレは彼女とキスしたことを後悔してる」

それはあの後輩のこと？　後悔するなら初めからしなければいいのに。もしあそこに居合わせなければ、僕は何も知らずにこいつにチャンスを与え続けていたってことだ。そんなの全然フェアじゃない。

「オレたちは友達でいるべきだって、オレは決めたよ」

「……！」

もうこれ以上、同じことで繰り返し傷つきたくない。人生を前に進めるべきだ。

「お前は女遊びをやめることなんてできない」

「けどオレたち、友達っていう関係からはだいぶん外れちゃったんだって」

「なんで無理に自分を抑えようとするんだよ。オレ一人を愛そうと努力するなんて、窮屈じゃないの？　本当は自由でいたいくせに。元の生活に戻りたいくせに。オレはお前にチャンスをやってるんだぞ」

「元になんて戻りたくない。お前に一緒にいてほしいんだ」

僕はうつむくと、膝をついて床に座っている人を見つめた。目の前の相手をはっきり見ようと乱暴に目を擦る。

「カイ……」

消えそうな声で相手の名前を呼んだ。

「オレはただ、チャンスが欲しいんだ」

傷の汚れをとり除いている手は小さく震えている。カイはうつむいたまま、僕と目を合わせようとしない。洗面器の水に傷口から流れる血の赤い色が混じり始める。信じられないけれど、そんなになっても今の僕は少しも痛いと感じなかった。

「嫌だ……そんなことできない」

これまで涙が涸《か》れるほど泣いたんだ。これからの人生で悲しい時期が訪れたとしても、もう流す涙がないくらい泣いたんだ。こっちが愛情をそそいでも、相手は微塵《みじん》もその価値を感じてくれない、そんな状態に疲れたんだ。

グループの中の友人に恋をしてしまってから、僕は精いっぱい、いろんな努力をしてきた。いつの日かカイの気持ちが変わって、こちらを振り向いてくれるかもしれないという期待を抱きながら。けれど結局、別の人がカイの人生に入ってきて、めちゃくちゃになるんだ。そんなことされて平気でいられるわけがないじゃないか。

「お前がオレのことを大切だと思ってないって気づかされるたび、それからお前にとってオレは何者でもないって気づかされるたび、嫌になるくらい傷つくんだ。オレのことなんて大した存在じゃないって態度をとられるたびに傷つくんだ。一度はオレを好きだって言ったくせに、どうしてあんなことするんだよ」

頭の中で、どうしてという疑問ばかりを繰り返す。しかし「もう待つのはよせ」という自分の心の奥底から聞こえる声以外、僕には確かな答えを見つけることができない。

「サード。オレへの気持ちを消せるのか？　今までのこと、忘れられるのか？」

「消せなかったら、頭にしまっとく」

「……」

「自分がどんなふうに傷ついたのか、お前がどれほどオレを傷つけたのか、それを頭の中に入れとくよ。そしたらきっといつか、お前のことを考えなくなるだろうから」

「サード……」

「オレはこれまで一人でも平気だった。でもお前と出会ったことでそれが変わった。だから、ある日お前がいなくなっても、オレにとっては前の生活に戻るだけなんだよ。なんにも失っちゃいない。ただ元に戻るだけだ」

カイという愛する人が僕の前からいなくなったとき、自分が幸せになるかなんて確信はない。しかし今この瞬間、やつがいることで傷つき、苦しんでいるのだとしたら、やつを引きとめておいたところでなんの得にもならない。

やっと気づいたよ……いろんなことを経験して。これまでのように愛を美しいものだと感じることは、もうできそうにない……。

悲しいときは哲学的になりがちだ。だから僕はゲロのにおいのついたシャツの袖《そで》を引っ張ると、流れ出ている涙の跡を荒っぽい仕草で拭った。カイはまだ顔をうつむかせて、外界を遮断するかのようにせっせと僕の足を洗っている。もしかしたら僕がさっき言ったことを反芻《はんすう》し、受け入れようとしているのかもしれない。

「カイ、オレさ……」

「服を脱げ」

紅潮したハンサムな顔が僕を見上げたかと思うと、抑揚のない声で命令した。

「なんだって？」

「シャワーしてやる。それが終わったら部屋で傷の消毒」

「自分でできる。お前は外に出ろよ」

反論したものの無駄なようだ。こいつは僕の言葉なんて少しも聞いていない。こっちは悲しいんだ。いっそ人生からお前を切り離してしまいたいんだよ。それなのに、この最低最悪の友人ときたら僕の言葉を右から左へと聞き流し、すべてを自分のもとに引きとめておこうとしてやがる。どうせ最後には、何もかも変わってしまったと思い知らされるだけなのに。

「なあ、カイ。オレに構うなって」

まず一番にシャツが剥ぎとられる。次はズボンだ。さっきまでの酔っ払ってぼーっとした感覚はきれいに消え去っていた。それでも、目の前の人物に抵抗できるほどの力は僕にはない。

「なあ、分かる？　オレはお前を襲うこともできるんだ」

「……」

「お前にひどいことをしようと思えば、なんでもできる。けど、そんなことをする勇気はない。だってお前を失うのが怖いから」

「じゃあ、なんで彼女にキスしたんだ。お前が自分でやったことだろ！」

カイは黙り込み弁解をしようともしない。代わりにごまかすように必死になって、僕の服を脱がそうとする。その態度に僕は、あの出来事はこいつの意志によって引き起こされたのだと確信した。

僕はシャワーのほうへ連れていかれた。冷たい水しぶきが体に当たり、寒くて震える。カイはボトルをとると、僕の体にボディソープをめちゃくちゃに塗りたくった。傷口から流れだす鮮やかな赤い血が滴《したた》り落ち、床を打つ水と混じり合う。ぼんやりとそれを見ていた僕は、はっとした。

これは僕の足から流れた血じゃない。

「カイ、お前の足――」

「あー、すげえ痛い。だからじっとしててくれる？」

「いつだ？」

「慌ててお前を抱きかかえたときだろ。思いきり、いっちゃった」

さして気にするふうでもなくカイが言う。しかし、シャワーの水に混じって流れる血から、その傷がとても深いということを察した途端に、僕はカイに対して罵ったり腹を立てたりする気持ちが失せてしまった。ただ突っ立ったまま、カイが体を洗い流し、人形みたいに服を着せてくれるのに身を委ねた。

気づくと僕はベッドの上に横になっていて、大人しくカイに傷口の消毒をされていた。

「自分の傷は手当てしたの？」

「オレのこと心配してくれてんの？」

「してない」

「知ってる？　お前、テレビにゲロ吐いたんだよ。モニターがベトベト」

お前の指の間を通ってな。我慢できなかったんだ。悲しくてムカムカして、目が回って。けれどシャワーを浴びたおかげで意識がしっかりし、少しずつ落ちついてきた。

「掃除するよ。お前のランプのガラスも片づける」

「寝とけ。オレがやるから。ただ……明日、全部元に戻ってさえいればそれでいいんだ」

「戻ってるさ。また友達に戻ればハッピーに過ごせるよ」

「分かってねえな」

人には人生のうちで回避できないことがある。それは変化と呼ばれるものだ。変化して幸せになるときもあるけれど、だいたいにおいて、人は変化してしまったものに対して痛みを感じる。それでも僕らはそれを受け入れるしかない。遅かれ早かれ、僕らはそれぞれ変わっていくしかないんだから。

「お前のことはよく分かってるよ、カイ。でもお前はオレを理解したことなんてなかったんじゃない？　これまで二年間、オレは精いっぱいお前のことを想ってたのに、このざまだよ？　結局オレばっかりが一人で傷ついてる」

「じゃあサード、オレは傷ついてないってのか？　オレだってお前と変わんねえよ」

僕の傷の手当てを終えると、カイはタオルを手にしてバスルームへ向かった。まだ話は終わってないというのに。けれど疲れきっているせいで何も考えられない。今はただ、目を閉じて眠るしかなかった。

明日がどうなるのか僕には分からない。分かっているのは、心の奥で自分がまだこれまでと同じように、やつのことを想ってるって事実だけ。本当に、ぶちのめしたくなるほどに。

どれくらい眠ったのだろう。部屋の照明はすっかり消えて真っ暗だ。寝ているベッドがそっと沈む。誰かが這って近づきながら、僕の腕に軽く触れるのを感じた。その冷たい感触に体を捩って逃げるが、結局その人物の腕の中に引き入れられてしまう。

その抱擁に少しずつ力がこめられて、息ができなくなった。仕方なく不満げに低い唸り声を上げて抵抗する。

「おいカイ、むふっ」

ひんやりした唇が僕の首筋に押し当てられた。尖った歯で乱暴に肌に噛みつかれて、僕は思わず喘ぎ声を上げる。人が寝ているところに何する気だよ。

「ボーンはお前のどこにキスした？」

「……」

僕は答えなかった。

すると相手は首筋全部にキスをして、さらには噛みついてきた。この荒っぽさじゃきっと僕の首にはそれなりの量の痕ができてしまっているにちがいない。僕は力ずくで馬乗りになろうとする大きな体を膝で押し返した。しかしカイはびくともせず、それどころか体の骨が折れそうになるほど、僕をきつく抱きしめる。そして首筋から唇をずらすと、今度は乱暴に僕の唇を吸った。

「ボーンはお前の唇にもキスしてた」

カイはそう言い終わると、僕の魂を吸いとるかのように舌を挿し込んだ。激しく攻め込まれ、わずかに残った僕の理性はたちまち弾けて消える。胸に染み渡っていく感情に夢中で身を捩る。そんなふうにして何分かが過ぎ、息をつく暇を与えられた瞬間、僕はすぐさま相手への罵倒を口にした。

「ボーンがオレにキスしたからなんだ？　訊きたいのはこっちだよ。さっき誰とキスしてたんだって。お前だってこう訊くべきだろ？　オレはお前のこと嫌ってないのかって」

「お前はオレのこと、本気で嫌ってなんかない」

「お前って、なんでも自分の都合のいいようにばっか考える人間だな」

「お前に嫌われても、オレはお前を放さないよ。だってお前のこと愛してるから」

「なんでそんな言葉簡単に口にできるんだ」

「だって、お前のこと愛してるから」

夜の真っ暗闇の中では、僕を抱きしめている相手の表情はちっとも見えない。ただ、その声が僅かに震えていることは分かった。「お前のこと愛してる」という言葉が耳に響くたび、抱擁がきつくなり、僕の顔は広い胸に少しずつ埋れて溶けて、くっつきそうになる。

「サード。オレはお前を離さないぞ。できるならこうしてずっと抱きしめとく」

「オレがどんなに息苦しくても？」

「そうだ」

互いに黙り込み、出方を窺う。かなり長い間そうしてから、僕は思い切って口を開いた。

「したい？」

「何を」

「セックスだよ」

「……」

「お前が試してみたいって思ってるのは分かってる。タダでやらせてやるよ。そうすればお前も好きか嫌いか、分かるじゃないか。オレのことを好きでいるのか、それとも離れるか。お前にヤって決めるチャンスをやる」

カイの愛情など、セックスへの興味だけで駆動しているようなものだ。今だって、そしてこれからだって、それだけでしかない。

「いや。オレはお前のこと、欲望のはけ口として見てるわけじゃない」

「でも、いつもはそうしてんだろ」

「お前じゃなければ、な」

「カイ。もしオレが本当はお前のこと好きじゃないって言ったらどうだ？　単にお前をやり込めたかっただけって言ったら？　オレに腹を立てる？」

「いいや。だってお前はそんなこと思ってない」

「オレのこと分かったような口ぶりだな」

「お前だってオレのこと全部分かってるだろ。オレたち、友達って言葉からだいぶ遠いところまで来ちゃったんだって」

その言葉を聞いて僕は喉の奥で笑った。友達って言葉から遠いところまで来ちゃったんなら、戻ればいいだろ。分かんないのかよ。

カイは手に入れることばかりで、ときに失う場合もあるとは考えようともしない。モノを独り占めしたがる子どもでしかない。

「他のことはともかく、これだけは分かる。オレの知ってるサードは、オレのことが好きなサードだ」

「……うん。お前の言うことは正しい」

僕はぼそりと呟いた。過去、そして今もなお、僕はカイを愛している。これから先、諦めることができるかもしれないし、新しい恋を見つけるかもしれない。が、今はまだ僕にはこいつしかいない。

「オレもお前を愛してる」

低い声がさらに言った。だから僕はゆっくりと首を振る。

「それはちがう。オレの知ってるカイは、オレを好きじゃないカイだ」

「……」

「カイってやつは、自分しか愛さない」


朝が来た。

だが僕は、自分の体にまだある人物のがっしりした腕が巻きついているのを感じていた。目眩が少し残っているものの、それほどひどくない。ゆっくりまぶたを持ちあげて焦点を合わせると、すっきりした白い天井が目の前にあった。

隣には背の高い人物が僕の体にぴったりと寄り添うようにして眠っている。その大きな手は僕の腰の辺りに、それこそ糊《のり》でくっつけたように密着している。相手を起こさないように僕はできるだけそっと体を動かしたが、努力もむなしくカイはすぐに目を開けた。

「起きたのか?」

新しい一日の始まりの挨拶がこれかよ。僕は天井を仰ぎ返事をする代わりに頷いた。

すべてをこれまで通りにしないとな。たとえ心の中は変わってしまっていたとしても。

「お腹空いたか？　すぐに冷凍のお粥《かゆ》をあっためてやる」

「いや。さっさとシャワーして部屋に帰るから」

「もうちょっと寝ていけばいいじゃん」

「やめとくよ。トゥーに電話してすぐ迎えに来てもらう」

「送るから」

「いいって、寝てろよ。……そうだ、服は借りとくな。あとで返す」

僕は急いでそう言い、会話を終わらせようとあたふたとベッドを下り、一目散にバスルームを目指した。

足の裏の傷がまだ少し痛むせいで歩きにくい。けれどカイと長く一緒にいたくないので我慢してシャワーを済ませ、寝るときに着ていた服に再び袖を通す。自分の服はどうしたって？　ゲロにまみれて見る影もない。

「サード。帰る前にお粥を食べてけよ」

美味しそうな香りに鼻腔をくすぐられる。小さなダイニングテーブルに目をやると、器《うつわ》に盛りつけたお粥と水が並んでいた。おまけに作ってくれた人がこっちに明るい笑顔まで向けている。

「いや。もうすぐトゥーが来るし」

「だったらあいつにも上がってきてもらえよ。お前はまだ朝食も食べてないんだから」

「オレ帰りたいんだ、カイ。また今度な」

言い終わると僕はスマホを手にとり、靴を履いてすぐに部屋を出た。自分がしたことに少し心が痛んだ。が、これでいいんだ。時間がじきに僕たちを癒やしてくれるはずだ。

下に降りると、親友トゥーがすでに到着しており、車で僕を待っていた。カイが追いかけてこないうちにと僕はすぐに車に乗り込み、トゥーを急かして発進させた。お互いしばし黙ったままだったが、車内に流れるポストロックの楽曲が少しだけ雰囲気を盛りあげてくれる。とはいえ、隣にいる運転手が僕とカイのことを詮索しないわけがない。

「話し合えたのか？　まあその様子じゃ、状況は悪化してんだろうけど」

「ボーンの様子はどうだ？」

質問に答えたくなくて、僕はすぐさま話題を変える。

「顔面がへこんじゃったに決まってんだろ。オレが病院へ連れてったときも、ぎゃあぎゃあ泣き叫んでたよ」

「悪かったって言っといて」

「なんでボーンにキスなんてしたんだ。カイへの当てつけか？」

「……」

また黙る。話題がカイに及ぶと、胸がずきんと痛んだ。

「昨日の夜、飲み会で起きたことをあいつらに電話で聞いたんだけど」

「聞きたくない」

「カイに迫ってたのはシンシンのほうだってよ。こんな些細なことでお前たちに擦れちがってほしくない」

「些細なこと？　オレは二人が唇を押しつけ合ってるのをこの目で見たんだ」

「あいつの仲間が言ってた。何もかもあっという間の出来事だったって。シンシンが突然カイに乗りかかってきて、唇を押しつけたんだ。前触れも、断りもなくだ。誰にもどうすることもできないって。お前は運悪く、ちょうどそのシーンを見ちゃったってだけだ」

「だったらどうしてカイはオレにそう説明しないんだ」

「説明したら信じる？　カイみたいなクズ、誰が信じたいって思うかよ」

「ああそうだ。カイのいろんな行動が証明してる」

シンシンが音響班のメンバーになって以来、僕はカイのおかしな行動を度々目にした。メッセージのことといい、カイの行く先にいつでも彼女が現れることといい、必要以上に馴れ馴れしい彼女の振る舞いといい、それらはどんどん回数が増えていき、僕はポジティブに受け止めることができなくなっていた。

「で、どうすんだ」

トゥーがちらりと僕に顔を向け、すぐに目の前の道路に視線を戻す。

「諦める。きっと友達にしかなれない」

「もったいないな。最初の頃よりかはだいぶ進展したと思ったけど、結局水の泡か」

「それでも傷つき続けるよりマシだ」

「やつに汚名返上のチャンスはやんないの？」

「やったよ。それを大事にしないから、終わりにするしかない」

「カイが不憫だな」

「不憫なのはオレだ」

「はあ、誰かを好きになるってのは、どうしてこんなに疲れんのかね。オレみたいに誰も愛さない努力をするほうがまだいい」

「オレだって、できるなら誰も好きになりたくない」

車は喧噪に満ち溢れた通りを走っていた。

僕は初めてカイに出会ったときのことを思い返し、自分自身に尋ねた。誰かに恋をしないよう、踏みとどまることのできる人間なんているんだろうか、と。けれど恋をすることができたのなら、その自分にブレーキを掛けることもできるはずだ。


カイには会いたくなかった。とはいえ、どうしたって月曜の朝にはやつと顔を合わせることになる。その日の講義が終わると、僕らは舞台公演の準備へ向かい、それぞれ自分の担当の仕事に掛かった。初めに僕に近づき肩を叩いてきたのは、チェーン先輩だ。次にやってきたのがアン先輩。きっと二人とも金曜の夜に起こった事件のことを、すでに知っているのだろう。どの班に行っても重苦しい雰囲気が漂っているので察しがついた。特に音響班はいつもと違っていた。というのも、カイが一人離れたところにいて、シンシンからかなり距離をとっている。

「どうだ。仲直りしたのか」

ドラマの決まり文句みたいな台詞がぽっちゃり先輩の口から出た。

「なんでもないんですって。何から何まで、これまでとおんなじ」

「そんなふうに言うの、悲しくならないか」

「先輩がオレにした話、覚えてる？　真剣に誰か一人を愛するために女遊びをやめたっていう、先輩の友達の話。今のカイって、結局やめられなかった大多数の一人なんだよ」

「オレが見たとこ、やつはやめたようだがな。あの夜のことはお前の誤解なんじゃないのか」

「やつが女の子を相手にしなかったら、オレだって信じたよ。だけどそうじゃないんだ」

また金曜の夜のことに話が戻ってしまった。おかげであの光景が何度も繰り返し脳裏に浮かんできて、止まらなくなる。

カイと付き合うって決める前でまだよかった。もし今以上に深入りしたあとに、カイが僕を本気で好きじゃなかったって知ったら、どれほど辛いだろう。

「考えすぎだって。シンシンを呼んで話を聞くか？」

「は？　いらないよ」

「恋愛ってのは障害がつきものなんだって」

「だからって同じことを繰り返すのは障害って言わないよ。こういうのはクズって言うの」

「まあまあ、なんにせよオレはお前の味方だから、助けてほしいときは言えよ。アンに報復させてもいいぞ」

名前を呼ばれた人物がニッと笑った。微笑みながら両手を握り、ぽきぽきと大きな音を立てて指を鳴らしている。いやいや、アン先輩に問題解決をお願いしたら、最後にカイの死体が学部の貯水槽に浮かんでそう。

四年生の先輩二人が立ち去ると、一人暇を持て余した僕は部屋の隅に座り、スマホをスクロールしながらあれこれと投稿を読んだ。しばらくしたら、小道具を作る美術班を手伝いに行こうと思っていたのだが、それより先に遠くからこっちに笑みをたたえて歩いてくる人物と対峙《たいじ》しなければならなかった。

「ここ座らせて」

低い声はお願いするような口調で言いながらも、僕の返事なんて待つことなく床に腰を下ろす。

「暇なの？　明日、録音だって聞いたけど」

「録音はオレの仕事じゃないもん。腹減ってないか？　お菓子持ってきた」

「ボーンには謝った？」

僕はさっさと話題を変える。

「謝った」

「よかった。じゃあオレは美術班の色塗りの手伝いに行くから。お前……も、一緒に行く？」

そう言ってしまってから、心底自分に嫌気がさした。ハンサムな顔が嬉しそうに微笑んで、今にも飛びあがって踊りだしそうな雰囲気でこくんこくんと頷く。

僕らは学部棟の裏から外へ出た。美術班のたまり場は、さまざまなシーンの背景を作るのにてんやわんやになっている。大きなものは外部のプロに製作を頼んだとはいえ、予算が限られているため、大部分は自分たちで作らなければならない。

「おう、サード、カイ。いいところに来たな」

舞台美術を担当している友人がこちらに声をかける。

「暇だから手伝いに来たんだ。何か腕を振るえるものはある？」

僕が尋ねると、相手は嬉しそうにベニヤ板を張っただけの装置をさっと指差した。

バカな――。これ、まだ何もできてないじゃないか。

「下地になる色を塗っといて。柱のところに白いペンキがあるから。刷毛《はけ》はそっち。ありがとな」

友人は言うだけ言って、学校の建物が描かれた装置に色を塗る作業を再開させる。僕がカイの顔をちらちら見ると、やつは大股で歩いていって大きなペンキの容器をとりあげ、僕の傍に置いた。

「こんなに小さい刷毛でか」

つい、愚痴めいた言葉が口をついて出る。これじゃあ塗り終わるのに三日はかかる。

「手伝うよ。オレは早いぞ」

僕らはベニヤ板の上にしゃがみ込み、別々の角から、せっせと白いペンキを塗った。塗っている間もカイはいろいろな話をして僕を会話に誘う。話題は最後、一緒に制作しようと話し合った短編映画のプロジェクトになった。

「鉄道で南部に行くの、予定を早めようぜ。カレンダー見たら、来月初めって休みが五日続いてる。友情を深め合おうぜ。な？」

「で、トゥーとボーンには訊いたのか」

「まだ。最初にお前に話したの。賛成してくれれば一緒に旅に行けると思ってさ」

「課題をしに行くんだろ」

「課題もするし旅行もする」

「あいつらがいいって言うならオレはなんでもいいよ」

「やった！」

少し前に話をしたことがあった。長期休暇に入ったら鉄道に乗って、バンコクからスラタニ〔タイ南部の県〕に行こうって。何かひらめくかもしれないから、その道中でどんどんアイデアを出し合い脚本も書こうって。

予定より早いけど、旅行に出かければゆっくり休みもとれるし、みんなの気分も盛りあがるかも。試験期間ではないとはいえ、学部の舞台公演が日々刻一刻と迫っていて、作業はかなりハードになっている。仕事を片づけて、煩わしい日常から自分を切り離すのもいいかもしれない。

「で、他に一緒に行く人はいる？」

僕はカイにまた尋ねた。

「いいや。オレたちだけ」

「じゃあ、メッセージアプリで話せばいいか。トゥーとボーンには、直接意見を聞いといて」

「問題なしだって。お前がオーケーなら」

「うん」

「サード……」

「うん」

大きな手が刷毛をペンキに浸し、慣れた手つきで板に塗りつけていく。

「お前が、オレは自分しか愛さないって言ったのは正しいよ」

カイは下を向いたまま、僕とは目を合わそうとすらしない。しかし僕にはやつがどんな気持ちでいるのか、よく分かっていた。

「オレは自分が好きだ。オレは身勝手だ。けど、その身勝手さのおかげで、お前を傍にとどめておくことができてる。お前がここにいてくれるからオレは幸せなんだ。お前がいないと、きっと生きていられない」

「そう考えてるのは間違いじゃない。でも先のことは、一緒にいるかいないかなんて関係なく、いつかお前が〝オレに幸せになってほしい〟って思ってくれるときが来たら考える。今は友達でいよう」

これ以上、進展なんてしなくていい。ここにとどまっているだけで充分だ。

「お前はオレを待つんだろ」

「分からない」

「けど、オレはお前を待つよ」

「オレにプレッシャーを与えるようなことを言うなよ。もしオレよりいい人に出会ったら、そっちに行けよ。お前のこと、引きとめたくない」

もしかしたらカイは明日、あさってにはもう、自分のすべてを受け入れてくれる誰かに出会うかもしれない。その人は僕よりもっと、ありのままのやつを愛することができるかもしれない。

だってあの夜の事件以来、僕の気持ちは変わってしまったから……。


——Rrrrr...!

愛機のスマホから三回目の呼びだし音が鳴った。画面に表示された名前を眺め、僕はふうと大きなため息をつく。それとなく無視したところで、くっつき虫がかけてくる呼びだし音をひたすら聞き続けなければならない苦痛が待っている。なので渋々電話に出た。

「どうした」

投げつけるように言ってから壁の時計をちらりと見た。もう夜の十時を過ぎている。

『荷造りはできたか？　明日旅行だと思うとワクワクすんなぁ』

カイが上機嫌で返事をする。そう、明日には連休が始まる。次の学期で制作する短編映画の撮影のシミュレーションと脚本執筆を兼ねて、鉄道旅行をする予定だった連休である。トゥーもボーンもこの計画に賛同した。しかし、一つだけ僕が言わなかったことがある。それは……。

この旅行に僕はいない。

もちろん直前にトゥーには言ってある。やつが了解したので、僕を除く三人で旅行することに決まった。カイには言わずに、だ。もしかしたら僕は脚本を書くという自分の役割を怠《おこた》ったのかもしれない。役割より自分の感情を優先させてしまった。しかし、わだかまった気持ちを抱えたまま、この五日間をともに過ごすのはきっと無理だ。

「うん。終わった」

僕は臆面《おくめん》もなく嘘をついた。

もし今ここで本当のことを言えば、旅行をキャンセルするどころかカイは部屋までやってきて、僕を引きずってでも連れていこうとするだろう。そんな目には遭いたくない。

『なあオレ、服は何着も持っていく。水遊び用のらくちんなズボンも、カメラも。レインコートいると思う？』

「お前の好きにすればいいよ」

心の奥で罪悪感が疼《うず》く。

『モバイルバッテリーもちゃんと充電したし、音楽プレイヤーも持ってくし。アコギもあるし、お菓子もお前のお腹が空くといけないから、鞄《かばん》いっぱい詰めてくな。お前のためにメモ用のノートも持っていく。途中で何かひらめくかもしれないし。サード、他に何か欲しいもんある？』

「も……もうない」

どうしてたまらなく泣きたい気持ちになるんだろう。お前と一緒に旅行しないことにしたからなのかな、カイ？

『そうだ。ノートパソコンも持っていかないとか？』

「お前の好きにしていいんだって」

『ちょっと待て。サングラスと帽子も。歯ブラシに歯磨き粉もだ。うわーっ』

スマホの向こうでやつが悲嘆に暮れたような声を上げ、その声にガサゴソという音が重なる。大慌てで追加の荷物を準備しているようだ。

「準備できたら寝ろよ。明日は早朝、出発だからな」

『オレ寝ないよ。列車に乗ってからでも寝られるし』

自分はなんて最悪な友人なんだって思う。カイを非難するくせに、自分が一番大切で、自分のことばかり心配しているのは僕のほうじゃないか。相手が踊りださんばかりに喜んでいるというのに、僕ときたら、冷めた気持ちでベッドの上に座って会話をしている。

「あと何時間もあるのに」

『じゃあ、オレにおやすみって言ってくれよ』

「うん。おやすみ」

『おやすみなさい』

僕のほうが先に電話を切った。けれどそのままスマホを見つめずにはいられなかった。今夜はまた、息の詰まるような最高につらい一夜になるにちがいない。僕たちが全員揃って長距離の旅をするなんて滅多にないことだ。それなのに約束を破ることになってしまって、かなりの後ろめたさを感じる。

ただ……もう、どうにでもなれ、だ。

枕に突っ伏して目を閉じていればいいんだ。そうすれば、すべてが落ち着くべきところに落ち着くはずだ。


――Rrrrr…!

翌朝の八時半。目覚まし時計の代わりにスマホの着信音が鳴って、僕はむくっとベッドから起きあがった。着信元がカイであることを確認すると、その音を聞き流し止むのを待つ。

その後も呼びだし音は二、三回鳴った。だが、僕は今頃、友人二人がやっと合流しているはずだと確信できるまで待ってから、スマホの電源を切った。誰にも煩わされないように。


夕方近くになって部屋のドアをノックする音がした。ドアを開けると、別の階に住んでいる親友がニカッと笑って立っているではないか。

「ええっ、トゥー!」

「おう、オレ。なんか食うもんある？　腹ペコなんだ」

腹をかきながらトゥーが部屋へ入ってきた。ボサボサに乱れた髪を緩くゴムでまとめたその姿は、どこからどう見ても旅行に出かけるのに準備万端というスタイルではない。何より、もうすぐ夕刻になろうという時間だ。

「おいちょっと。お前、スラタニに行ってないの？」

「何がスラタニだ。今起きたとこ。お前が一人ぼっちだから一緒にいてやろうと思ってさ」

「……」

「昨日の夜な、ボーンに電話しといた。オレが行かないってやつも知ってる」

「ボーンに話したのか？　オレが旅行に出かけないって」

「いいや。でもきっと分かってるよ。お前が気乗りしてないってことはさ。ほらほらー、何か食わせてくれよぉ」

大声で急かされ、僕は仕方なくキッチンに向かい、途方もなく遅い時間に目覚めた親友のために簡単な食事を作ってやった。心の中では二人の友人のことがとても心配だった。今頃どんなふうに過ごしていることやら。

「トゥー、お前さ、スマホの電源入れてた？」

「いんや。カイが電話してきたら困るし」

インスタント麺を美味しそうに啜《すす》りながらトゥーが答える。まさに僕と同じ、現実逃避だ。あの二人が帰ってきたら、ひどい目に遭わされそう。

「大変なことになったな」

「明日ゆっくり電源入れて文句を言わせればいい。どうせその頃には海に到着してるだろうし、機嫌も直ってるさ」

「そうだといいけどな」

「あー、知ってる？　シンシンちゃん、辞めたって」

「どういうこと？」

「音響班からボイコットされたの。まあねぇ……あれだけカイに大胆なことをするとこ、目の前で見せられりゃなぁ。このまま居座ってもみんなの噂話のネタにされるだけだ」

「ふうん」

僕はただ頷いて聞く。カイは相手にしてないからと、何人もの人に考えすぎないように言われてきた。けど分かってほしい。だって、あの光景がまだ脳裏に焼きついて離れないんだ。

「許してやれって。カイがこんなにも誰かに真剣になってるとこ、見たことないぞ」

「オレと同じ目に遭ってみる？」

「オーケー、もうお節介はしない。ラーメンもう一杯作ってよ。お前の頭を飲み込んじゃいそうなくらい、腹減ってんだ」

僕は呆れて頭を振りながらも、友人のお願い通りに作ってやった。トゥーは満腹になると器を洗い、自分の部屋でシャワーを浴びて着替えるために、いったん帰っていった。そのあと、やつがまた僕の部屋のドアをノックし、二人で出かけて深夜まで映画を観た。

僕らがそれぞれの部屋へ戻ったときには、時計の短針は数字の1を指していた。ドアを閉めて一人の世界にこもる。もう深夜だ。旅行へ出かけた友人二人は、今頃どこかで眠りについているはずだった。


――コンコン。

夜中の三時、再びドアをノックする音がした。僕は眠い目を擦りながら、イライラした足どりで玄関へ向かった。深夜にこうして騒ぎを起こすトゥーに心の中で腹を立てながら。しかし、玄関に立っていたのはアーティスト然とした友人ではなく――。

「ボーン！」

「ああ、オレだ。サード、カイと旅行に出かけなかったのか？」

「ああ。でもお前、どうしてここにいるんだ？」

自分がどんな表情をしているのか分からない。ただ心臓がドクンドクンと鳴って、苦しくなるほど胸が締めつけられる。今、僕の頭をよぎっているのはもう一人の友人のことだ。

「こっちが訊きたいよ。オレはお前ら二人に話し合ってほしくて、行かないことにしたのに」

「……くそっ！」

僕は乱暴に叫ぶと、急いで電源を切ったままのスマホと車のカギを引っ掴んだ。

「サード待てよ、どこに行くんだ？」

「駅」

「今頃かよ。カイは部屋に帰ってるかもしんない。まず電話してみろ」

「そうだな」

ようやく考えついて、部屋の前に立ったまま、あたふたとスマホの電源を入れる。が、着信通知は一件もなかった。カイはきっと帰ったのだろう。しかし、念のため電話を入れてみる。

おかけになった電話番号は電波の届かないところにある、か……。

「繋がんない。とりあえず駅に行くよ。お前はトゥーを起こして、カイの部屋に行ってみて。何かあったら電話してくれ」

「オーケー」

僕はボーンと別れると、すぐさま自分の車に乗り込み、アクセルを踏んで目的の場所へ向かった。

心の中でそこにカイがいないことを願いながら。朝の八時から夜中の三時までなんて、どんなバカでも待ったりするもんか。待ってるはずがない……。

駅に到着して僕が真っ先に向かったのは、みんなで待ち合わせをした場所だ。

そして――やつは本当にまだそこにいた。

「カイ」

名前の主が勢いよく振り向いた。水色のアロハシャツを着て、短パンにサンダル姿でプラットホームの前に座り込んでいる。大きなリュックサックの上に腰を下ろしたカイの周りは、ギターをはじめ、たくさんの荷物で溢れ返っていた。

「ったく、長いこと待たせやがって。鞄どこだよ?」

「……」

「お前ら三人分の切符も買ったんだけど、ちょっと遅かったな。構わない。買い直そう」

放っておかれたことに気づいているくせに、やつはいつも通りの笑みを見せた。けどその表情は苦々しさでいっぱいだ。

歩み寄る僕の足が震え出す。ふいに力が抜けたように心細くなり、どうにでもなれと大声で泣きだしたくなる。

「ご……ごめん」

「気にすんな。お前に何か用事ができたのかと思ったから、電話しなかったんだ。邪魔すると悪いから。それにスマホの充電も切れちゃって……」

「……」

「あいつらは？　トゥーとボーン」

「まだ来てないよ」

僕はカイのすぐ傍まで辿り着いた。やつの体は蚊に刺されて、赤い痕でいっぱいになっている。カイがどれだけひどい状態なのかはその姿を見ただけで明らかだ。なのにどうして、まだ無理して笑おうとするんだ？

「明日改めて出発しよう。みんな揃ってから」

「間に合わないよ」

「バタバタしすぎだよな。分かった。けど、もし今度オレを連れていきたくなかったら、電話してくれな」

「……」

「オレ、ときどき自分が一番って勘ちがいするからさ」

その瞬間、僕はカイを強く抱きしめて、恥じらいも忘れて号泣していた。

ごめん、本当にごめん——。

《第17章》
元の日常のやり直し

どれほど長い間、僕ら二人が抱き合っていたのかは分からない。理由などお構いなしに、僕は自分の感情に身を委ねた。

カイはしゃくりあげている僕に何も言わず、慰めの言葉もかけず、じっと黙ったままだった。さらに何分か過ぎてお互い体を離して初めて、目の前の人物のくっきりした目元が赤く腫れていることに気がついた。

カイは僕のように声を上げて泣くことはなかった。けれど僕が目にしたやつの目元は、泣き叫びながら気が済むまで罵られるよりも、もっと心をえぐった。

「オレ……こんなことになるなんて思いもしなかった」

言い訳の言葉もない。だから心のままを言う。

「分かるよ」

「……」

「オレがサイテーなことしたからだろ。だからお前らは来なかった」

カイはかすかに笑ってみせた。痛みに満ちたその微笑みに、僕は申し訳ない気持ちでいっぱいになる。

「ちがう。ただの行きちがいなんだ。……トゥーとボーンだって、こんなことになるなんて思ってなかった。全部オレが悪いんだ」

言葉にするとまた涙がこみあげた。それを見たカイは無表情のまま、その涙を拭ってくれる。

今僕が見ているものは、カイじゃなかった。僕の知っているいつものやつじゃない。

「お前は悪くない。オレは自分の意志で待ってたんだから」

「……」

僕は言葉を失った。何をどうすればいいのか、まったく分からない。

「誰と来たんだ？」

よく響く低い声が尋ねる。

「一人だ」

「そっか。じゃあ、気をつけて運転して帰れよ。明日どこにも行く予定がなくなったし、オレも部屋に帰るしかないもんな」

カイは屈んでリュックを持ちあげると肩に担ぎ、他のたくさんの荷物を手にとった。僕はそのタイミングでやつのギターケースを担ぎあげる。

「一緒に帰ろう」

ここ何週間も僕らはぎくしゃくしていた。それによって、僕は自分の気持ちに抗ってカイに愛さずにいることが、どれほど苦痛なのかに気づいた。自分の心に逆らっているせいで苦しくてたまらなかった。これって自分のために出口を見つけることになるのだろうか？

「いいのか？」

「いい……よ」

答えた僕の声は制御不能なほど震えている。

「本当に一緒に帰っていいんだな」

「帰ろう。もう待たなくていいよ」

長身の人物は分かったというふうに頷いて、黙って静かに僕の後ろをついて歩きだした。こちらがとてつもなく寂しくなってしまうほど静かに。

カイは自分の車で来ていなかった。荷物をすべてタクシーに乗せてやってきて、友人三人を朝の八時から待っていたのだ。前日の夜、興奮気味でおしゃべりしていたのと今日の姿はまるで別人で、表情はしょんぼりと寂しそうだ。当たり前だよな。駅で一晩中、待ちぼうけを喰らったんだから。僕なら怒りで口も利きたくないだろう。

僕は急いで二人の人でなしにカイを見つけたと連絡し、僕の部屋でスタンバイするように伝えた。そして運転に集中し、捨て犬ならぬ「捨てられ人間」を連れて帰る。先ほど駅で二人して涙をボロボロ流して大泣きしたあとに、だ。

これじゃあまるで……どっきりバラエティー番組だな。

「お腹空いた？」

僕は心配になって尋ねた。待っている間、カイは何も食べていなかったかもしれないと、ようやく気がついたのだ。

「空いてるな」

「朝は何を食べたんだ？」

「食べてない」

「昼は？」

「サンドイッチ。お前が来たときに会えないと困ると思って、どこにも行けなかった。スマホは電源切ってたろ」

　また申し訳ない気持ちになる。

「じゃあ何か食べてから帰ろう」

　そう言うと、僕はウィンカーをつけて路肩に車を停めた。ちょうどバミー〔タイ風ラーメン〕の屋台が見えたので、カイを連れていって、とりあえず空腹をしのごうと考えたのだ。やつの胃袋は異常に時間に正確だから、胃に何も入れないと体調を崩してしまうかもしれない。

「何にする？」

「お前が注文して」

　そう言い残すと、カイは青白い顔でテーブルに座って待っている。いつも食べている、定番のメニューを店員に伝える役目を僕に押しつけて。

「具合悪いのか」

「いいや。ところでお前、オレのこと許してくれるの？」

「オレがいつお前に怒った？」

「シンシンのことがあっただろ」

　僕は即座に口にチャックをした。話題を変えるために、夜空や行き交う車の流れ、そして深夜の街の明かりをぼんやりと眺める。

　シンシンとカイのことはまだ心の中でくすぶっている。けれど駅でほったらかしにされたカイを見つけたときに、すべて帳消しにすることにした。だって仲間のみんなまでカイを見捨てることになるとは思わなかったから。

「……」

「せっかく頑張ったのに、何もかもダメになっちゃった」

カイのその言葉を聞いてひどく落ち込んでしまう。吐きだされた言葉は悲愴感《ひそうかん》に満ちていた。これまで僕たちは、愛という言葉のせいでどれだけ傷ついてきたんだ？

「カイ。オレ、彼女のほうが先にお前に近づいてきたって聞いたんだ。どうしてあのとき、言わなかったんだよ？」

「オレの言うことなんか信じないだろ」

「だってこの目で見たんだ。たまたまああなったなんて思えない」

「そんなんじゃない。彼女がオレに寄りかかってきて、けどオレはキスし返したりしてない。ただ、びっくりしてどうしていいか分からなかったんだ。絆《ほだ》されてなんてないし、ヤりたいなんて気持ちもなかった。ショックしかなかった。彼女を押し返したときにはもう、今までのオレの努力が全部泡となって消えてたってわけ」

そうだ。あのとき、何もかも消えた。僕がこれまで抱いてきたお前への信頼さえも。

「あんなところに行ったオレがバカだった。彼女から体を離したあとも、お前を失いたくないばかりに身勝手にもオレはお前に事実を隠そうとした。けど、運悪くお前がたまたまあそこに立ってて、またまたオレがバカをしているところを見ちゃったんだ」

「あの夜、トゥーと出かけなかったら、オレたちは今も仲良くやってたかもしれない。でもそれってオレが何も知らないってだけだろ」

「だからオレは学習した。これからはあんなことしない。お前に嘘はつかない。だって苦しいだけだ。お前が走って出ていったあの瞬間は忘れられないよ。頭が真っ白になった」

「その上、オレがボーンにキスしたのも見ちゃったしな」

「うん」

「どんな気持ちだった？」

知りたかった……その瞬間に湧きあがった感情がどんなものだったかを。

「殺したいほど腹が立った。自分にも腹が立った。どうしたらいいのか、全然分かんなくなってた」

ここ数週間で初めてではないだろうか。僕らは向かい合い、あの日のことを思いだしながら素直な思いを口にしていた。気持ちを吐きだすと妙にほっとした。もしかして、長いこと気持ちが塞いでいた本当の原因は、自分の殻に閉じこもって、カイの気持ちを聞こうとしなかったせいなのかも知れない。

「バミーおまたせ〜」

話しているとテーブルにバミーが運ばれてきた。カイが僕の前に器を押して寄こし、小さな声で言う。

「味つけしてよ「タイのレストランや屋台には、ナンプラーや砂糖などの調味料が置いてあり、自由に味つけして食べる」」

「お前、オレの友達？　それとも息子？」

「なんでもいいさ。お前にとって大切ならね」

なんだその台詞、吐きそう。僕はむすっとした顔を作ったまま、調味料を掬《すく》って器に入れてやった。

カイは酸っぱいものは嫌いだが、辛いものは食べる。だからやつのクイティアオ〔米粉の麺を使った料理〕には、チリペッパーとナンプラー〔魚醤〕だけを入れた。

「できた。食べろよ」

「あざーっす」

目の前に食べものが差しだされた途端、声が明るくなる。カイはあっという間に一杯目を平らげた。やつが二杯目を待つ間に、僕は自分の器を引き寄せて、とりあえず腹に収めることにする。

「本当はここんとこ、いろんなことがあってお前が嫌になってたんだ」

これ以上、心の中に疑問を抱えたままにしないために僕は話を始める。

「なんでも訊きたいこと訊けよ」

「歌手のオーディションの日、オレ、みんながお前とあのシンシンって後輩のことを冷やかすのを見てた。ちゃんと覚えてるわけじゃないけど、音響班のメンバーはお前が彼女を好き、みたいなことを言ってた」

カイがどんな表情をしてたのかは見えなかったけど、あの状況じゃすごく楽しんでたに決まってる。

「それを言ったやつが、彼女のことを好きなんだ。なのに、なんて言えば分かんないからってオレのことにしやがった」

「でもお前だって否定しなかった」

「ずっと聞いてたんだな」

「ずっと聞いてた」

「確かに何も言わなかった。けどみんな、オレがあいつに向かって不満そうな顔をしたのを知ってるよ」

「じゃあメッセージは？　彼女とこっそりやりとりしてたのを見た」

「それはお前に嫌な思いをさせたくなかったから」

「それでこっちは嫌な思いをしたの。お前はオレにこうやって話すことより、隠すほうを選んだ」

「じゃあ読む？」

大きな手がズボンのポケットからスマホをとりだした。

「充電が切れたって言ったくせに」

「車にお前のモバイルバッテリーが置いてあったから挿しといた。これでオレたちが元通りになれるんなら、好きなだけ読んでいい」

本当のところ、僕はカイのプライバシーに立ち入るようなことはしたくない。しかし、これまでのやつの行いは信頼するには程遠い。疑いが晴れるような答えが得られるなら、躊躇《ちゅうちょ》する理由はなかった。

カイのスマホの連絡先リストには、シンシンという後輩の名前が確かにあった。が、今までとはちがって、その名前の主はブロックされている。

それに、これまでカイが彼女と交わしたメッセージはたいしてなかった。

画面を一番上からスクロールし、なんとも形容しがたい気持ちで最初のメッセージを読む。

ChingChing
カイ先輩　シンシンです

オーディションで会いましたよね

K.Khunpol
ああそうだね

ChingChing
今日はどうもありがとうございました
録音のことで質問があったらカイ先輩に訊いていいかな?

K.Khunpol
うん

ChingChing
今は何してるんですか?

K.Khunpol
寝るとこ

ChingChing

そうですか　じゃあこれで

K.Khunpol
うん

その日のメッセージは、カイがそれ以上何も言葉を返さないまま終了していた。そして二人とも次の朝になるまで話していない。毎日のようにシンシンから挨拶のメッセージが送られてきていたが、カイは短く「うん」と返信するだけ。相手の代わりに僕がイライラするほどだ。
そしてついには……。

ChingChing
先輩の友達がカイ先輩は私のことが好きだって

K.Khunpol
誰が？

ChingChing
音響のメーク先輩

K.Khunpol
あー　実は君のことを好きなのはメークなんだ
オレは好きじゃないよ

ここまで読んで、ようやく僕はどうやら自分がまちがっていたのだと感じ始めた。これまで用心深くなりすぎていただけで、実際は何もかも考えているような悪い話ではなかったのかもしれない、と。
そのままひたすら画面をスクロールし、この一カ月近くの間に二人が送り合ったメッセージを読み進める。彼女の言葉づかいと、あり得ないほど頻繁なメッセージを見て、彼女は本当にカイのことを好きなのだと、その行動の意図が腑に落ちた。

ChingChing
今日は音響班の飲み会ですね　カイ先輩は来ます？
来てね　楽しいから
ここのとこ姿を見ないけど何かあったの？
カイ先輩

K.Khunpol
今日は先約がある　けど他の人はみんな行くよ

ChingChing
先輩にも来てほしい
久しぶりの飲み会だから
ずっと仕事頑張ってきたし

K.Khunpol
シンシン　あのさ……
こうやって話すのはやめよう

ChingChing
何か悪いことした？

K.Khunpol
オレは好きな人がいるんだ　今アプローチしてる
シンシン覚えてない？　サードっていうオレの友達
サードにイヤな思いをさせたくないんだ

ChingChing
分かります

でもサード先輩だって飲み会に参加するのを禁止したりしないよね
今日は音響班の集まりなんだし　来るでしょ？

　メッセージを最初から最後まで読んだが、それだけだった。カイはシンシンの最後のメッセージには何も答えていないけれど、最終的に音響班の飲み会に行ったのだ。あらゆる事実がきれいに繋がっていく。そしてあの日、僕たちは互いに誤解し、擦れちがってしまった。

「もっと早くオレに言えばよかったのに」

　僕は力の抜けた声で言った。

「ずっと言いたかった。けどお前はそうするチャンスをくれなかった」

「……」

「喧嘩してた数日間、お前は傍にいるのにすごく遠くにいるみたいだった。おまけに、オレに心を閉ざしてた」

　とても傷ついていたからだ。苦しくて何も聞きたくなかった。ただ、友人は僕が見ているものは真実じゃないと諭《さと》し続け、慰めてくれた。僕は友人の言葉は受け入れたけれど、カイの釈明の言葉にはちっとも耳を傾けようとしなかった。

　分かったのは、その考えはとんでもないまちがいだったってことだ。

「ごめん」

「お前は悪くないよ、サード。オレがバカだったたって言ったろ」

「お前を信じなくて、ごめん。それから今日、ほったらかしにしてごめん」

「うん……お前らみんなスマホ切っちゃって、心配したぞ。何かあったのかもって」

「みんな無事だよ。オレ、本当はお前に会いたくなかっただけなんだ」

「直球だなぁ。じゃあトゥーとボーンは？　まさかあいつらもオレのこと嫌ってんの？」

「ちがうよ。トゥーはオレと一緒にいてくれるつもりだった。ボーンはオレがお前と旅行に出かけたと思ってた。オレたち二人の誤解がとけるようにチャンスを作ってくれようとしたんだ。それが結局……」

「オレが待ちぼうけを食らった。ったく、頼むよぉーっ」

カイがおどけたように口を鳴らす。この様子じゃ、同情する必要はないみたいだな。オレの涙を返せって言いたい。

「夢でも見たことにしよう」

僕ができることと言えば、そう慰めることぐらいだ。

「悪夢かな？　それともいい夢？」

「悪夢だろ。お前はずっと待たされてたんだから」

「そんなことない。オレの悪夢はお前がいなくなることだ」

僕は二の句が継げなくなった。その顔に箸か何かを突き刺してやりたいが、もう置いてしまったあとだ。体を捩りたいけど、それもダメ。恥ずかしがっていることがカイにバレてしまう。さっきまでやつと一緒に泣いてたのに、いったい僕はどうなってるんだ？　感情がジェットコースターみたいに乱高下してる。

「照れてんの？」

「いや」

「よかった。冗談だって」

「ふん」

「だけどさ、本当にお前と仲直りできたらオレ、ホームでお前に会えるまで支えてくれた売店のブラックコーヒーと栄養ドリンクに、ありがとうって土下座するよ」

それ、試験勉強するときに飲んでるスペシャルドリンクのレシピだな。

「どこにも行かなかったって言ったくせに」

「売店でトイレを借りたんだ。だから何か買わないといけなかったの。トイレに行く以外はずっとあの場所で待ってた。あ、そうそうあのときオレずっと、まるでドリー撮影《水平移動》されてる映画の主人公みたいでさぁ」

「オレを慰めようとして言ってる？　それともまだ落ち込ませたいの？」

「そんなつもりないって。ただ、今度の旅行で……」

「うん？」

「今度の旅行でやり直そう」

「ああ」

「前に四年の卒業制作で、短編ファンタジー映画を作りたいって言ってたろ。オレはこれまでなんにも考えてなかったけど、お前たちをホームで待ってる間にひらめいたんだ」

三杯目がテーブルに運ばれてきた。カイは箸をぎゅっと握るや否や、バミーを掬《すく》い上げて頬張る。

「また何かアホなことを思いついたんだろ」

まったく。そうやってバミーを貪《むさぼ》ってないで、お前のアイデアを聞かせろよ。

「一人の男が恋人を待っている時間を描きたい。恋人がいつ姿を現すかは分からない。そして彼は突然殺害され、目が覚めたときには再びホームにいる。銃で撃たれて死んで、また目を覚ますってのが無限に繰り返されるんだ」

「ふん。そういうのはもうあるだろ」

「映画をコピーするのが狙いじゃない。めちゃくちゃ待たされたから、お前に嫌味を言うのが狙い」

「クズめ」

「音も録音しといた。聴きたい？」

いつの間にか僕のほうがカイに何を愚痴られるのかハラハラさせられる側になっている。もしかしてほぼ丸一日、放置されたのをかなり根に持っているのかも。十ほどあるボイスメッセージの表示を見せられ、僕は思わず「うわー」と声を上げてしまった。よくもまあ際限なく僕を罵ることができたものだ。

「オレを殺すつもりだろ。なんだよ、こんなにたくさん」

「思いの丈をぶちまけた」

僕はバミーを啜るのに夢中の人物を横目で見ながら、勇気を振り絞って最初のボイスメッセージを開いた。カイは関心がなさそうなそぶりをしていたので、さっそくメッセージを聴くことにする。

ボイスメッセージ1

『八時　約束の時間。ここには非常にたくさんの人が行き交っている。オレはお前たちを七番ホームで待っている。早く来てくれよ。電車に乗り遅れるぞ』

ボイスメッセージ2

『九時　やつらの家の時計がぶっ壊れてるのだろうか。今、一時間待ったが、いっこうに姿を現さない。アナウンスが鳴った。オレたちが乗ろうとしていた列車が目の前で出発していく。ざまあみろ。乗り遅れたぞ、お前たち』

ボイスメッセージ3

『くっそ。十時だぞ、どこで何してんだよ？　電話出ろっつの』

「よくもまあこれだけ文句言えるな」

「ストレス発散」

ボイスメッセージ4

『十一時　友人たちの姿はない。オレは部屋に帰って次の手を考えるべき？』

「なんでこのときに帰らなかったんだ？」

「だって、お前が来てオレと会えなかったら悔しいだろ？」

「じゃあ、こうやって待ってたのは悔しくないの？」

「誰かが悔しい思いをするんなら、オレがすればいいじゃん」

ボイスメッセージ5

『十二時きっかり。胃袋が非常に大きな音で鳴っているので、仕方なく買って鞄に入れといたサンドイッチを食べる。お前ら、何かあったのか？　パンクか？　心配してるぞ……』

ボイスメッセージ6

『午後一時　乗り遅れることも、列車がまたホームから発車していくことも怖くない。ただお前らが姿を現さないことが怖い』

僕は次々にボイスメッセージを開いた。カイは一時間ごとに、メッセージにその時点での状況や思いを吹き込んでいた。誰かを待ち続けることは苦しい。僕にはよく分かる。そして、声を吹き込んでいた人物が一人ぼっちで宙ぶらりんのままほったらかしにされ、どれほど不安だっただろうかと考えた。

夕方六時。その時点でもう録音した音声を聴くことはなかった。

「充電が切れたんだ」

低い声がすかさず言う。

「そっか。電池が切れるまで録音したんだ」

「ちがう。電話したから切れたの」

「オレには電話しなかったんじゃなかったっけ?」

「最初に一回だけした。電源を切ってるって分かったからもうしなかった。ウザがると思って。だから学科の友達からお前に電話してもらうことにした。けど、誰もお前がどこに行ったのか知らなくてさ。お前に何かあったんじゃないかってむちゃくちゃ心配になった。だけどさ、そのときまではオレ、不安でたまらなかったんだ。待ちぼうけを喰らってるにちがいないってとにかくすべてにムカついてた」

「……」

「けど、そのあとはむしろお前たちのことが心配になった。何かあったんじゃないかって怖くなった。いろんなこと考えてなんでもかんでも心配になった。学部の先輩がデパートでお前とトゥーを見つけたって電話くれて、ようやく我に返った。ほっとして、お前らがもうすぐ来るからもうちょっと待てって自分を励ましてた」

「バカだなぁ。自分に嘘ついて」

「ああそうだよ。それからさ、もし充電が切れてなかったらオレ、お前になんて言ったと思う?」

「罵っただろうな……今までで一番ひどい言葉で」

そう思った。カイは僕が時間通りに来なかった理由が、事故でも緊急事態でもないことを夕方には知っていた。ただ行きたくなかっただけだ、と。

「じゃあ今メッセージ11を聴いてよ」

「……」

「くそサード!」

「……」

「よかった、お前が無事で。オレは変わらず待ってるぞ」

カイはそう言うと、大きな手で僕の頭を愛おしむみたいに撫で、顔を綻《ほころ》ばせた。こんなふうにされると僕のほうが申し訳ない気持ちになってしまう。因果応報《いんがおうほう》、か。

そして気付いた。

変わらず待っているっていうのは場所のことじゃない。気持ちのことだ。

「カイ、分かるか？　ボーンがオレの部屋へ来て、お前と行かなかったって言ったとき、オレがどんな気持ちだったか」

「ザマミロだろ」

僕は首を振った。

「つらくなった」

「……」

「心の中で帰っててくれって思ってた。お前が待っていませんようにって」

「けどオレはお前を待ってたよ。だって一緒に旅に行けなくても、一緒に家に帰れる」

「オレが来るまで待つつもりだった？」

「うん、そう」

「今夜はオレの部屋で寝る？」

誘ってるんじゃない、訊いてみただけ……。

「そう言ってくれるの、ずうっと待ってたんだけどね。じゃあ食べ終わったら、お前んとこへ行こう。

超眠いんだ」

　普段でもカイはかなり食べるのが早いのだが、いつもよりもっと早く食べ終わった。

　支払いを済ませ、僕らはすぐにアパートに向かった。そこにはボーンとトゥーが待っている。

　ドアを開けて中へ入ると、カイは二人の友人から飛びつかれ、羽交い絞めにされるという盛大な歓迎を受けた。

「このぉ、大ぼけカイ。ごめんなぁ――――」

「放せよ。うぐっ！　放せって！」

　僕は大きな体がじたばたともがき苦しむのを眺めた。友人二人が長時間放置された人物をリビングへ引きずっていき、その体の上に次々に覆い被さる。部屋の中に悶《もだ》え苦しむ声がとめどなく響き渡る。

　この三人はふざけると容赦ない。とはいえ、ほったらかしにされた人間が、どうしてそのお詫《わ》びとして死にかけるまで痛めつけられているんだろうと首を傾げざるを得ない。騒ぎが落ち着いたのは半時間ほど経ってからだ。蹴っ飛ばし合いに十五分、突っ立って罵り合いに十五分、そしてようやく膝を突き合わせ、落ち着いて話を始めた。

　ボーンに連絡してくれた同じ学科の友人に感謝しなければならない。だってボーンがその友人からのスマホのメッセージに気づいたことで、ようやく十時間以上も駅に友人を待たせたままにしているという痛々しい事実が判明したのだから。

「つまり、オレのことはもう怒ってないんだな？」

　ボーンが苦笑いしながら尋ねた。

「どう答えたら気が済むんだ、クズどもめ。約束をキャンセルすんなら電話しろってての。待ってるほうはどんだけキツかったか」

「だからサードに助けに行かせただろ。サードはお前のこと、死ぬほど心配してたぞ」

「いつのこと？」

僕はすぐさま言い返した。そっちの三人で話してたくせに、何がどうなって僕の話になるんだよ。

「だからぁ、オレが旅行に出かけなかったって知ったとき。こいつはアクセル全開でフワランポーン駅に車で走ってったの！　心配なんてしてないけど〜」

僕への皮肉プラス、カイにへつらいやがって、このくそボーン！　蹴飛ばしてやりたくて足がムズムズする。

「そろそろ帰れよ。もう朝方だぞ」

「もー、サードったら〜。オレら二人を追い返して、クンポンとイチャイチャするつもりか？」

「バカ言うなよ、トゥー。死ぬほど眠いんだ。明日また話せばいいだろ」

「はいはい。じゃあ帰って寝る。お前ら二人……急いでヤッちゃうんじゃないよ。お楽しみがなくなるから」

下品なやつ！　僕はトゥーとボーンの背中に悪態をつきながら、玄関まで送った。

部屋に僕とカイだけになるとたちまち静けさが戻り、お互いちらちらと相手の顔を窺う。

「服、着替えるよ」

「ズボンもな」

「また何かエロいこと考えてんの？」

「なんだよ。オレはお前を心配してんの。バミーのにおいがズボンにしみついてたらヤだろ」

その表情が怪しすぎるんだよ。信じるほうがバカだ。

「オレの勝手にするよ」

「ここで着替えろって。時間の無駄だ」

「そうはさせるか」

「短パン穿《は》けば？　セクシーなのがいい」

「ないね」

「サッカーパンツでもいいよ」

「寝るんだよ。サッカーなんかしない。お前はシャワーを浴びろよ。タオルはいつもと同じクローゼットの中だから」

僕は相手の減らず口を黙らせようと睨みつけた。なんだよ、これ！　駅で会ったときは飼い主に捨てられた犬みたいな状態だったのに、今は手のひらを返したように溌剌《はつらつ》としてやがる。

「また一緒にシャワー浴びようか？　背中を流してやれるし」

余計なお世話だっての！　僕とやつの間に本当に恋愛は成立するのか？　この様子じゃ、とてもじゃないけどやってらんない。カイの発情期は頻繁すぎる。

「さっさと入れよ。ウザい」

「はいはーい」

「長くなるなよ。水でふやけるぞ」

僕はやつをからかうつもりでもう一言、お見舞いした。

「オレの弟ちゃんが勃《た》たなかったらって心配ならそう言えってえ」

カイはいつものごとく、こちらを不愉快にさせる返事を寄越した。年がら年中、下ネタだけは冴え渡っている。

十分後、ノッポは僕が渡した新しい服に着替えてバスルームから出てきた。慣れた手つきで照明のスイッチを切ると、主である僕に断りもなくさっさとベッドに飛び込む。その上、図々しくも僕の体に腕を回し、こちらの都合などちっとも訊かずに頬ずりをしてきた。

「息苦しい。静かに寝られない？」

「だって幸せなんだもん。てっきりフワランポーンで寝ることになるかと」

「こんなことなら、あそこで寝かせとけばよかった」

「そしたら、ここにいる誰かさんが眠りながら泣いちゃうかもしれない」

「そんなにしょっちゅう泣いてるわけじゃない」

実際にはカイの言ったこと、当たらずとも遠からずなんだけど。いくらクールに振る舞っても、カイは僕のことなんてお見通しだ。

「オーケー。お前はとっても強い。カッコいい。だから今夜は抱き枕になってよ。オレは寝る前に枕に腰を擦りつけるのが癖なんだ」

「クソだな」

「お前の知らないオレの好きなものはまだあるぞ。四年生の映画制作で脚本に入れようかなぁ。枕に腰を擦りつける手法とか、床にスリスリする技術とか、自分の手でハーレムを作りあげるテクニックとか、エロティックな観点からの女性のおっぱいの鑑賞法とか」

それ、どういう学問？　僕はこんなやつにつきまとわれる運命なのか？　それも、こっちが先にこいつに惚《ほ》れてしまったなんて。

「カイ。そういう話はやめてくれないかな。ゲロが出そう」

「だったら、お前を愛する前の、オレの混乱期について話そうか？」

「くだらない」

「お前との恋愛のどこがくだらないんだ？」

「じゃあ話せよ」

「初めてお前がオレのことを好きだって知ったとき、周りの音が聞こえなくなったみたいな気持ちだったんだ。自分の耳が信じられないってあんな感覚なんだな。受け入れられなくて、混乱して、イライラして、いろんな感情がごちゃまぜになってた。あのときはお前に、オレを好きになるな、オレは大切なモノを大切にできない人間なんだって、伝えたくなったりもした」

これまでの気持ちがシーンごとに語られていく。けれどカイがそんなふうに感じることは、初めから予想がついていた。だから僕は反論も質問もせず、ただ、相手の心の内を静かに聞く。

「オレは財布でさえしょっちゅう失くすし、バイクだってチャウィーの前に何台壊したか分からない。お前の心なんて言うまでもないだろ。オレに与えたら、いつかこの手でむちゃくちゃにしてしまう」

「そうなったら、なったときだろ」

「あの頃のオレはサイテーだったぞ。それでもよかった？」

「最初から覚悟してた。いつかお前がオレの気持ちを大切にしなくなっても、それはオレが自分でなんとかするべき問題だってことも分かってた。お前を好きでいるってことは、それで傷ついても自分で自分を癒やさないといけないんだって。これまでのオレはそう考えてた。今とちがって……」

そう、今はもう以前とちがう。僕の中の自衛メカニズムは、経験によってできてしまった傷を癒やすのではなく、これ以上傷つかないように、何も起こらないようにと、心を閉ざす方向へ働くようになっていた。けれど、果たしてそのやり方はうまくいっただろうか？

……やっぱり失敗してる……。

「オレがめいっぱいお前を愛してる今とちがって、だろ。けどお前はまだためらってる。そうだよな？」

カイは僕の気持ちを推し測ろうとしていた。

「ためらってなんかない。お前を信用してないだけ」

「だから今オレは、自分の気持ちを行いで証明しようとしてる」

「女の子の口にチューしといて？　許したのはお前がその気にならなかったからだ。だからチャンスをやっただけ。じゃなきゃもう終わってるよ。友達っていう関係さえも、残ってたかどうか怪しいもんだ」

「まだチャンスをもらえてよかった。ありがとな、サード」

「礼を言うようなことじゃない」

「言うよ。お前のこと、愛するチャンスをもらえただけで」

そしてカイはさらに一時間ほど、まるで覚えたての知識を大人たちに話したくてたまらない子どものように、事細かに過去の女性のことを語り続けた。最後まで聞いてやった僕を褒めてやりたい。

「眠くなった？　眠かったらオレの話なんて聞かずに寝ろよ」

カイが見透かしたように尋ねたが、太いその腕はしっかりと僕を抱きしめていて、解放してくれる様子はない。

「いや」

あくびを噛み殺したような声と、眠気でとろんとした眼差しで僕は言った。どうして？　どうしてこんなくだらない話を我慢して聞いているんだろう？

「嘘つかないで寝ていいって」

「まだ全然眠くない」

「ホントかよ？」

「うん」

「――なあ、お前はこれまでのオレの恋愛について知りたいの？　それともオレのことを知りたいの？」

分かったような言い方しちゃって！　でもきっと……僕が知りたいのは後者のほうだ。


鉄道でのバンコク発スラタニ行きの旅行はそれぞれが約束を破った結果、カイが駅に放置されるという結末を迎えておじゃんになった。ただ、人でなし組はこの失敗をよかったと結論づけた。

それはなぜか？　雨が降らなかったからだ。

そう、僕たちの旅行は友達に列車、そして雨が必要不可欠だったのだ。雨が降らないと全然雰囲気が出ない。しかし晴天だったのは先週の出来事で、現在は毎日降り続く雨に靴もぐしゃぐしゃになっている。

僕らの旅行はさておき、コミュニケーションアーツ学部と舞台公演チームは、チケットの販売スケジュールをとりまとめた。芝居のほうはまだ完成形にはほど遠いのに、ケータリング班の予算が底をつき始めたため、追加でできるだけたくさんの財源を確保しなければならない。そこで前売り券の販売を開始することになった。

前売り券の予約は公演用に開設したサイトで受けつける。ただし、受け渡しは学内の各所にポイントを設けて行うことになった。本来広報班の仕事だが、人手が足りないのでキャストたちも人寄せを兼ねて駆りだされた。元俳優のカイも例外ではない。

集合場所に集まった担当メンバーたちは、それぞれの持ち場に向かう前に、サイトから予約した客に配布するためのチケットを受けとる。

「目標達成できるよう頑張って売ってね。じゃないと自腹になっちゃうよ」

広報班のヘッドが厳しい口調で発破をかける。今年は例年にもましてピンチだ。

「ファーン、イケメンのあんたは女性客を集めるのよ」

主演俳優がこくりと頷く。主演というプレッシャーの上に、収入を得るために人々に愛敬を振りまかなければならないとは。ともあれ、面子もプライドもかなぐり捨てなんとしてもチケットを売るのだ。

「各ポイントに公演の立て看板を設置したらどうかな？　宣伝にもなるし。目立つようにさ」

「いいね。誰か他にアイデアは？」

「カイのスニーカーを売って、制作費に当てればいいんじゃないですか？　あのモデルなら中古でも数万バーツになる」

「あれはコピーだって」

「嘘つくな！」

「世界は愛で、否、カイ君のスニーカーで溢れてる〜」

カイとトゥーのつばぜり合いに、座っていた全員が頭をかく。なんの助けにもならないばかりか、時間の無駄づかいだ。

「鬱陶しいやつらめ。雨が降る前にさっさとポイントに分かれるぞ。空が真っ暗だ」

チェーン先輩の鶴の一声で話し合いは終わり、僕たちはそれぞれの持ち場へ向かった。

建物内の配布場所に当たればよかったのだが、人でなし組はついてなかった。割り当てられたポイントは図書館の前で建物の中へ入ることはできない。おまけに守衛のおじさんは建物のファサード部分の使用しか認めてくれず、雨風をしのぐスペースは限られている。

——ザァー…。

「ほら見ろ。降ってきたぞ」

立て看板と荷物を屋根の下に運び込んだあとでよかった。僕ら四人はその前に一列に立ち、とりあえず雨宿りをする。

「雨をやませるにはどうすればいい？」

トゥーが言い始めた。

「サードにレモングラスを挿してもらえよ〔タイには処女がレモングラスを摘みとり、逆さに地面に植えて線香と祈りを捧げると、雨が降らないという言い伝えがある〕」

「バカ、そんなことしたら……来世まで干ばつ続きになるんじゃね？」

言いやがったな。かかって来い、くそトゥー。ぶん殴ってやる。

「こういうのどう?」

今度はカイがアイデアを出した。やつは無遠慮に手を伸ばし、僕のほっぺたをつまんでぐにゅっと引っ張る。

「なんでこれで雨が降らなくなんの?」

ボーンが不思議そうに尋ねる。僕にも見当がつかない。痛いっての。

「いや。サードがかわいいだけ」

「げぇっ。お前ら、いちゃつきすぎ」

僕は慌てて、鬱陶しいと言わんばかりにカイの手を顔から振り払った。

それにしてもこんなに雨が降る中、湿ったチケットを受けとりにここまでやってくるようなおバカがいるのだろうか。だからといって、雨粒をつま先で蹴飛ばして時間をつぶしたり、庇《ひさし》から落ちる雨粒が床に当たるのをぼーっと眺めて暇をつぶすのも退屈すぎる。そんなことを考えていると、トゥーが話を始めた。

「こんなふうに雨が降ってると去年のこと思いだすわぁ。雨を突っ切って講義に行ったじゃん」

「おー、サードがさ、スニーカーの紐《ひも》を結んで首にかけて、裸足で学部棟まで走ってきたのを覚えてるよ」

「どうしてオレはその話を知らないのかな?」

突然カイが口を挟んだ。僕ら三人はさっとカイに顔を向け、記憶を手繰《たぐ》る。

「そのときお前は彼女にベッタリだったろ。講義をサボった日数のほうが出席日数より多かった」

そう説明したのはボーン。いや、その頃のカイは彼女にべったりだったんじゃない、おっぱいにべったりだったんだ。何しろパンツを変えるより頻繁に連れて歩く女性を替えていたんだから。

僕の人生で最低最悪の時期だったと言っても過言ではない。二年生の第二学期。それはどん底だった。

「あの頃はサードがお前を好きだなんて、誰も気づいてなかったぞ。こんなことなら先に口説いとけばよかったなあ～。柔らかぁい唇の持ち主を～」

「ボーン、てめえっ！」

間に僕が立っていなかったら、二人とも掴みかかってめちゃくちゃに殴り合っていたところだ。それにしてもどうしてまた僕に話が飛ぶんだ？

「サードがオレにキスしたんだっつの」

「だからお前はオレに殴られたんだっつの。忘れたのかよ？」

「ぼんやりとは覚えてる。でも甘ったるいサードのキスのほうがよく覚えてる～」

「くたばれ」

「お前だってサードにイケナイことしたいって思ってんだろ」

「オレのは正当な権利。お前はただの友達。勘ちがいしないように」

「その話やめろ。オレはそういうのは嫌いだ」

盛りあがっていたところを僕に強制終了されて、たちまち全員が黙り込む。まったくお前は……僕のことなんてお構いなしに勝手に話を進めるんだから。

「どうしたら好きになってくれる？」

カイがまた質問した。

「新しい車買ってよ。カッコいいスポーツカー。一千万バーツ以上のやつ」

「ホントにそういうのが好きなのか？　じゃあ買ってあげよう～」

「嫌味を言ったんだ」

なんでも本気にするんだから。こいつの角は水牛より長いんじゃなかろうか〔愚かだとバカにされる水牛よりも愚かであるという皮肉〕。水牛かよって罵るのも、水牛に申し訳なくなるくらいだ。

僕は新しい話を切りだして、さっさと話題を変える。

「で、チケットを全部配ったあとはどこか行くの？」

「お前と帰るよ」

カイは素早く答え、ボーンをじろりと睨んだ。睨まれたボーンはスマホを耳に当てていて、囁くような声でこちらに言う。

「女の子と約束してる」

「じゃあトゥー、お前は？」

僕はこの状況下で最も静かにしていた人物のほうを向いた。トゥーはさっきから黙ったまま、ひたすら雨水を見つめている。まるで何かを心配しているみたいだ。

「オレ？　先輩と出かける。映画を観に行くから迎えに来るって言ってたんだけどな」

「そっか」

いつものトゥーらしい答えだ。

「ところで……どの先輩と行くの？」

「アン先輩」

「アン先輩？　お前、いつあいつと親しくなったんだよ！」

「何言ってんの、先輩は舞台監督だろ。一緒に仕事することだってあるさ」

「まあな」

誰もそれ以上尋ねなかった。それからみんなで、かれこれ半時間ほど雨を眺めていたが、一向にやむ気配がない。そのうち思い思いにスマホをとりだし、いじって時間をつぶしだす。

間もなく雨の中、一人の女性が必死の表情で僕らのほうへ走ってきた。彼女の目的を予想するに、一、とっても急ぎで図書館で本が読みたかった。二、舞台公演のチケットの受けとり時間から十分ほど遅れてしまったので、嫌々ながらも仕方なく雨に濡れながら走ってきた。この二択のうち、どちらか一つだ。

雨にびっしょり濡れてブルブル震えているその姿に、僕・アンド・ザ・ギャングは、いそいそとジャケットを差しだす。そして彼女が顔を上げた瞬間、全員がそのままフリーズする。

「チケットを受けとりに来ました」

ジェム……。

最近別れたカイの彼女だった。この人は「一番長く付き合っていた本気の人」と言ってもいい。なんて形容すべきだろうか。カイの過去は、いまだ僕らにとり憑いているのだ。

「えっと……あー、お名前いただけますか？　チケットを受けとったらここで雨宿りしていけばいいよ」

そう言ったのはボーンだった。けれどやつの表情を見る限り、彼女が一緒にここに居続けることをそれほど歓迎しているわけではなさそうだ。

「スニッチャーです。これってカイのジャケット？」

コミュニケーションアーツ学部の黒色のジャケットには、背中に「Nitade〔ニテート。タイ語でコミュニケーションアーツの略語〕」と、でかでかとステッチがしてある。とはいえ、元カノなら恋人の私物や香りを覚えているはず。

「ああ」

「幸せそうね」

僕はごくっと唾を飲み込んだ。別れた恋人同士の間に立っているなんて、なんとも言えず気まずい。それに僕は……ずっと友人に友情以上の感情を抱いていた人間である。そのことはきっとジェムもすでに知っているはずだ。

これまでこの二人の恋をいろいろとサポートしてきたけれど、進んでやっていたわけじゃない。二人の仲について、なんとも思ってなかったと言ったところで、自分はかなり矛盾したことをしていた。

「まあね。幸せと不幸、ごったまぜかな。ジェムのほうはどう?」

「どうって。傷ついてるだけ」

その言葉は鋭い金属のように僕の心をいきなり貫いた。

この状況をどうにかしてくれ。できることならここから逃げだしたい……。

「で、サードはどう? きっと幸せなんだろうね」

質問の矛先が僕に向けられた。

なんて答えろっていうんだ。カイがアプローチしてくれてハッピーだって言えばいい? それとも、ついこないだカイが他の人にキスしているのを見て、どん底だって言えばいい? 答えを待つジェムが苦しまないようにするには、どんな言葉がいいんだろう。

結局僕はどう答えていいか分からず、黙っていることにした。すかさずトゥーが僕の肩を小突き、反対側へ押して立ち位置を代わってくれた。おかげで二人の間に挟まれるという気詰まりな状況からは解放される。

「ハハハッ。雨降ってるねぇ。傘もないんだよねぇ」

ボーンが鬱積した雰囲気を明るくしようとしたが、狙い通りにはうまくいかなかった。ジェムはボーンのほうを見もしない。五人の人間が並んでいる狭い空間は、見えない壁で仕切られているようになる。

カイだけは落ち着き払っていた。この状況を引き起こした張本人であるにもかかわらず、だ。

「一人でチケットをとりに来たんだ？」

低い声が響いた。やむ様子もなくぱらぱらと降り続ける雨の中で、そこにいる全員の胸に、息苦しさが広がっていくのを感じる。

「そう。親友と観に行こうと思って、三枚買った」

「オレらの学部のためにどうもありがとう」

「カイが主役だって知ったから観たかったんだけど、もう観ないわ」

「もったいないね」

「骨折の具合、どう？」

「ギプスはとれた。走るのは禁止されてるけど普通に歩ける」

「私、ブロックされてもカイのこと、ずっと気になってた」

「……！」

　これまで一番まちがったことをしてきたのは誰だろう。親友にそれ以上の感情を抱いていた僕か、誰とも真剣に付き合わなかったカイか、わがままだったジェムか。いや、そんな僕ら三人ともがすべてをこんな結末にしてしまった共犯者なんだ。

「私たち、また恋人同士に戻れるって考えたことある？」

　カイの元恋人であるジェムの言葉を聞いて、僕は棒立ちのまま息を呑んだ。きりきりした痛みが突然、神経を駆け抜ける。カイが下手なことを答えるのではないかと怖くなった。しかし、それ以上に二人が恋人に戻ってしまうことが怖かった。なんて自分勝手なんだって自分でも思うけれど。

　片想いしていた頃の僕はＳＮＳのチャットでメッセージを打ち込んで、カイが読んだかどうか、返信してくるかどうか、期待に胸を膨らませたものだ。僕の言葉に相手は深い意味を感じとってくれるだろうか。それとも友人としての、ごく普通のメッセージだと思うだろうか。そんなことを考えてはドキドキした。

　たとえば「会いたい」という言葉なら、カイはどんな「会いたい」だと受けとるだろうか。「愛情」という言葉なら、カイはどんな「愛情」だと思ってくれるのか、って。

　ときにはメッセージを打ちこんだものの不安になって、送らないままになってしまったこともある。もうあんなふうにはなりたくない。

「無理だと思う」

「それはサードが理由？」

「オレたちが別れたのは、オレの気持ちにサードが影響してくる前だ。だからサードを結びつけないでくれ。別れたのはオレが悪かったせい」

カイが自分のまちがいを認める発言をするのを初めて見た。普段のやつはなんでも手当たり次第に馬鹿げた運命のせいにしていた。すべて自分が引き起こしたことであるのにもかかわらず。

「そうだね。ホントにカイは最悪だった」

「認めるよ」

「ゴミクズだった」

これは痛い！　ノックアウトだよ、カイ。終わり方がマズかったせいもある。電話でジェムに別れを切りだされたあと、お前は赤の他人みたいにあっさり縁を切っちゃったんだから。もしいつか僕が同じ目に遭って傷ついたとしても、誰も癒やしてくれないぞ。物好きにも、こんなやつに関わった自分を責めるしかない。

「友達にはなれるかな？」

ジェムがまた尋ねた。

「それも無理だな。オレ、別れた人とは友達にならないから」

「分かった……雨、全然やまないなぁ。でも、私もう行かないと」

「オレのジャケット持っていけよ。ちょっとは雨よけになる」

ジェムは何も言わずに頷くと、ジャケットを頭から被った。そして雨の中を駆けだし、遠ざかり、次第に見えなくなった。

それ以上の別れの挨拶もなく、最後に微笑みを交わすこともなかった。お互い別々に自分の日常へ戻っていくだけのお別れなんて。

どんなに傷つくだろう。

どんなにひどく泣くことになるだろう。

あのジャケットを抱きしめて、ひたすら過去を懐かしく思うんじゃないのか。

僕はさまざまなことを思った。自分をジェムに重ねてみた。これまでのこと……こんなふうにしてよかったのか？　恋人を誰かから奪ったわけではないけれど、どうしても申し訳ない気持ちになってしまう。

「ゴミクズって言葉、ズキーンって頭蓋骨まで響いたなあ。ハハハッ」

彼女がいなくなった途端、ボーンが息を吹き返す。カイにニヤリと笑いかけて冷やかしたが、言われたほうは反応せず、ただ抑揚のない声でこう答えた。

「オレはなんとも。厚かましいから」

「お前はたくさん振ってきたからな。それにしたって、ジェムは一番長く付き合った子の一人だろ」

「けど一年も持たなかった」

「お前の元カノとしては長いよ。すごく好きだって言ってたこともある」

「それは付き合う前の話だ。人を愛するにはもっといろんな条件があるって、オレが知る前の話」

「……」

「彼女もいつかいい人に出会うって。もしまだオレたちが続いてたとしてもいつかは別れるさ。考え方がちがう。無理して続けても、一番傷つくのはジェムだ」

「ドラマの主人公ぶっちゃって。そんな言い訳が通るもんか」

「いい人ぶりたいわけじゃない。オレは本当にクズだから。だけど、どうしてオレがあそこまでさっさと女の子一人を自分の人生から切り離したと思う？　ずるずる引き延ばしたくなかったからだよ。ああすれば彼女だって吹っ切れる。連絡をとり続けて、彼女がオレを忘れると思うか？　やり直したいって思って、また傷ついてってってループを回るだけだ。これでいいんだって」

「……」

「オレが悪かったんだ」

「でもオレ、お前たち二人の間に挟まれちゃってた」

僕は思わず言ってしまう。

「これからはもうないよ。ごめん、こんなことに巻き込んで」

「……」

「ごめん。何も失いたくないなんて身勝手で。前にオレ、価値のあるものを大切にできないって言ったけど、お前はオレが初めて大切にしたいって思った存在なんだ」

「きっと映画の観すぎだな。顔でも洗ってこい……ったく」

友人ボーンが横から余計なことを言ったので、いっぺんでムードが台無しになる。

カイの言葉は聞いておくだけで、すぐには信用はしないことにする。凧《たこ》の尻尾みたいに長いカイの「武勇伝」は、みんなの知るところだ。やつが言葉より行動を通じて自分自身の誠意を示してくれたときには、カイにその、僕を大切にするっていうチャンスをあげてもいい。

ザアザア降りの雨の中でのチケット配布の任務は続いた。悪天候による急なキャンセルのメッセージが何件もＳＮＳに入ってきて、僕らはそれらに返事を送る。予約はどんどん捌《さば》けていき、ぼおっと突っ立っていた時から数えると三時間ほどで予約分すべての配布が終了した。

が、雨はやむ気配を見せない。

「オレは学部のほうへ行ってから帰るわ」

「オレも行く」

「オレはもう帰る。サード、お前もオレと来いよ」

トゥーとボーンが言った。

カイが僕に有無を言わせない。

「じゃあオレら、立て看板を持って帰るから。また明日な」

親友二人はそう言うと、看板を雨よけ代わりに頭の上に持ちあげる。

「カイ」

「なんだ?」

「オレの友達を悲しませるなよ」

「ああ」

そして二人は、一瞬たりともこちらを振り返ることなく、雨の中を走り去った。

ところでさっきのトゥーの言葉はなんなんだ？　まるでこれから結婚する僕をカイに託すみたいな言いようだ。あんなことを言われたら胸やけがする。

「ジャケットがもうないから本使おっと」

二人が遠ざかっていくのを見届けると、やつは大きな手でリュックを探り、教科書をこちらに差しだした。

「いらない。濡れたら読めなくなるじゃないか」

「教科書よりお前の頭のほうが大事だ」

「確かに教科書はそれほど大切にしてないしね。カッコつけんな」

「てめえ、オレのアソコでお尻ぺんぺんすんぞ」

「は、サイテー」

「雨が降ってるんだ。濡れたら体調を崩すから」

「自分の鞄使うよ」

「鞄の中の本が濡れるだろ。大切にしてるくせに」

「じゃあ、雨がやむまでここで待ってよう」

いつやむかも分からないけれど。

「そうしよう」

二人で黙って立っていると、隣に立つ人物がすぐに質問してきた。

「ジェムにジャケット渡したの、怒ってる？」

「なんで怒るんだ？　お前のものだろ」

「雨がひどいから渡したんだ。彼女を車で送っていくこともうできないし」

「……」

「けど、お前とはこれからずっと一緒に歩いてくだろ。ジャケットなんかなくても、一緒にいられるだけで充分」

◆予告編
「なんでレインコート着てきたんだ？　雨なんか一滴だって降ってないぞ」

「もうすぐ降ってくるんだって」

「列車に乗ってるんだ。歩いていくんじゃないんだぞ。やりすぎだろ」

クールなはずの三人の人でなしどもが、なんでこんなにおバカな振る舞いをするのか、まったく理解に苦しむ。旅行の目的地と日程が決定して以来、ここのところ何日もこうして上機嫌で馬鹿騒ぎをしている。

毎日があっという間に過ぎていった――。

息切れしながら試験を乗り越え一学期が終了し、ほとんどプランもないままただ行くってことだけが決まっている旅行へ出発することになってしまった。重要なのは、目的地よりもその道のりである。さらにはその場、その場で脚本も考えなければならない。僕らは友情という言葉をバッグいっぱいに詰め込み、それぞれのお気に入りのカメラ、一人一冊の本、一〇〇〇曲近くが入った音楽プレイヤー、ビーチサンダル、サングラス、帽子、それにギターなんかを準備した。

それは、新しい始まりだ。

バンコク――スラタニ、アゲイン。

◆シーン1　七番ホーム　／　フワランポーン駅　／　午前、四時四十五分
「ここだ、ここ」

カイがある一列のシートの傍で足を止めた。車両に乗り込んだばかりの僕に向かってその席を指で差し、にこにこした表情で腰かける。

僕らの座るシートは、二人掛けの長椅子タイプが二列、向き合う形になっている。だからこの四人組にはちょうどいい。まだ夜も明けていない早朝は人気《ひとけ》も少なく、雰囲気はさながら「幽霊列車」ってところだ。ごくたまに商品かごを担いだ売り子がやってきて、炭酸飲料やスナック、弁当などをとんでもない高値で売りつけようとする。

「サード、メモを始めとけよ。列車に乗り込んだあとの最初のシーン……おばさーん、焼き鳥《ガイヤーン》ちょうだい」

ボーンがさっそく手を上げて売り子を呼ぶ。

「はいよ。何にする?」

「焼き鳥。それともち米《カオニャオ》」

「飲み物は?」

「炭酸にするよ。一本いくら?」

「四十五バーツ」

おーっ……うちの大学で売ってるドリップコーヒーよりも高い。これ、確か十三バーツのはずなんだけど。列車に持ち込まれた途端、人でなしな値段設定になっている。これも脚本のためにメモしておくべきか?

「じゃあ焼き鳥だけにする。もち米もいらないよ」

お釣りを受けとって振り返ると、ボーンとトゥーはすでに焼き鳥の骨部分をしゃぶっている。もうなくなっちゃったの？

「まず大まかなストーリーが欲しいな」

食べてばかりいないで、そろそろ課題にとりかかろう。

「雨季に鉄道列車で旅行に出かける仲間たちの人間模様っていうのが大筋。友人という関係から始まって、最後に恋人という関係で終わる」

オーケー、コンセプトは書きとめた。

「まあゆっくり書いて。早起きしたんだし、ちょっと寝ろよ」

カイが僕の手からノートをとって膝に置く。

「眠くないんだ」

ボーンを見ろ。まだ焼き鳥の骨を舐めている。

「じゃあ、オレたちの将来について話そう」

「そんなのますます話したくない」

「ただ座って移動するだけの映画なんて退屈じゃん。なんかそれっぽいシチュエーションを作んないとなぁ」

「たとえばビールを注文するとかな。焼き鳥ときたらビールだろ。おばさーん！」

さっきまでの話はどこへ行った？　支離滅裂にもほどがある。そして、売り子のおばさんが弾道ミサイルを上まわるスピードでやってきた。

「何にします？」

「ツキノワグマビール四本ください」

「オレ、いらない」

僕は急いで断る。もう二度と酒は飲まないと決めていた。あの日、カイの指をすり抜けていった吐瀉物がまだまぶたに焼きついていて、思いだすだけで吐きそうになる。

「もう買っちゃった。いくらです？」

ボーンが自腹を切った缶ビールを、一本ずつみんなに配ってくれる。カイは真っ先にプルタブを引くと、ためらうことなくぐびぐびと飲んでいる。そして、瞬く間に一滴も残さず空にしてしまった。

「飲むの？」

カイが僕に尋ねた。

「いや」

「じゃあオレが代わりに」

やつはそう言うと、大きな手ですばしっこく缶をとりあげ、ごくりと飲んだ。それが好きな相手にすることとか？　まったく感動しちゃうよ。

「てめぇ、カイ。これはサードにやったんだぞ。お前が飲むなよ」

「こいつは飲んだら吐いちゃうの。体中に赤いじんましんも出るんだ、かわいそうだろ。それに、オレがこいつのモノをどうこうしたってなんの問題もない」

「てことは、お前らヤっちゃったの？」

「ボケ」

ウザいやつら！

「お前の愛しい人を見ろ。仏頂面で否定してんじゃん。悔しいねえ、カイ。お相手はお前を認めてないよ」

「サード……オレはお前のなんなんだ？」

低い声が悔しげに、そして僕に答えを強要するみたいに尋ねた。二人の人でなしにからかわれるようなことを、僕が答えるはずがないと分かっているくせに訊いてくるのだ。

「なんでもない」

「お前はオレのモノだぞ」

「いつから⁉」

「状況的にではなく、感情的にそうなってる」

「いやぁーん。そういうの、お家で二人だけでやってもらえない？　聞いてるだけで笑いすぎてビールが喉に詰まる。ゴホッ、ゴホッ」

何が楽しくてこいつらと旅行すると決めてしまったのか、自分でもよく分からなくなってきた。楽しく旅行して撮影のロケーションを選ぶためか、それとも、じりじりと炎で焼かれるみたいにこの三匹にからかわれ続けるためか？

◆シーン2　十六番車両　／　線路　／　午前、五時半
「すみませぇーん。ビールをあと三本」

「はいはいー」

まったくお前ら、何やってんだよ。この一時間、カイ、ボーン、そしてトゥーの三人は、一分たりとも休むことなくビールをあおり続けている。乗務員からもらったビニール袋にたまったゴミは、ビ

ールの空き缶入れになっている。お前ら、旅行してるのか宴会してるのか、どっちだよ！

「サード、ひらめいたぞ。主人公がゲームをするシーンを入れたい」

トゥーは酔うと頭が冴えだすらしく、思い浮かんだシーンを再現し始めた。

「どんなゲーム？」

「前にプールパーティーでやったようなやつだ」

「覚えてない。いろんなのをやりすぎて」

「答えを先に言って、質問を当てるってやつ」

「どんなだっけ？　そんなゲームしてないよ」

それとも酔いすぎて、あの日のことを覚えていないのか？　そう思っていると、ボーンがやり方を説明してくれた。

「たとえばな、オレがとある名前を言う。そしたらお前はそれっぽい質問を考える。それだけ」

ボーンが口にしたのは有名な映画監督の名だった。

「分かった。でも、どうしてそんなおもしろくもないシーンを入れるんだ？」

「分かってないねえ。で、質問は？　せっかくだから答えろよ」

こっちがゲームをやりたい気分かどうかなんてことはお構いなしだな。

「お前の好きな監督は？　だろ」

「大正解～。サードお前すごいわぁ」

はいはい、楽しいね。

「オレがやる、サード。〝マーケティングの講義〟」

目をキラキラさせたトゥーが背筋をぴしっと伸ばし、まばたきもせずにこちらをじっと見つめている。ごめん、何それ……クイズ番組の司会者みたい。

「お前が好きな科目は？　かな」

「はずれ」

「じゃあ初めて履修登録し損ねた科目は？　だ」

「はずれ。オレが部屋でおいおい泣いた日のことだ、心の友」

「ああ。人生初のＦ評価をとった科目は？　だな」

「大正解〜。質問は〝オレが初めてＦ評価をとった科目は何？〟でしたぁ」

そうだった。お前の成績は一年のときから低空飛行だったな。僕らの学部でやってるマーケティングの授業なんて、キャンディを口で舐め溶かすより簡単なのに。ほんっとバカ。

「次はオレとな」

カイまでゲームに参加した。

「〝REFLECTED〟」

「簡単。オレが一番好きな映画は？　だろ」

「はずれ」

ええ？

「人生で初めてオークションに出した映画は？　かな」

「はずれ。正解の質問は、〝オレが一番よく観る映画は？〟だ」

友人たちの間にしばし唖然《あぜん》とした空気が漂う。ちょっと待てよ、カイは恋愛映画が大嫌いなはず。

それなのに、よく観る映画が恋愛映画だって？

「ホントに観るのか？」

　僕は確認するように尋ねた。

「ホントだって。好きすぎて全シーンの台詞、完コピしてる」

　カイは口が裂けるのではないかと思うほどの満面の笑みを、こちらに向けた。

「お前もオレのこと、答えてみてよ」

「思いつかない」

「じゃあ、オレがもう一個質問するぞ。答えは、〝了解〟」

「なんだ？　金貸して、か？」

　答えたものの、心臓がおかしな具合にトクトクと鳴り始めた。向かいに座った友人二人が、妙な視線を送ってくる。カイの表情も変だ。

「はずれ」

「旅行に出かけない？　かな」

「はずれ。サード、お前分かってんだろ」

「分かんないよ。なんて答えればいいんだ？」

「分かってんだろ」

「明日飯奢って、だな？」

「ちがう」

「トイレまで見送ってくれ、とか？」

「うざったい。そうやってはぐらかすなって。質問は、〝恋人になってくれない？〟だ」

「そんな簡単なことか」

「ああ、こんな簡単なことだ。答えろ！」

「何が答えろだよ。〝了解〟って答えしかないんだろ」

「カイ、やったな！　おっしゃ――っ！」

「……」

「お前はオレの恋人になったぞ、サード。ほら、おでこにチューだ」

言い終わるや否や、カイは大きな手で僕の顔をがっちりロックした。そして次の瞬間、頭蓋骨に穴が開きそうなほど勢いよく、僕の額に唇をぶつけるという暴挙に出た。

「待てって。オレは了解してない」

僕の真剣な声に、友人三人のはしゃぎ声が小さくなる。

「何それ？」

カイが尋ねた。まったく理解できないという目つきをしている。

「恋人としてお前と付き合うのは」

「……」

「ごめん。やめとくよ……」

その瞬間、僕はハンサムな顔に浮かんだ笑みがゆっくりと消えていくのに気づいた。

《第18章》
君を口説くための理論《セオリー・オブ・ラブ》

◆シーン3　車両内　／　鉄道車両　／　午前、六時

「――けどさっき、了解って言ったろ？　ボーンとトゥーも聞いてた」

カイが明るい声を上げると、名前を呼ばれた二人もこくこくと首を縦に振り、賛同する。

やつが女の子の唇を吸った日から、図書館の前で元カノに別れを告げた日まで、ほんの数カ月足らずだ。たったそれだけで、カイが以前のように悪事を働かないという保証になるはずもない。

「オレは何も了解してない。お前はトゥーやボーンと口裏を合わせていかさましてるだけだ。そんなのに付き合いたくない」

「オレにはまだお前が腹を立ててるような、足りないところがあんのか？」

「お前の誠意は時間が証明してくれる」

「そんなの待ってたら、お前と付き合うより先に死ぬしかなくなるって」

「じゃあ死ねば？」

カイはたちまち口を噤んだ。友人二人もこの言葉に声を失ったらしい。

僕がカイに「了解」と返事をしないのは、愛情は急いで確約させるものじゃないと思うからだ。カイが忍耐強く待ってくれれば、僕だってやつを認める。その日が来るのはきっとまだ先だろうけれど。

「お前のゲームには乗らない。……音楽でも聴いてるよ」

僕はイヤホンを耳に突っ込むと、目を閉じて自分を外界から隔絶した。内心では少なからずカイに

対し、かわいそうなことをしてしまったと思っていたから。

　その後、僕の耳にはどんな話し声も届かなかった。音楽のボリュームが大きいせいだろうか。それとも友人三人が黙って、僕と同じようにそれぞれ自分の時間を過ごしているせいだろうか。

　列車は走り続けている。頬に当たる穏やかな風と熱を帯び始めた日差しを感じて、僕は逃げるようにシートの奥へ体を傾けた。もちろん、隣に座っている人物はそれを察知する。

「サード、ちゃんと寝ろよ」

「ああ」

　いつの間にかイヤホンが耳から抜きとられ、僕の体は柔らかな膝の上に倒された。僕は抗うことなく、そのままそこに体を横たえる。

「♪君が僕の人生に入り込んだ～まるで真っ暗だった世界に光をともすように～」

「どこで覚えた？」

　僕は目を閉じたまま歌っている人にぼそりと尋ねた。カイは最近人気のあるフォークバンドの曲を口ずさんでいる。へんてこりんな歌声と明るい歌詞に、つい微笑んでしまう。

　これ、僕が車の中でよく聴いている曲だ。カイはいつも同じ曲は飽き飽きだってぼやいていたくせに。

「なんで？　声がマズい？」

「うん。マズい」

「ホントに？」

　僕の髪に触れ、優しく撫でる手のひらの感触が伝わる。

「下手でも頑張ってんだから、いいじゃないの～」

僕はそのままうとうとした。こうしていると安心できる。膝枕って落ち着く。そして、旅をしているという幸せを噛みしめた。この小旅行が終わる頃には、僕ら四人に何かいいことが起こるかもしれない、そんな気がする。


鉄道旅行の魅力の一つは、終着点にある幸せを目指して急いで向かおう、なんて考えなくていい点だ。辿り着くまでの旅の途中に起きるさまざまな出来事が、幸せを教えてくれる。

再び目を覚まし、腕時計を見ると十時になっていた。膝枕をしてくれているカイはシートにもたれ、頭を仰《の》け反《ぞ》らせて眠りこけている。向かいに座っていた二人の姿はなく、見回すと、空席だった前列のシートにいた。この列車にはほとんど客が乗っていないから、席を移動したらしい。

「起きたのか?」

僕が体を起こすとカイはすぐに目を開けた。いつもの調子とは全然違う、穏やかな声で尋ねる。もしかしてさっき僕がカイを拒否したせいで、脳みそにショックを与えてしまったのだろうか。

「うーん、もっと寝てていいのに。オレの膝で」

「いらない。ただ目を休めたかっただけで、ホントは寝てない」

「腹減った?」

「いや」

「カイ、景色を見ろよ。めちゃくちゃきれいだよ」

僕は窓の外を見るようにカイに声をかけた。前方に見えます緑の空間は、果てしなく広がる田んぼでございます……なんてね。あまり地方に旅行することもなく、都会で過ごすばかりだから、とてもワクワクする。

「本当にきれいだ。けど雨は一滴も降りそうにないな」

「まあまあ、実際の撮影のときに降ればいいんだから」

天気予報を確認して動けば、なんとかなるだろう。

「サード。お前、人生で何かおもしろいことしてみたいって考えたことある？　たとえば……死ぬまでにしたいこととか」

長距離旅行というものは、そのほとんどの時間を会話でつぶすことになるものだ。どうせカイもほかに適当な話題がなくて、こういう単純な話を持ちだしたのだろう。

とはいえそう単純な話でもない。なぜなら実際、僕は人生において自分が何をしたいのかさえ、まだ分かってない。

「おもしろいこと？　心霊スポット巡りとかかな。学部棟でやってもおもしろそう。で、お前は何をしたい？」

「バンジージャンプ。一回はやってみたい」

「大食いマラソンにも出場してみたい」

「カノムコー〔餅粉や小麦粉などと砂糖、水を混ぜて作る伝統菓子。水気が少なく食べにくいため、大食い大会でよく用いられる〕か？」

「ちがう！　ラーメンだ。それか美味しいドーナツだな」

「オレはバックパッカーになって世界中を旅したい」

「うわー、それオレもやりたい。まずインドだ。チベットもおもしろそう」

「シャンバラか？」

「そう」

「一緒に連れてってよ」

「今日明日の話みたいに言うんだから……」

こんな単純な話題から、自分たちの夢を語り合うことになるなんて意外だった。そしてその中のいくつかは、一人で叶えるのは難しい。旅なんて大勢で行くほど楽しいものだ。いつかどこかへ旅行することになったら、隣にはカイ、そして人でなしの仲間がいてくれればいいのにと思う。

「それから何？　もっと他にやりたいことある？」

低い声が尋ねる。

「映画をマラソンみたいに観続ける」

「本の一気読み」

「知らない人といろいろ話す」

「何を？」

「天気のこと、メシ、交通渋滞、タンブン〔仏教の教えに沿って功徳を積むこと〕、そういうのかな。お前なら何を話す？」

「セックスのこと」

「お前が考えてるのって、それだけなのか？」

最低だ。三つ子の魂百までって、このことか。こんなんだから、遊びをやめたって言われても素直に信じられないんだよ。

ところが続けてカイから発せられた言葉に、僕はさらに絶句させられる。

「あらら、見知らぬ人。こんにちはー、お名前は?」

「何言ってんの?」

「セックスしません?」

「死ね」

「ククッ。見知らぬ人、どうして赤くなってるんですか?」

「違う話をしよう」

顔が燃え尽きてしまうほどからかわれる前に話を逸らす。くそう、ここは立ちあがって、あの二人のいるシートに移動するべきか?

「分かってるぞ。移動なんてしなくていい。まだこの話は終わってない」

まるで僕の心を読んでるみたいだ。ニタリと怪しく笑いながら、やつは再びヘンテコな自分の夢の話を始める。

「ただオレ、結婚したいんだ」

「……!」

カイの口から出てくるとは、夢にも思わなかった答えだ。

「お前みたいな女たらしが結婚したいだって?」

「だって女遊びはもうやめたもん。だから結婚したくなった。生まれてからこの方、結婚したことがないから、してみたい。かわいい新婦がいて、招待客用のテーブルはざっと千ほど並べてさ。首相の挨拶があればもっといいなぁ」

「オーバーだろ」

「気に入らない？」

「気に入らない」

「どんな式がいい？」

「シンプルで、身内だけのアットホームなやつ、かな」

「オーケー、じゃあ母さんに電話するわ」

はああ――？　すべてがこの調子だ。少しはちがう話できないの？　まるでカイにもてあそばれる人形にでもなった気分だ。どんな話をしてもやつに掴まって、心臓がドキドキするほど引っかきまわされてしまう。

「じゃあお前の番。何かしたいことは？」

「もう終わりだ」

僕は怖い顔を作り、大声で文句を言った。

「なんで怒ってんだ？」

「そうやって悪ふざけしてるからだ」

「照れてるなら言えよ」

「照れてない」

「……あー、もう一つやりたいことが」

「なんだよ」

「ずっと悪いことを企んでた相手に電話して、自分の過ちをすべて白状したい」

「へええ。たくさん電話しないとな。たくさんの人間に最悪な態度をとったり、ケンカ売ったりしてたし」

「電話するのはお前だけだよ」

「オレのこと、憎んでたことあんの？」

「そうじゃない。お前のこと、襲っちゃいたいって何度も思ってたから。ごめんな」

この、クズ野郎――――っ‼

今すぐ売り子のおばさんから、ルークチン〔つみれの団子〕を買ってきて、その串でカイの胸を突き刺して黙らせたい。それがだめなら、いっそその串で自分を突き刺してしまいたいよ！

◆シーン4　車両の外　／　スラタニ駅　／　午後、四時半
僕ら人でなし組は無事、最終目的地に到着し、数十時間にわたる鉄道旅行は終了した。

このあとはフェリーでサムイ島に渡るのだが、今夜はパンガン島〔サムイ島の北にある島〕で大規模なイベントが開催されるらしく、トゥーとボーンの二人はそちらに向かった。僕とカイはたくさんの人と揉みくちゃになるのが嫌で、静かな宿に引きこもることにする。

今、僕とカイは島内にある小さなリゾートにいた。今回の旅の目的は鉄道で移動することにあるので、それさえ終わればあとはそれぞれ何をしてもいい。明日の朝には親友二人も戻ってきて合流するだろう。

「レンタルバイクがある。島を一周できるぞ」

「ああ。けど先に休憩しない？　体が痛くてたまんない」

のんびり走る鉄道を使った移動はかなりの時間を費やすため、気長に過ごすに限る。

車両がガラガラだったのはラッキーだった。途中、トゥーとボーンがギターを弾いて聞かせてくれた。ああいう時間がなければ僕はひたすらカイにからかわれて、へとへとになっていたはずだ。

予約していた宿は二階建ての建物で、一階と二階にそれぞれ一部屋ずつ寝室があった。

一階はトゥーとボーンが朝方戻ってきたときに寝るからと予約済みなので、僕とカイは二階に上がった。宿のウェブサイトにはシングルベッドが二台にトイレ付きの部屋だとあったのだが、実際には――。

「カイ。ツインって言っただろ。なんでキングサイズベッドが一台なんだよ」

「これがツインベッドというものだよ。二人で寝られる」

「ちがうだろ！」

「そうだよ。ツインがいいって言ったろ。これがそうだ」

カイの悪ふざけに頭が痛くなった。心理戦を挑んできやがったな。だからといって宿の人に、こっちが予約したものを「変更してくれ」と言うのはわがままずぎるので、不本意ながらとりあえず、やっと同じベッドで寝ることにする。

リュックを部屋に運び込むと、僕は服や私物をとりだすこともなく柔らかなベッドに体を投げだした。

「サード、オレ先にシャワー浴びるな」

「ああ、好きにしろよ」

「好きにしていいの？　じゃあお前とセックスしていい？」

「どっか行って発情してろ」

「お前が寝そべって誘惑するからだろ」

「誘惑なんてしてない。眠いの。お願いだからあっちへ行ってくれ」

ノッポの軽い笑い声が響く。カイは機嫌よく口笛を吹きながら部屋の中をぐるぐる歩きまわっていたが、しばらくしてバスルームへ消えた。僕はようやく訪れた一人の時間をまずは休息に使って体力の回復を図ることにする。

空が真っ暗になった頃、僕は目に差し込む照明の光に渋々まぶたを持ちあげて、辺りの様子を窺った。カイはほかでもない、僕の隣で僕と同じようにだらしなく眠りこけている。今日の予定は部屋で過ごす以外、特になかった。

起きあがり、シャワーをしてから楽な服に着替える。バスルームから戻ると、ノッポの友人が目を覚まして僕を待っていた。

「飯を食いに行こう」

「ああ」

「ここってクラブとかバーとか、たくさんあるなぁ」

「夜遊びしないふりして、やっぱり行く気だろ」

「あるなって言っただけ。行くなんて言ってない」

「そーおお？」

僕らのいるリゾートには共用スペースがあって、そこにはプールが設けられている。レストランはプールの向こうの、それほど離れていない場所にあった。僕らはそこで夕食をとると、いったん外へ出かけて今夜のためのお菓子やジュースを買い込んだ。

部屋へ戻り小さな階段を使ってさらに上階へ上がる。僕らの寝室の上はお酒を飲んだり夜景を眺めたりできる屋上階になっていて、寝転んで星を見られるようにキャンバス地の布を張ったデッキチェアが二脚置いてある。とってもロマンティックだ。一緒にいる人物を除いては。

「冷えたビールでもどう?」

やっぱりね。僕が屋上へ上がった途端、ノッポもすかさずやってきた。

「うん、持ってきて」

「オレも寝かせて」

「誰がダメだなんて言ったんだ?」

僕がデッキチェアに寝そべると、カイは自分のチェアを思いきり僕に近づけて同じようにその上に寝転がった。大きな手がこちらにビールを差しだしたので、受けとって缶を開ける。そしてのんびりとビールを味わいながら、周りの雰囲気に浸った。

「風が涼しいなあ」

カイは相変わらず会話をしようと声をかけてくる。

「ボーンとトゥーは今頃どうしてるかな」

「踊りまくってるんじゃなーい? あそこへ行ったのは、現実を忘れるまで楽しむためだから」

「お前はなんで行かなかったの? オレに付き合わなくてもよかったのに」

カイは飲み会だとか、大音響で鳴る音楽だとか、とにかく楽しいことが好きな人間だ。ここまで自分を押し殺して楽しそうに振る舞っているのは僕のせいなのかと、かわいそうになる。

「だって、もう女の子を眺めてても楽しくないもん。それよりお前を眺めてたい」

「けっ！」

「今日は星がきれいだな」

「雨も降ってないしね。空が澄んでる」

「なんか星座知ってる？」

「なんにも知らない。星のことは分からない。見るのは好きだけど」

「同じ」

お互い口を閉じて、周りの雰囲気に身を委ねた。屋上階には音楽も騒がしい人の声もない。聞こえるのは岸に打ち寄せる波の音だけだ。

ふいに隣にいる人物の低い声が聞こえた。

「お前とオレ、初めてのことって何回あったかなぁ？　お前と初めてサムイに来た。お前と初めて鉄道に乗った。お前と初めてキスした。お前と初めて恋に落ちた」

「たくさんあるな。でも、お前に初めて告白した日のことはよく覚えてるよ」

あの日のことはまぶたに焼きついている。カイに告白するために僕は、トゥーとともに一晩かけて何枚もボードを作った。しかし、結果はさんざんなものだった。

「覚えてるよ」

「お前はこのネタで他の人を口説くって言った」

「けど、実際には使ってない」

「あれ、映画のネタを使ったんだ」

「知ってる。お前と寝転がって一緒に観た。何回もだ」

「オレたちの人生って、何回も初めてがある。何回も。目が疲れちゃうんじゃない？」

「サード……」

端整な顔がこちらを向いた。カイの高い鼻梁《びりょう》が僕の頬にぐっと近づく。吹きかかる息を感じるほど、近くに。

「うわ」

「訊いてもいい？」

「答えられることなら答えるよ」

「もしあの日、オレが偶然お前の告白動画を見なくても、お前はオレに好きだって言った？」

「きっと言わなかった。黙ってただろうな」

「もしオレがお前の気持ちを知って、受け入れられなかったとしても、それでもオレのこと好きでいた？」

「好きだっただろうな。でも、きっと諦めたよ。望みがないんだから」

カイへの想いを吹っ切るため、あれこれ試した方法を僕はまだ覚えている。ただ、誰も知らないことだけれど、どれだけ努力しても……。

やっぱり僕はこいつのことが好きなんだ。今みたいに。

「友達と恋人、選べるとしたらお前はオレをどちらにしたい？」

「お前がなりたいようにすればいいよ。気持ちの整理がつけば、オレもそれを受け入れるから」

相手が微笑んだ。こちらに手を伸ばし、隙間なくぴったりと僕の手に指を絡める。

「いつかオレがさ、未来のない人間に成り下がって出世もできず、何もかも失ったとしてもまだオレと一緒にいる？」

「お前がオレといてくれるなら、オレもお前と一緒にいるよ」

どうしてだろう。いきなり泣きたくなってしまう。

「じゃあもしお前の大好きなタイプの、すべてにおいて完璧な人間がこの世にいるとしたら、そいつと付き合うか？」

「そんなの分かるだろ。オレだって今までたくさんいい人に出会ってきたのに」

「……」

「結局、相変わらずお前みたいなサイテーな人間を選んじゃってるんだから」

絡んだ指がさらにぎゅっと握りしめられる。お互いもう何も言わないまま、僕らはただ微笑んだ。

こうしていると、時間がもっとゆっくり過ぎていけばいいのにと思う。……あともう少し、じっくりと本当の幸せを噛みしめさせてほしい。あともう少し、眠りにつくまで、一緒に過ごさせてほしい。

地球はずっと同じ速度で回っていると分かっていても、あともう少しって。

「お前を大切にする。約束する……」

沈黙が破られるまで、しばらくかかった。

「お前が待てるならね」

「待つに決まってる。ここまで来たら」

「本当は今夜、バーに行きたいなら行っていいんだよ」

「いや、お前が許可しないんだから。それにオレも、今は行きたくない」

「許可したんだって」

「はっ、手にビール持ってんのになんで行くんだよ」

「カイ」

「なんだ?」

「キスしたい?」

「……」

「今ならしていいよ。許可する」

どんな感情が僕にその言葉を言わせたのか、自分でもよく分からない。けれど声にするとすぐに、僕の唇は隣にいるもう一人の人間によって奪われた。今度のキスは、僕らが飲んでいるビールの苦い味がした。けれどそれは一瞬で、僕らを包む周囲の雰囲気と同じ、甘く香るキスに変わった。

明日がどうなるかなんてまだ分からない。分かっているのは……今夜の幸せがどんな姿をしているか、それだけだ。


新学期が始まった。

この時期、我が学部生たちの重大な任務といえば、舞台公演の準備だ。皆が皆、寝食を削って作業に追われて過ごし、音響班の十数人などは録音スタジオで寝起きするほどだ。僕はというと、脚本がすでに完成しているので相変わらずそれほど仕事がなく、今は渉外と広報のチケット販売を手伝っている。

毎日、順調だ。もちろん、新しい仕事が入ってくればプレッシャーを感じるときもある。人生のグラフは上がったり下がったりするものの、精神的な問題はまるでない。

カイはまだ僕へのアプローチを続けている。やつがかなり努力をしていることは日々感じていた。かつて僕はカイを好きになるのをやめようといろんな方法を考えた。その中の一つが、諦める理由にするために、相手の欠点を見つけるというものだった。

僕はそのときに見つけた欠点をしっかりと覚えている。だがふと気づけばカイは、あの日僕が考えた欠点のすべてに対し、まったく正反対の行動をするようになっていた。もしかして、愛が人を変化させたのだろうか。


一つ目。スピード狂である。


「カイ、いつになったら大学に着くんだよ。授業に遅れたらお前の頭ぶっ飛ばすぞ」

「急いでるって。けど、お前がシートの上で気絶して死んじゃうと困るから、スピードは上げられない」

「でもさ、こんなにゆっくりでなくてもいいだろ?」

「お前にちょうどいい速さだ」

「何キロ?」

「二十」

「二十! 大型で二十なんて、もうチャウィーは売っちゃえよ。イライラする」

「最近、気が短くなったな。お前、発情してんのか?」

「このー……カイ、何言ってんだよ!」

二つ目。努力というものを知らない。少しでも思いどおりにいかないことがあれば、すぐに諦めてしまう。


「カイ、帰れよ。このノートパソコンは、明日修理に持ってくから」

「今夜、必要になるかもしれないだろ。オレの持ってく? お前のはオレがチェックしてやる」

「急いでないって」

「でもお前、あさって提出の課題があるだろ」

「カイじゃ直せないだろ」

「できる。この現象はオレのもなったことあるんだ。待ってて」

二時間経過……。

「カイ、もういいよ。夜遅いし眠くなってきた」

「今ダウンロードしてるとこ。あとちょっとだ」

三時間経過……。

「朝になるぞ」

「できた。ほらサード、オレなら直せるんだって」

「修理してる暇があったら、寝ればいいのに。店、もう開いてんじゃないの?」

「嬉しいくせに。ツンケンすんなって」

はいはい、好きにして……。


三つ目。女たらしで、誰彼構わず口説く。


「カイ、何見てんの?」

「いんや、何も」

「あの子、バスト大きいね。お近づきになれば?」

「見てただけ。お近づきなんてならないよ」

「なんで?」

「お前一人に近づきたい」

うぐ――。


四つ目。誰のことも一夜限りの相手としか見ていない。


「お前ら、今夜飲みに行かない?」

「どこに?」

「大学の近くのティーさんの店」

「サードに訊いてみる。――サード。トゥーとボーンが誘ってる。行くか?」

「いいや。舞台公演の仕事を片づけなきゃ。三人で行けよ」

「じゃあ行かない」

「女の子と出会いたくないの？　美人な子ばっかだぞ」

「ここに座ってる人が充分美人だから」

くっそ――、またおだてやがって……。


五つ目。やつの元カノはみんなトラブルを起こす。


「サード。下二桁が92のやつが電話してきても、とらなくていいからな」

「なんで？　誰の番号だよ」

「オレの元カノ。電話してきたからブロックしといた。お前は気にするな。彼女とオレはもうなんでもない。それにあっちがお前に迷惑をかける心配も無用だ。誰もお前には手出しさせない。そのためだったら、オレはどんなことでもする」


六つ目。頭が悪い。


「お前さ、よくオレのことおバカって言うよな」

「だっておバカだもん、カイは」

「けどお前がオレを愛してるってことは、よく分かってる。賢くなったろ？」

「ええっと……」

七つ目。やつは本気で誰かを愛したことがない。

「――んで、オレが愛してるのはお前一人だけ」

ということで、カイのことを諦めようと見つけだした欠点はすべて、今となっては使えない。カイはいい方向へと自分を変えた。が、悪い癖《くせ》のいくつかはまだ元のままだ。だからといって、僕はやつにあれこれしろと無理強《じ》いしたことはない。僕らにとって、愛とは分かり合うことだから。この七項目で終わりではなく、カイには他にもさまざまな欠点がある。だから僕はそれを理解したり、ゆっくりと改善させようとしたりしている。

我ながら不思議な気持ちになるけど、これは現実だ。片想いが始まったのは約三年前。その頃のことを思うと、僕とカイはずいぶん遠くまで来たものだ。

「みんな、準備しろ。あと十五分で開演だ！」

チェーン先輩の声が舞台裏に響き渡る。

観客席に一人、また一人と客が入ってきて、次第に満席になっていく。

今年は全二回の公演で、今日が最終回だ。昨日はファーンとピンク、そして俳優たち全員が素晴らしい演技を見せた。今日の舞台も昨日と同じく、とてもよいものになるはずだ。

「サード、水飲むか？」

チェーン先輩が飲料水のボトルを差しだしながら尋ねる。

「ありがと。でも先輩こそ飲んだほうがいいんじゃない？」

先輩、緊張しすぎてて唇が白いもん……。

僕は昨日、先輩が舞台の袖で立ち尽くしているのを見てしまった。きっと誰よりもドキドキしているのだろう。キャストたちは衣装に着替えたり、髪をセットしたりと、慌ただしく舞台裏を駆けまわっている。裏方も同様だ。音響班は後ろで音声をコントロールし、撮影班のトゥーは大型のビデオカメラを持って舞台に張りついている。他の撮影班のメンバーもそれをアシストしながら、公演の様子を写真に収めていた。

「始まるぞ」

チェーン先輩が僕の肩をトントンと叩いた。

司会者の声がマイクを通して聞こえる。赤い緞帳《どんちょう》はぴったりと下りていて、まだぴくりとも動かない。会場に流れる音楽が緊張感を高めるように次第に大きくなっていき、それに併せて観客の高揚した視線も舞台に向かい始める。

『ただいまより、二〇十七年度コミュニケーションアーツ学部舞台公演、〝Likebrary〟を上演します』

緞帳が引きあげられた。美術班が丹精込めて製作した、目を瞠《みは》るような立派な舞台装置が姿を現す。暗闇に包まれていた空間にヒロインを照らすスポットライトがともると、大きな拍手が響いた。

笑い声と涙、手に汗握る緊張、そしてヒヤリとする恐怖で満たされた二時間半だった。観客だけではない、今日まで何カ月もの間、お芝居を一緒に作りあげた僕らも同じだ。

この舞台公演は、僕にたくさんのものをくれた。仲間との友情、忍耐と努力、時間をうまく分配して使う方法。そして何よりも大切なこと……もう一度、人を愛する一歩を踏みだすために、自分のなかの恐怖を乗り越えるというチャレンジをさせてくれた。

「もうすぐ芝居が終わる。準備しろよ」

ぽっちゃり先輩の声がかかる。

まさに今、最後のシーンが終わろうとしていた。全員が袖に立ち、ただ一点、舞台中央を照らしているスポットライトを見つめる。そのライトがゆっくりと消えて……真っ暗になると、割れるような拍手と歓声が会場全体に沸きあがった。学部の先輩後輩たちがしっかりと抱き合っている。

僕ら、一緒に大人になってるんだ。

「〝Likebrary〟を最後まで見守ってくれてありがとうございます。この舞台は観客の皆さん、そして我がコミュニケーションアーツ学部の舞台公演チームなくしては成功できませんでした。このチームを率いてきたのが演出担当です！」

拍手の音はまだ鳴りやまない。チェーン先輩が舞台に飛びだし、観客に一礼して感謝の意を示した後、舞台の中央へ進む。

「俳優」

「ヒュー、ヒュ――ッ」

「演技指導」

十二人いる演技指導担当の仲間たちも手を繋いで舞台に登場し、満面の笑顔でお辞儀する。

続いて司会者が各班のメンバーを次々と紹介していく。メンバー全員が手をとり合って舞台に上がり、そこに並んだまま緞帳が下りるのを待つ。

「そして最後は脚本チームです」

僕とヨンイー先輩の二人で走った。チェーン先輩はすでに舞台上にいる。僕らがお辞儀をすると、拍手の音がいっそう大きくなった。挨拶を済ませたヨンイー先輩は、端の方にいる友人の方へ走っていき手をとり合っている。続いてそちらへ向かおうとした僕は、ふいに誰かに名前を呼ばれた。

「サード」

「……？」

誰だ？

「サード、こっち」

声の主を探していると、舞台上にいるはずのカイが客席側にいることに気がついた。やつは大きな白いボードを手に持ち、まるで何かを伝えようとするみたいに僕を見上げている。

「サード、言いたいことがある」

「キャアアアア――――ッ」

そこら中から冷やかす声が上がった。舞台上の仲間たちだけじゃなく、観客席からもだ。

おい、カイ。何をする気だ？

僕は舞台の下手《しもて》袖に設置されているプロジェクターに視線をやった。そこにはまさに今、僕とカイの顔が交互に映しだされており、困ったことに劇場内の人々がこの生放送を観賞できるようになっていた。カメラめ、僕の顔にズームインするんじゃない……ううっ、ハズイ。

『やあ』

カイが一枚目のボードをめくって、僕に見せた。

これってずいぶん前に僕がやつに告白したときに使ったメッセージの、最初の挨拶じゃないか。カイもかつての僕と同じ、映画からとったアイデアを使おうとしている。

続けて二枚目のボードがめくられた。

『今日という日は平凡な一日のように見えるけど、オレはお前に特別なことを伝えようと思う』

三枚目のボード……。

『お前は特別な存在だ』

四枚目……。

『特別っていっても、こういう意味じゃない』

次のボードに現れたのは、有名な漫画や映画の超人ヒーロー。これ、僕の使ったボードだ。なんだ、リサイクルかよ！

五枚目のボードがめくられる。

『お前はこれよりも特別だ』

六枚目……。

『今日はオレにとっての〝特別〟を、お前に伝えたい』

僕はその一文字一文字を見つめ、しっかりと読み返していた。こんなに大勢の人たちの前で、どうやったら照れずにいられるっていうんだ？　どうすればいい？

『友達でいられてよかった』
『お前を愛することができて、よかった』

「キャアアアア――――ッ」

そのメッセージが現れた途端、たくさんの人が金切り声を上げる。

『一緒にいろんなことができて、よかった』
『お前は、オレにとっていろんなことを試してみたくなる、特別な存在なんだ』
『けど、オレが一番やってみたいことは……』

カイの手にある最後のボードに目をやる。感情が音を立てて高ぶって、それほど涙もろいわけでもないのに、泣きだしてしまいそうになる。

続くメッセージのボードはまだ伏せられていて、何が書かれているのか分からない。僕はただじっと、相手がそれを開くのを待つ。

そして次の瞬間……。


『お前と一緒に年をとりたい』


「ひゅうう――っ！」

耳がキーンとする。それに加えて、視界もぼやけてきた。カイはボードを全部床に置くと、顔を上げて僕に向き直り、にっこりと微笑んで両手の親指を突きだす。

ちぇっ！　お前はどこまでも映画のパクリだな！

僕の答えるべき質問はなかった。カイの言葉だけが脳内をぐるぐる旋回している。間を置かず公演のエンディングテーマが流れだし、しずしずと幕が下りていく。観客が鳴りやまない拍手とともに、声援を送ってくれる。

カイは素早く舞台に駆けあがると、僕の手を掴んで走り、学部の仲間たちの列に加わった。

そして僕ら二人にだけ聞こえる声で、ぼそりと言った。

「その……一緒に年とろうぜ」

現実世界の舞台公演、〝Likebrary〟は幕を閉じた。

三カ月後――。

「動画投稿した。さ、観よう」

「おっし」

僕は今、カイの部屋にいる。僕たち人でなし組はこの部屋に集まって、三年生最後の課題で制作した短編映画を一緒に観ることになっていた。トゥーとボーンが編集して仕上げた動画を、僕のチャンネルにアップロードしたのはカイだ。

僕ら四人は顔を寄せ合って、自分たちの手による短編映画を映す四角い画面を眺める。

列車と雨の音、そして人々の話し声とともに、最初の文字が現れた。


Friend...Train...Rain

「〝なんでレインコート着てきたんだ？　雨なんか一滴だって降ってないぞ〟」

「〝もうすぐ降ってくるんだって〟」

最初の鉄道旅行の際に交わした会話が、映画の登場人物である四人によって表現される。女二人に、男二人の友人グループ。俳優は人でなしのメンバーではないけれど、まるで自分が再び旅に出ているような気分になる。

「この口説き文句、オレならデッドエアだわー」

主人公があの質問当てゲームを使ってヒロインにアプローチするシーンに、ボーンがまず意見する。

「オレは笑った。感動できなかった」

「何言ってんだ。ダオちゃんのこの顔見ろ。筆舌に尽くしがたい表情だぞ」

「このシーンすげえ好きだわ。サードが演じてるみたい」

「からかいやがって」

このバカども……。

僕らの制作した作品は、短編映画といってもそれほど短くもない。四十五分もある。だから友人どもは、ジュースやスナックを買ってきて、飲んだり食べたりしながら鑑賞している。

どれくらい時間が経ったかなんて誰も気にしていなかった。だって僕らはそれぞれ、撮影中のさまざまな瞬間を思いだしていたから。楽しくて笑ったり、泣いたり、悩んだり、プレッシャーを感じたりした。こちらのスケジュール通りにならない気まぐれな雨を待ち続け、たった四人の制作チームで代わるがわるあらゆる作業をこなした。


最後のシーンが終わり、ある人物の名前が画面に映しだされる。

監督
クンポン・クリットピロム

その後、画面上の文字がゆっくりとスクロールし、僕ら全員の名前がそこに現れる。僕たち四人の名前が映画の中に表示されるなんて、嬉しくてたまらない。

Cast

ポーン：タナクリット・サウェートチャット
ネーム：ピヤナット・ピウサアート
イン：アリヤー・ポンペオ
クン：マナッサウィー・シリプラチャー

脚本

テーチャポン・クナーパコン

助監督

ボリパット・キヤティクン

映像・美術監督

タナチャット・タンプラサート

Visual effect

ボリパット・キヤティクン

録音・挿入曲
クンポン・クリットピロム
照明
テーチャポン・クナーパコン
制作
人でなしプロダクション

画面が黒色になったところで、エンドクレジットが終わった。けれど曲はまだ続いている。僕が体を傾けてモニターの電源を切ろうとすると、カイの大きな手が制止した。

「どうしたんだ？」

不思議に思って尋ねる。

「もう一つ、アフタークレジットがある」

「そんなの知らないぞ」

「まあ、見てて」

それはあとから撮影された動画でもなければ、フッテージ〔素材〕でもない。終幕のメッセージだ。

ゆっくりと一つずつ上がってくる単語を目にして、僕ははっとした。

サード
オレたち
恋人に
ならない？

これが映画の終幕？　最後の最後になんてサプライズだ！　それも、みんな知ってたなんて。カイは僕の隣でただ、答えを待つようにじっと黙っている。

「くそ。なんて言えばいいのか分からない」

僕はカイに正直な気持ちを伝えた。心臓が今にも爆発しそうだ。

「お前はもうオレのすべてになってる。でも、ただ一つ、まだ恋人にはなってない」

「ああ！　じゃあそのただ一つになるよ」

「……」

「恋人になろう」

人は一人で生まれ、一人で死んでいく——かつての僕はそう考えていた。

だって人は運命を選ぶことなんてできないから。だから自分の人生も一人でやっていけるようにならなければ、と考えていた。

けれど、今は分かる……。

生きている限り、僕らは人生を選ぶことができるんだって。誰といるかを選ぶことができるんだって。

そしてそれは、僕らの映画の始まりでもある。僕とカイが、自分たちの手で作りあげる映画の。

《SPECIAL Ⅰ》ベッド上陸作戦

◆Mini special 1 大事を為すには冷酷な精神を持て

「――ここんとこ、ポップス歌手のボス君の曲がすごく売れて、どこでも流れてましたよね。実は僕、彼とよく似てるって言われるんですよね。勤め先じゃあボスじゃなくてアルバイトですけど」

「やだ――」

「まあまあ、落ち着いて。彼ほどイケメンじゃないけど、声は似てるんですってば。じゃこの曲、聴いてください……〝君を見上げるだけの僕〟」

じっと鏡の中の自分の姿を見つめる
あなたと顔を合わせることができる日は
きっと来ないってことは分かっている
あなたは高嶺の花だ
僕のような人間からは遠いところにいる人だ

分かっているよ　決して叶わないと

それでもなお　あなたを愛することを止められない
だって僕たちは階層が違うから
どうやったら顔を合わせることができるの？
階層違いのあなたと
僕はただ見上げることしかできないまま

オレたちも階層ちがいだな。

所属してる世界のことじゃなくて、いつも寝ている位置のことね。

だってヨメはベッドに、そしてオレは……床に寝てる。なんてクールなんだ⁉


うむ、一見したところ、雰囲気は抜群にいい。講義中の教室にいるわけでもなし、自室でぼーっと音楽を聴いているわけでもない。ボーンと二人、バンドの生演奏のある店に来てくつろいでいるんだから。サードとトゥーの二人はどこへ行ったかって？　別の場所にいる。映画館ね。

調子に乗って先に観に行ってしまった自分が悪い。そのせいで今日は別行動だ。運よく時間の空いていたボーンが付き合ってくれたので、こうして二人、曲のリズムに合わせ肩を揺らしてるってわけ。

「サードはなんの映画を観に行ったんだ？」

ボーンが店内に流れる音楽と競うように、半分怒鳴りながら言う。店の外の席に座っていても、他の客のおしゃべりでそれなりに騒々しい。

「ほらあの、単館系の。ヒロインがキノコの自生する森に真実を探しに出かけるってやつ」

「ああ、観た観た。ふざけた監督だよな」

「だろ？　サードにおもしろくないって言ったのに聞かないんだ。自分で確認したいって」

そこまで言って、さらに文句が口をついて出そうになる。

友達同士だった頃はオレが絶対的な決定権を持っていたのに、今じゃどうだ。反論するために口を開くことすらできない。怖いから。サードに耳がもげそうなほど勢いよく平手打ちされるのが怖い。あいつは水牛みたいに力が強いんだ。

交際を始めたあともオレたちはオレたちのままだが、気づかないうちに変わったこともある。変わったのは主にオレ。少しずつサードの人でなしな一面を理解し、やつに遠慮して慎重に行動するようになってしまっている。いうなれば、もしどこかの寺院に『ヨメに口答えできるようになる』というお札があったら、どれほど遠くても真っ先に飛んでいって手に入れたいくらいだ。

サードと付き合い始めてから、四カ月以上が経った。あと数日経てば五カ月目に突入する。オレたちの愛情がどれほど進展したかと聞かれれば……百パーセント以上、互いに分かり合えていると思う。もちろん浮気もしていないし、最高に幸せ。過去の交際相手が割り込んでくる、なんてこともない。仲間たちはオレたちのことを、友人から恋人になったカップルのお手本みたいに持ちあげてくれる。

けれど、見えないところで起こっていることについては誰も知らない。「もうヤったの？」と訊かれたら、オレは思わせぶりにニヤッと笑うだけ。本当のところはどうなんだって？　ケッ！　触れることもままならない。キスできただけでも御の字だっつうの！

この残酷な事実を知っているのは、人でなしの仲間二人だけだ。オレはやつらにさんざんけしかけられて、交際一カ月目から準備してるってのに、思いは遂げられずじまい。問題は率直《そっちょく》にオレがサードに求められていないことにある。

オレも分かってる。男同士であれこれするのは結構大変なんだって。いろいろ手順があるんだ。前準備に疲れ果てたヨメが「もうやりたくない！」って思っちゃったらヤバイ。それとなく何回も誘ってみたけど、サードはちっともその気になってくれない。かすかな希望はあっという間に潰《つい》えてしまう。

きっとボーンはその辺りの話をほじくり返してくる気だろう。分かってんだよ！

「やるか？」

親友のごつい手が煙草を一本差しだした。オレが酒を飲むときによく吸っていた銘柄。これを吸うと自分がえらくクールになった気がして好きだったんだが……。

「オレ、やめたの。サードに頼まれて」

「そんなの聞かなくていいのに」

「聞かないとお仕置きされるだろ。お前もやられる身になってみろ」

強制されたわけじゃない。サードはただ、煙草の本数を減らしてほしいと言っただけだ。ストレスがたまったときとか、だらだら飲んで酔っ払ってるときとかにオレが吸いすぎるからそう言われた。実際はやめなくてもいい。けど、ヨメが言うのだ。できるだけ努力をせねば。

断じて、やつが怖いから煙草を吸わないわけではない。

「なんでそんなに遠慮するんだよ。サードとはもともとは友達だろ？」

ボーン、まったくお前は……。

「お前はなんとでも言える。友達と恋人はそもそもちがうだろ。友達のときとほとんど関係は変わらないって言っても、気持ちのほうはとっくにちがってんの」

「愛しちゃってんだなぁ」

「ああ……オレの人生、こんなになるなんて思ってもみなかったよ。それとも他人にひどいことしてきたカルマかな」

生まれてこの方、まともに人を好きになれなかった。オレはパンツを替えるより頻繁に恋人を替え、あっちこっちでヤっては捨ててを繰り返してきたんだ。それがある日、たった一人を愛すると決めてから、その人のことしか頭になくなっている。サードに捨てられたりした日にはオレ、死ぬしかない。……耐えられないよ、きっと。これまでずっと一緒に過ごしてきて、あいつとは愛情以上に結びついてるんだもん。

「お前がそんなになってんのを見ると、自分の将来が心配になるよ。オレもお前と同じ、ろくでもない人間だから」

「いや。ボーン、お前のほうがひどい」

オレはくだらないことはやめた。けどボーンは、まだのらりくらりと生きている。

じゃあ人でなし組は幕を閉じたのかといえば、それは違う。まだこうして二人で飲みに出かけたりしている。ただトゥーは最近、様子がおかしい。以前のように遊びまくっている感じじゃない。本人は撮影の仕事をしていて、時間がないんだとかなんとか言っているが……まあ、仕事とやらが終われば、また「狩り」に明け暮れる生活に戻るだろう。

「じゃあ、カイ。お前よりちょっとばかりサイテーぶりのひどい友達に乾杯してくれ」

ボーンが酒の入ったグラスを持ちあげたので、オレもいつものオレたちの作法に倣ってグラスを掲げる。

「乾杯！」

カチン！　とグラスの触れ合う音が響く。

サードがオレと付き合うと決めてから、人でなし四人、あるいはオレと他のメンバーが、パブで大はしゃぎするような飲み会はほとんどしなくなった。たいてい落ち着いた店で音楽を聴きながら、ちびちびやって終わりだ。今夜来ている店にも女性はたくさんいる。これまでに知り合った子や、オレの過去を知っている子が声をかけてきたり、携帯番号を訊いてきたり、他の場所へ行こうよと誘ってきたりするが、興味はない。

以前のオレなら、誘いは絶対にモノにした。仲間を引き連れ、スウィンギング〔フリーセックスを楽しむという俗語〕にいそしんでいた。だが今は、恋人との生活がジ・エンドにならないよう、何もかも諦めなければならない。

オレは何度もチャンスをもらえるような人間ではない。失敗を繰り返せばいつか捨てられる。だからサードと別れなければならない状況に陥らないように、リスクに身をさらすことはしない。

夜十一時。腕時計はいつも通りに時間を刻んでいた。ステージ上の歌手は、疲れを知らないかのように仕事に精を出している。ほどなくして学部の先輩らしき見覚えのある二人の人物が、大勢の客の間を縫ってこちらにやってくるのが見えた。フロアを行ったり来たりするライトの光では、はっきり顔が判別できず、二人が近くまでやってきてやっと気がついた。

「カイにボーン。へえ、ヨメに隠れて夜遊びか」

チェーン先輩とその親友のアン先輩だ。二人とも酒の入ったグラスを持っている。この様子じゃ、店の入口からオレたちのもとへ辿り着くまでに、いたるところでグラスをぶつけ合って乾杯してきたにちがいない。

「いやいやー、こっそり来てるのは先輩のほうでしょ。さぁ座って」

親友が二人をテーブルに誘う。大勢で飲むほうが二人きりより楽しいに決まっている。

その中の一人が、かつてのオレの恋敵であったとしてもだ。

「サードとトゥーはどこへ行った？」

木製の椅子に尻をつけるや否や、クマっぽいぽっちゃり人間が、今頃は映画を観ながら心の中で毒づいているであろう人のことを尋ねた。

「映画を観てる」

「ついてかないのか？　いつもべったりくっついてるくせに」

今度はアン先輩が口を挟んだ。

「誰が？　くっついてなんかないです」

「だけどオレ、お前がドラマの〝関白になりたい主夫〟の公式サイトに〝いいね！〟してんの見かけたぞ。だからてっきり恐妻家なのかと。ハッハッハッ」

しまった。こいつに見つかってしまうとは。

「勘ちがいしたんだ。料理番組かと思って」

「へえ、そお――？」

「あーそうだよ！」

「怖いなら、怖いって言えよ」

てめえ、飲んでるのが高い酒じゃなかったら頭からぶっかけて窒息死させてやるところだぞ。

確かにそのウェブサイトに「いいね！」した。だけどオレはヨメのことを恐れてるわけじゃない。ドラマに出てくるような男たちがどんなふうに日常を過ごしているのか知りたいと思っただけだ。それにサードは一度だってオレに洗濯やアイロンがけをさせたことなどない。命令されてトイレ掃除をしたことはあるけれど。おんなじか……。

「アン先輩。ここで他人の詮索すんならもう行ってくれ」

「なんだよ、怒りっぽいなぁ」

まだオレをからかおうってのか。

「実際、ヨメのために行儀よくすることを照れる必要なんてない」

ようやくチェーン先輩が中身のあることを言ってくれた。「だって友達がおもしろがってる」とオレが訴えると、美味そうに酒をごくりと飲んで、言葉を続ける。

「何がおもしろいんだか。オレも彼女と付き合って長いが、オレは今もまだ〝象の後ろ足〔模範的な夫婦関係として、夫を支える妻のこと。〝内助の功〟と似た意味〕〟状態だぞ。人と付き合うってさ、カイ、恋人って肩書きだけで成り立つもんじゃないんだから」

「先輩、だけどこいつは肩書きだけなんだ。だってヨメとまだヤってないんだもん」

おい、ボーン！　このクソボケ――。

途端にデッドエア状態に陥った。まるで「ビッグカップル破局！　業界全体が騒然」みたいな感じ。

ゆっくりと笑い声が起こり、次第に爆笑へ変わっていく。おかげでオレたちのテーブルは店にいるすべての客の注目の的となってしまった。

「おいおい、かわいいカイちゃん。今なんて言った？　お前みたいな女たらしがサードとまだヤってないだって？　オー・マイ・ガー。ギャハハハハハハハ――ッ」

その長ったらしい笑い声、マフラーにして首に巻いとけ。

「オレはサードのことを尊重してるから」

「そうなんだ？　グフフフ――ッ」

たっぷりグラウンド二周分くらいは笑い続けている相手を見て、オレは頭を抱えて天を仰ぎたくなる。だって臆病《おくびょう》になるだろ。こんなに誰かを好きになったのは初めてなんだから。ダメになったらどうしようって、何から何まで不安だらけだ。

サードが寝ているときに、一回だけならって襲ってしまいそうになったこともある。けれど間一髪のところで理性をとり戻した。相手の許しも請わず無理やりヤったらきっと謝るだけじゃ済まない。やつとの関係はとっくの昔に終わっているだろう。

「オレは悩んでんだけど」

「聞けよ、カイ」

ぽっちゃり体形の先輩が分厚い手でオレの肩を叩きながら、真面目な顔でこちらを見た。

「……」

「恋愛はセックスだけじゃない。みんなこだわりすぎなんだよ。付き合うってことはなんでも一緒に考えたり、感じたりしてくれる友人を探すようなもんだ。たとえば一緒に映画を観たり、音楽を聴いたり、ともに生活してくれるような友人をな。幸せな時間をシェアしたり、辛いときは慰め合ったり。

実際のところはそれだけさ」

「じゃあ先輩にとってセックスは大事じゃないんだな？」

「大事に決まってんじゃん」

「じゃあなんで言う――っ？」

「オレはただ、そこまでたいしたことじゃないって言いたいだけ。人生を少しだけ甘ったるくしてくれたり、刺激のあるものにしてくれたりするだけだろ。お前、そういう欲望を忘れたの？」

一夜限りの関係を日常的に繰り返していた頃のことを思い返す。セックスは大事なものだ。楽しいし、性欲をしっかり満たしてくれる。だけど、真剣に愛した人に対してはそんなもんだと考えたくないんだって。

オレは、オレがしてきたことのせいで、サードが自分をダメなやつだと思ってしまうのが怖いんだ。そう、オレはいろんな人と適当にヤリまくってきた。そして今、同じことをサードにやったらそれってやっぱりひどい気持ちになるだろ？

「忘れたわけじゃないよな。けど今までがあまりにもいい加減だったから、サードにそんなことはしたくないって感じだろうな」

……今じゃオレ、自分の手で理想郷を作って、日々欲望を発散してるんだ。あまりにもヤリたくて、でかい睡眠薬を二錠飲んで寝て欲望を収めた日もあるくらいだ。

「お前の不安は分かるよ、カイ」

アン先輩が言った。初めてこの先輩の目に、真剣な思いやりが込められているのを感じる。

「どうしたらいいのかな？」

「サードに訊いてみたことあるか？　あいつだって今のお前、それから過去のお前を受け入れたからこそ、付き合うことにしたんじゃないのかよ。お前も先まわりしてサードの心をあれこれ心配するのはやめろ」

　黙って聞いていたボーンも、「オレもそれには賛成」と同意した。

「オレだって訊いてみたいよ。けどチャンスがない。やつの誕生日は二カ月以上前に終わっちゃったし、ここのところ特別なイベントもないし」

「イベントがないとヤレねえ？　おもしろいこと言うなぁ」

「オレは先輩とはちがうの。必死に努力して交際にこぎつけたと思ったら、次の一歩にまた苦労してんの」

「酔わせろ。それですべてうまくいく」

　少し感情が高ぶったらしく、チェーン先輩が大声を上げた。が、その言葉にオレたちはたちまちニヤリとする。

「そりゃ考えつかなかった。ほろ酔いくらいでオーケー？」

「アホ！　皮肉を言ったんだ」

「いいアイデア。気に入った」

「本気か？」

「ああ、本気」

　他のことはひとまず置いて、とりあえずサードに酒を飲んでもらおう。

さあ、おヨメさん！　映画を観たあとで組んずほぐれつだ。考えただけでドキドキしてきちゃったぁ～。ガルルルルゥ――――。

オレは店を出ると部屋へ帰った。手には買ってきたアルコール飲料が三本。サードは強い酒を飲むとかわいそうなくらいひどい二日酔いになるから、ビールにしておいた。

オレがどれだけヨメを愛し、大切にしてるか分かるだろう？

カードキーを使って中へ入ると、リビングに明かりがついているのが見えた。きっとサードは映画を観終えて、帰ってきているのだろう。壁の時計は、夜の十二時を過ぎたところだ。最終回の上映が終わるのはだいたいこの時間帯、そして飲み屋の営業も同じ頃に終了する。

オレとサードは二カ月前、一緒に暮らし始めた。

オレのマンションには二つの寝室があるが、エロ脳を持つトゥーの入れ知恵で、オレは寝室の一つを物置に変えた。おかげでサードは部屋の主のすけべ心を満たすため、オレと一つのベッドに寝るしかなくなった。

だが、事は思い通りに運ぶどころか、ひどい状況になった。なぜならオレは、毎晩ただただブランケットを噛みしめて眠りについているのだ。うぐぐぐっ。今日まで何度も死ぬかと思うほど精神的に追いつめられたが、今度という今度は逃がさねえ。

そう心に誓うと、オレはそそくさと寝室に入った。愛する人に酒を勧めて、一緒に映画を観ようと誘うつもりで。けれど部屋の中は真っ暗。そしてベッドの上には黒い影。たまらずオレは相手の状態を確認しようと足を踏みだす。

ブランケットから覗いている横顔を見れば、ぐっすり眠っていることは明らかだった。ちくしょー！　オレをほったらかしにして寝ちゃうなんて。それだけじゃない。いつ帰ってくるのとか、どれだけ酔っ払ってんのとか、誰と何してんのとか、尋ねる電話すらくれないなんて。

で、どうしてオレは一人であれこれ悩んでるんだ？

考えるだけでは収まらず、オレは眠っている色白の体に乱暴にむしゃぶりついた。途端に、バチンという音がした。愛する人は長い叫び声を上げながらありったけの力を込めて、手のひらでオレの顔をばしばしと叩き続ける。

「痛いだろ、このバカ！　もうー」

オレは組み敷いた相手の肩を押さえつけ、子どもみたいに答えさせようと詰め寄った。

「なんで先に寝るんだよ」

「映画が退屈だったたから眠くって。だから帰ってすぐシャワーして寝た」

「ほら見ろ。言った通りだ」

「自分の目で確かめたかったんだ」

「これからは人のアドバイスも聞けよ。お前が好きなものも嫌いなものも見当がつく」

「ああ……で、放してくれる？」

「まだだ」

オレは無表情のまま拒否した。暗闇の中ではよく見えないが、サードは心底眠そうで、まぶたを持ちあげてこちらを見ようともしない。目を閉じてしゃべってるんだ……ったく、嫌んなる。

「酒臭い。先にシャワー浴びたら？」

「ビールを買ってきた。一緒に飲もうよ」

計画スタート！

「いらない。眠いから」

「買ってきちゃったんだって。どうすんだよ？」

「冷蔵庫で冷やしておけばいいだろ。バカだなぁ」

これが恋人の言葉だなんて傷つくなぁ。オレとお前は恋人同士？　それともまだおちゃらけ合う友達なの？　口を開けば、バカ、まぬけ。まるで人間に進化しきってない何かみたいに、毎秒毎時間、罵られてばかりだ。

「まだ誰かと一緒に飲みたい」

「明日にしよう。土曜だし」

サードはそう言って、オレを突き放して逃げてしまった。オーケー、認める。今夜は判断を見誤った。誰もがすっかり寝静まっているこんな真夜中に一戦交えようとするなんて、な。

そう自分を慰めて、寝室を出るしかなかった。がっくり肩を落とし、ダイニングテーブルからビールをとりあげ、冷蔵庫に入れる。シャワーを浴びようと寝室に戻り、バスタオルを手にとりながら、名残惜しむようにもう一度振り向いてヨメを眺めた。今夜はもうイチャイチャはなしだな。気分が落ち込んで、母さんに電話で男としての魅力を高める方法について相談したくなる。が、きっと自業自得って言われるだけだ。

まあいっか。どのみち今夜はサードと結ばれることはないのだし、シャワーして寝ることにしよう。

シャワーを浴びた後、着替えてバスルームを出ると、ベッドの枕元に置かれたランプに柔らかな黄色い光がともっているのが目に入った。ベッドの上の人は頭まですっぽりとブランケットに包まり、すでに眠っている。

サードはいつもこうなんだ。オレが何かに足をぶつけてまた怪我をしたりしないように、うっすらと辺りが見えるくらいの小さな明かりをつけておいてくれる。こんな人をどうして愛さずにいられるだろうか。

素っ気ないそぶりのせいで何に対しても関心がないみたいに見えるけれど、サードはいつでも他人のことを考えて行動してる。オレのためであったり、友人のためであったり、家族のためであったり。おかげでオレは、ヨメと一緒にいるのか慈善家といるのか、ときどき混乱する。

オレはまっすぐベッドの上の人物に近づいた。ブランケットの中に体を滑り込ませながら、眠っている人に腕を回してしっかりと抱きしめる。

ねえ、エッチしないから首にキスさせて～。ハニーの体、いい香りー。大好きぃ――。

「……大人しく寝ろよ」

サードが間延びした声を返す。

「大人しく寝てるじゃん」

「髪を洗ったのになんでちゃんと拭かないんだよ。体調崩したらボコボコにしてやるからな」

「どうやってボコボコにすんの？」

「足で」

「うわ怖い～」

「ウザいやつ」

サードはオレの顔を押しのけて起きあがると、ベッドから下りてすたすたとクローゼットへ向かった。しばらく何かを探していたかと思うと、タオルを手にして戻ってきた。

「起きろ。髪を拭いてやるから」

「いいね」

オレは素直に従った。どれだけ眠いとぼやいても、やっぱり最後にはそれほど必要とは思えないことでもやってくれるんだ。

「で、今日はどうだった？　ボーンと飲みに行ったの、楽しかった？」

「まあぼちぼち。チェーン先輩とアン先輩にも会った」

「約束してたのか？」

「偶然だよ。あのさサード……訊いてもいい？」

「言えよ」

オレの頭に触れる手は優しくて、少しも邪魔なんかじゃない。それは問題じゃない。うまく言葉が出てこないのは、オレが今から相手に訊こうとしていることのせいだ。

「……オレが過去にしてたひどい行いを考えて、嫌になったことある？」

髪を拭いてくれる手がふと止まる。サードは黙ったままだ。オレは怖くなり、急いで言葉を継いだ。

「たとえば、誰彼構わずヤりまくってたこと。嫌だよな」

オレは顔を上げて、サードを見つめた。

言葉にすると胸が震える。部屋の明かりを映している瞳は、どんな感情も伝えてくれない。オレだって考えてみたことはある。サードがこのことを快く思っているはずがないと。

「心から愛せる人と出会うのに、世界中のみんなが清廉潔白《せいれんけっぱく》である必要はない」

サードの答えには一点の曇りもなかった。

けど、お前は清廉潔白じゃないか。一方のオレは汚れきっている。

「許せるのか？　いいや無理だろ。オレの過去について、考えたことあるだろ？」

「人生は前に進むしかない。オレはよくない過去は忘れることにしてる。だからお前も、教訓として心にしまっておけばいいんだ」

まるで初恋のとき、アドバイスをくれた母さんみたい。なんだか嬉しかった。一人の人が自分のいいところも悪いところも丸ごと受け入れてくれるなんてな。もちろん、この世界にまったく過ちを犯したことのない人間なんていない。オレ自身も、清廉潔白な人間とだけ付き合いたいとは思わない。ただ自分を理解し、じっくりと時間をかけてお互いを受け入れていける人を必要としてるだけだ。

「じゃあこれからオレが――」

頭の中で準備していた台詞はいつの間にか消えてしまっていた。オレはいったんしゃべるのをやめ、顔を上げて少し相手の反応を窺ってから言葉を続ける。

「今よりもっとお前と先に進みたいって言ったら？　お前は構わない？」

うおお――っ。言っちゃった。

ちゃんとした言葉で伝えたのは、これが初めてだ。今までヤるのにストレートに相手に許しをもらうなんてしたことがない。抱きついて押し倒しておしまいだ。今とは真逆も真逆だよ。

「そのときが来たら、ね」

お前のその返事、危険ですのでお下がりくださいってこと？

「いつになったらそのときが来るんだ?」

「いつかね」

インフィニティーだ、それは。この件について、トゥーに相談してしばらく経つ。サードはこういうことにあまり価値を見出す人間じゃない。成績は優秀、品行方正、友情にも篤《あつ》い。ただし、R18の話は丸っきりダメ。

トゥーが以前、話してくれた。サードは夜中にトゥーを訪ねていろいろと相談したって。あのとき、オレと付き合える可能性はゼロに等しかったのにもかかわらず、サードは本気でオレを好きだったんだ。純粋に清らかな気持ちでだ。一線を越えられたらなんて考えてもなかった。だから今、オレたちはこうしてそれに立ち向かわなければならない。

「今日はできるかな?」

自分の頭に乗っているタオルを掴んでベッドに投げる。

サードは声を失ったままだ。オレはその隙に相手をベッドに押し倒した。これ、よくある恋愛映画のメイクラブのシーンにそっくり。倒れ込んで唇同士がぶつかったら、次はベッドの傍らに置かれたランプ、というお決まりのショット。

「何すんだよ」

さっきまでオレに向かって良いこと言ってたくせに、もう駄々っ子みたいな声に変わってしまっている。

「お前がその気になるのを待ってたら、いつになるか分かんない。今夜、試してみない?」

「カイ、おい! 何すんだ」

叫んだだけじゃない。やつは足を振りあげてオレのアソコを蹴っ飛ばした。なんともないわけがない。かなりきつい。続いて膝をぶつけられ、顔面への平手打ちときた。やむなくオレは、あらん限りの力で相手の体を押さえ込み大人しくさせる。

「オレがお前と付き合ってるのは、お前に欠けてる部分を補ってやるためだ。ありがたく受けとれって」

「何も欠けてない。オレは充分満足してる」

「オレだよ」

「……」

「〝ありのままのオレ自身。お前はそれにまだ触れてない〟」

ＳＦミステリーの名作よ、ありがとう。ヨメと一戦交えるのに、名台詞を拝借させていただいた。どう進めばいいのか、ようやく分かったぞ。

サードの手首を掴んで、ちっちゃいカイちゃんにさっと押し当てる。見よ、この素晴らしい腕さばき。名運尽きたな、テーチャポン。今……オレの愛は限界まで膨らんでしまっているのだ。ウハハハハ――。

◆Mini special 2

大事を為すにはサイテーな精神を持て

「イヤだ！　イヤだって！　眠いんだから」

オレたちは先ほどと変わらず、同じ寝室の、同じ照明の下、同じベッドの上にいる。ただし、先ほどの出来事から時計の針が数分だけ進んでいた。オレはサードを打ち負かしてなんとかベッドにいるものの、体の下にいる人は嫌の一点張り。今にも涙をこぼしそうになっている。オレが解放しなければ、大洪水が発生するだろう。

つまり涙のって意味ね。他のものじゃないですから。

「痛くしないから。最高に優しくするように努力するよ」

この首を賭けて、これまでの人生で一度もやったことのないバニラセックスを保証いたします。この人だけにはね。

オレは経験豊富だ。どんなふうにすればサードに最も負担をかけないで済むか、よく知っている。男同士でヤったことがないとはいえ、右も左も分からないってわけじゃない。

「お前、なんにも準備してないだろ。痛いに決まってる。コンドームは？　体を守らないと。潤滑剤もだ。シャワーを浴びてきれいにしたらできるってもんじゃないんだぞ」

目の前の人は唇を震わせながらも、お説教じみた言葉を並べたてた。その気丈さ。まったく尊敬するよ。

「痛くないさ。だって準備できてるし」

相手の疑問をいち早く解消するため、オレはランプの置かれたサイドテーブルの引き出しを開けて見せた。コンドームが四、五箱に、いろんなブランドの潤滑ゼリー、サードのための痛み止めの薬も揃ってる。どうだ！

「てへっ」

「このクソ野郎」

「ハッハッハッハッハー」

ごめんな。だけどオレ、ずっと前から準備してたんだ。二カ月前の誕生日にお前を食っちゃうって計画を思いついた日から。

「使用期限が切れちゃうからさ。早く使おう」

「期限がなんだっつーんだ！」

「お口が悪いね。ムラムラしてくる」

相手が言い返せないでいる間に、急いで唇にかぶりつくのだ。喚き声が止まらないようにしてあげるよ。

さあ、心配いらない。この部屋は音が洩れないようになってるから、オレたちのとっ組み合いの音を誰かに聞かれることはない。喉がつぶれるくらい大声で叫んでくれたまえ。

「ああっ。くっそ！　ううっ」

コミュニケーションアーツ学部の学生だったっけ。どうやら言語の方面に才能があるらしいなぁ。

「ああっ」だの「ううっ」だのって外国語をサードがどこで学んだのか知らないが、最高に心に響く言葉だ。聞けば聞くほどぞくぞくする。

オレは高揚した気持ちで、組み敷いた人の舌に緩くかじりついた。

思っていたほど甘ったるいキスにはならなかった。けれど愛情は溢れんばかりに詰まっている。触れ合う唇、そして隙間のないほどぴたりと重なった顔の角度に、オレの心臓は爆発寸前になり、何度もぎゅんと痺《しび》れるような感覚に襲われた。ボディソープの香りと互いの肌が触れる感覚、相手が返してくる消え入りそうな喘ぎ声に胸がいっぱいになる。

「オレ、いろいろ質問しすぎるかも。けど、ウザがんないで」

唇を離しサードにそう言った。他の人とヤるときには言わない。ただ挿れるだけだ。この人にはいいかどうか訊かなきゃならない。お互いが折り合える場所を探さなきゃならないから。

「すぐによくなるから。信じてくれる？」

行動だけじゃない。この状況下では、言葉で励ますことも必要なのである。こうすると、他の人なら渋々でも頷いてくれるんだ。ところがサードは……。

「信じない」

オーケー。オレはサードの「初めて」をよかったって思えるものにしたい。だから、いいことを言って聞かせることにする。たとえば――。

「信じないいなら、思いっきりするからな。声帯がぶち切れるまで啼《な》かせてやる」

「ううーっ。憎んでやる」

「本気で憎むわけがない。オレたちは愛し合ってんだから」

虚勢張っちゃって――。

オレは息まいている相手の唇にもう一度、くちづけた。柔らかな唇をもてあそびながら、シャツに阻《はば》まれた相手の体に自分の体を擦りつける。両手はサードの手首を掴んでベッドに固定し、舌を使って荒々しく相手の口を開かせる。

だがその時、下になった人の体が震えているのに気付いてオレは呆然となった。自分の行動は相手を怯《おび》えさせてしまっていた？　これで前に進もうと考えるなんて、矛盾もいいところだ。

力の限り抵抗している相手は時間が経つにつれ、疲弊してぐったりしてきた。オレは押さえていた手首を解き両手で白い顔を掴む。唇は重ね合わせたまま。この気持ちをなんて表現すればいいんだろう。荒くれる自分自身を感じる一方で、甘い快感が胸に渦巻く。

なんだこれ……今ならサードを体ごと呑み込んでしまえそうな気がする。

オレは相手の口の中で舌先を絡めた。サードは経験が乏しいから、優しくゆっくりと、こちらの動きを真似るように導いてあげなければならないんだ。相手はまだ少し怯えて、緊張している。

「平気だよ。オレが教える。前に教えたの覚えてる？」

相手が呼吸できるように唇を離したあと、すかさず励ますように言葉をかける。

「いや、覚えてない」

「キスは難しくない。何度もキスしたろ」

「知らないよ。頭の中は真っ白になってる」

小刻みに震える声が返ってくる。薄暗い照明の中、小さな涙の粒が清潔な白い顔にころんとこぼれたのを目にして、オレはきゅんとなってしまう。

「口を開けるだけ。それからベロ出せばいいよ」

「そんな気持ち悪いことするのかよ」

「気持ち悪くない。待ってるのに」

サードはためらうような表情を見せた。最高に恥ずかしいみたいで、顔は真っ赤だ。

「二人っきりだ。誰にも恥ずかしがることなんかない」

しばらくすると、やつは素直にオレの言った通りにした。ぎこちないその仕草がいじらしい。オレは素早く熱い舌を挿し入れると、舌を絡ませ、舐めまわし、抱き合った。その刺激で、二人の体に電気の流れるような感覚が湧き起こる。

顔の輪郭に添えた手が感情のままに滑りだす。サードのいろんな部分に触れたい。オレは片手をやつのパジャマであるゴムの緩んだズボンの縁に当て、もう一方の手を背中に挿し入れて色白の体を腕の中に引き寄せ、しっかりと包み込んだ。愛情と愛おしさを込めて。

透明な唾液が口角から滴り始める。オレは少し顔を傾け、飢えた人間が貪るようにこぼれ落ちる一筋一筋を拾っていく。かすかな喘ぎ声が鼓膜に響いた。感動を覚えるほど美しい声。けれどサードの息が切れ始めたことに気づき、まだ放したくはなかったけれど渋々唇を解放する。

それも悪くない。キスするのを柔らかな唇から首筋と肩に変えるだけ。オレの唇が触れた場所に赤い痕がついていく。きっと痛いだろうけど、サードが感じているのはそれだけじゃないはずだ。確信はある。

だってオレ、うまいから。

「カイ……」

ズボンの縁にかけた手を動かすと、サードが怯えたようにオレの名前を呼んだ。

やつのすらりとした足からズボンをゆっくりと引き下ろす。その間にも、オレは役目を怠ることなく胸の白い肌にキスを落としていく。同時に背中に回していた手を抜き、シャツのボタンを外す。

オレは真剣に何かにとり組むとすごくシステマティックなのだ。右手でズボンを脱がせ、左手でシャツのボタンを外し、唇では体中にキス。すごい才能だろ。天才！

ボタンを二つ外すと白い胸元があらわになった。柔らかな胸の盛りあがりに沿って、ゆっくりと舌を滑らせる。優しく歯を立てると組みしいた相手がぶるっと体を震わせた。

サードは奥歯を噛みしめて、洩れそうになる声を必死にこらえている。そんな仕草を見てかわいそうになったオレは――反対側の胸の盛りあがりに移り、もっと激しく声を上げさせた。

「あうっ、もうやめろ」

やめるって、まだ始まったばかりだぞ。前進するためにはもう少し時間をかけなきゃ。ズボンはすでにサードの下半身からとり払われていた。が、おそらくやつは気づいていない。なぜならオレに胸を甘噛みされて、どぎまぎした気持ちになっているから。

ほっそりとした手がシーツに爪を立て皺くちゃにする。キスを受けて赤く腫れた唇は、喘ぎ声を抑えようと引き結ばれたまま。けれど隠そうにも隠しきれないのか、サードが身を捩って反応する。やつが痛みに苦しむような表情をするほどに、体を激しく反応させるほどにオレの頭はネジがぶっ飛んだみたいになっていく。

「あっ……」

くすぐるように濡れた舌を胸元からじわじわと平らな下腹部へ滑らすと、相手が啼くような喘ぎを洩らした。オレはさらにシャツのボタンを外し、紅潮した肌をあらわにさせる。

「電気消せ。うぅっ、消せって」

「なんで消すんだ。お前の顔が見たいのに」

シーリングライトをつけてぴっかぴかに明るくしないだけでも、感謝してほしいくらいなのに。

「毎日見てるのに、まだ見飽きないっての？」

「それとはちがう」

「どうちがうっていう……あうっ！」

唯一サードの体を覆っていた下着を勢いよく引きずりおろすと、次から次に反論の言葉を吐き出していた唇から啼き声が洩れた。

全然ちがうんだって。普段はこんな色っぽい顔、見られないだろ。

荒ぶるオレをどうすることもできないと悟ったらしい。サードは急いた様子で寝返りを打つと、枕に突っ伏した。向かい合わないって戦法か。いいだろう。

無理やりこっちに向かせるつもりはない。オレは視線をその白い足に向けると、相手に膝を立てさせるべくありったけの力で足を掴んだ。けれど相手は小さく抵抗し、思った通りにはさせてくれない。

「サード、膝立てて」

「イヤだ」

膝を曲げないばかりか、両足をぎゅっと閉じてしまった。

やってくれないなら、もう頼まない。オレは自分の服を脱ぐから。ゆっくりと焦ることなく服をとり払う。その間もシーツに爪を立てたまま、横になっているやつの反応を窺ったが、くるんとした大きな瞳はぴたりと閉じられていてちっともこちらを見ようとしない。

けれど間もなくその瞳が細くこじ開けられた。オレがいつまで経っても何もしようとしないから、不思議でたまらないらしい。かわいいなぁ。ずうっと前からこんなふうにかわいかったのに、オレの目ときたら節穴もいいとこだ。すぐ近くにある宝物を失ってしまうところだった。

「オレのことが恋しい？」

視線がぶつかった拍子に、オレはふざけて尋ねた。

「言っとけ。他の日にしないか？」

「なんでー。ここまで来たのに。このちびカイを見ろよ」

サードは視線を下げた途端に目を丸くして、即座に蹴ろうとした。幸い、こちらがいち早く足首を掴んだので当たりはしなかったが。

「放せって！　放せよ！」

そう言われて放すやつは、大バカ者である。

前に進むためには、ぶつかり合うことも必要なんだよな。オレが背中を丸めてきれいな足に舌を這わせると、体の主ははっとしたように緊張し、さらに激しく抗った。

「カイ、そんなことすんなって」

「平気だって。協力してくれればいいんだ」

「汚いよ。んふっ。それ、汚いから」

「汚くなんてない」

つま先から上へ、上へと脛《すね》の中ほどまで舌を這わせ、そこからは甘く噛みつきながら体の中心に辿り着く。サードは足をぴたりと固く閉じている。オレは片足を引いて強引にくつろげさせ、足の付け根の内側に唇を寄せると、記念の赤い痕をつけた。

愛撫はこれで終わりではない。相手に今よりもっと気持ちよくなってもらい、そしてオレたちを隔てる壁のような恥じらいを忘れてもらわなければ。

「手伝うから。口か手か、どっち？」

ストレートに尋ねた。ここまで譲歩してるんだ。頼むよ。

「イヤだ」

「選ばないならオレが選ぶよ。いち……に……」

「て……手がいい」

「自分の手、それともオレの手？」

「うぐううう っ。くそカイ。ちくしょー！」

とめどなく吐きだされる罵りの言葉をオレは喉で笑って受け止めた。だが、視線はやつに真っ直ぐ向けたまま静かに返事を待つ。今夜一晩、時間はたっぷりあるんだから、慌てなくていい。オレの息子はとっくの昔にびーんと勃ちあがっちゃってんだけど。つらいなぁ！

「早くしろ。オレが決めるぞ。じゃあ……」

「おっ……お前の」

「何？　聞こえないよ」

「どこまでからかう気だよ。お前の手、って言ったろ」

そう言ったサードは首まで真っ赤になっている。それだけ言うのにどんだけかかってんだよ！　けれど、かわいそうだから何も言わないでおく。ハニーがそう頼むならば、こっちも頑張って応えよう。オレはサードのモノをぎゅっと握った。

赤く腫れた唇はきゅっと噛みしめられ、血が滲みそうだ。白い足の付け根が小刻みに震えているものの、最初のように抵抗はしない。オレはもう一方の手でサードの手を握り、励ますようにきつく指を絡ませた。

難しいことはすべてオレに任せろ。何も心配しないで……。

オレはサードの最も繊細な部分への愛撫を開始した。その部分を手で包み、ゆっくりと上下させるけれど、始めた途端体の下にいる人は意識が飛んでしまうかのような啼き声を上げた。

「深呼吸して。すぐに最高の気分になるから」

「何が最高だ」

いきり立ってんなぁ。まあいい。オレもすぐに追っかけていきり立つから。

緩慢な動きから次第に速度を上げていく。握った手に力を込めると、サードはその苦痛を耐えるように身を捩り、仰け反らせた。

相手の見せる表情と時おり洩れる声は、どちらもぞくりとするほど快感に満ちていて、オレは急かされるようにさらにスピードを上げた。手のひらとサード自身が擦れ合い、ひりひりとした熱を帯びる。間もなく悦楽によって硬くなった先端から、透明な液体が溢れた。

「ああうっ……！」

オレは濡れた先端を親指で軽く撫でまわした。顔を火照《ほて》らせたサードの瞳から涙が流れ出る。目を細めて誘うようにこちらを眺めていたかと思うと、そのあとすぐに相手の反応が激しくなった。

「カイ、もうダメ。んふっ！」

懇願するかすれ声が喉の奥に呑み込まれて消えた。仰向けになったきれいな顔が枕に沈む。オレがめいっぱい速度を上げると、たおやかな体は二、三度びくりとわななないて絶頂に達した。

オレには何もかもが聞こえていた。疲れきった呼吸の音までも。サードはぐったりして、膝を曲げる力も残っていないようだ。オレはその額にキスを落とし重ねていた手をほどくと、腹と太腿《ふともも》を汚した液体を手で拭った。

指先をなめらかにするには充分だ。これでスタートがうまくいく。

「カイ、何してるんだ」

「しいい――っ。なんにも怖くないって。これはお前とオレのスタート」

オレは濡らした指でサードの後ろの孔を円を描きながら、優しく撫でた。覚悟を決めて人差し指を挿し込むと、ほんのちょっとだというのにその刺激にサードがベッドの上で激しく体を捩る。

「オレ……こっ……怖い。怖くてたまらない」

「一緒に乗り越えるんだろ。オレを信じてよ」

今夜のオレは焦らない。ゆっくりと進めばいい。

「……」

「手をこっちに。繋ごう。すぐによくなる」

サードは大人しく左手を差しだした。オレは元通り指を絡めてしっかり握り、自分の体勢を整える。自分の足を相手の膝の下に入れると、その場所が少し浮きあがる。互いの体はそれほど密着させず、もちろん準備のための隙間を作ってある。

「息を深く吸い込むんだ。お前に訊きながらちょっとずつやるから」

「その……」

「なんだ?」

オレは首を傾げて、もごもごと呟いているだけの紅潮した顔を見つめる。

「その……オレ、きれいにしといた」

「そりゃ。シャワーしたろ」

「ち……ちがう。つまり……なんで言わせるんだよ」

ヨメが泣きそうになる。

やっと分かった。サードのきれいにしといたって意味が。何日前から準備してたんだ？　そんなに準備万端なら、さっさと襲っておけばよかった。理想の世界で待ってなくてもよかったのに。

「誰に教わった？」

「トゥーだ……いろいろ情報を探してくれて」

「お前もトゥーもかわいいね。じゃあ、いいよな」

「いや……まだだ……まだ無理」

「準備はできた。先に進もう」

言い終わるとオレは、すぐさま先ほどの場所に指を挿れた。膝の上のか細い体が強張る。侵入を遮るカーテンの中に入るのに、かなりの力が必要だった。まだそれほど侵入を深めていないというのに、相手は驚いて身を捩る。

後孔が指を締めつけるせいでこれ以上動かせない。このあとどれだけの努力が必要になるのか、考えると気が重くなった。この状況で奥まで入っていくのはめちゃくちゃ大変そう。引きつって指を抜くこともできないんだもん。オレはとうとう相手に協力を求めなければならなくなった。

高をくくってたな、ったく。

「サード、楽にしてくれ。締まりすぎ」

「し……してるよ」

「もっとだ。深く息を吸って。お前が緊張しすぎてるから動けない」

「ダメなんだ。妙にひりひりする」

「痛いか？」

当人は返事をする代わりに、枕の上でかぶりを振る。

それを見て一安心だ。けれど前進できないでいることに変わりはない。

「じゃあ手を放して。もっとなめらかにしないと」

その言葉を聞いたサードがぎゅっと目を閉じる。オレは繋いでいた手をほどくと、上体を傾け、とあるブランドの潤滑ゼリーを掴んだ。手のひらにかなりたくさんとってから、それを後孔に塗りつける。

ゼリーの冷たさに横になっている人物はひくんと体をびくつかせたが、すぐに静かになった。もう一度ゼロからスタートだ。勢いのままに相手を乱暴に扱ってしまわないよう、オレは心の中で吸ってー、吐いてーと念仏みたいに唱える。事に及ぶのにサードに傷を負わせてはいけない。精いっぱい相手を労らなければ。

後孔の入り口が充分じっとり潤んだところで、オレは再び指を入れた。サードは相変わらず緊張していて、半分も行かないうちに指を止めざるを得なくなる。

「痛いか？」

オレは尋ねた。

「ううー。ちょっと」

「じゃあもっとリラックスして。ゆっくり入れるから……力を抜いて」

言いながら空いているもう一方の手で色白の腰を揉み、感触に慣れさせる。これは効いたらしく、オレの指はゆっくりと最奥まで呑み込まれた。すごく締まっていて指が引きちぎられそうだ。

ウソだろ。アレを挿れたら、真っ二つに引き裂かれるかも。いや、そうじゃないかなって気がしただけ。もちろん、そこには嬉しい気持ちも混ざってる。分かるかな？

「サード、大丈夫か？」

質問しすぎだってことは充分承知の上だ。そしてこの先もこいつの気持ちを訊いてやるつもりだ。

「う……うん、大丈夫」

「動かすからな。だから、こうやって力を抜くんだぞ」

紅潮した顔がうんうんと頷き、目尻から透明な雫《しずく》が一粒、流れ落ちた。不憫だけれど、不思議と見ているこっちの欲情をかき立てる。

後孔に穿《うが》った指をゆっくりと引く。少しずつ……少しずつ際まで引き抜くと、また中へ挿し入れる。か細い体がびくんと揺れ、相手が歯を噛みしめてかぶりを振った。

「サード、オレを見て。下を見ないでオレを見るんだ」

相手が自分の痛みに気をとられすぎないよう、制止する。

「大丈夫か？　これ、まだ痛いかな？」

「ズキズキする」

「偉いよ。上手だ」

言ったことがあると思うけど、オレの人生でセックスしているときにおしゃべりしたり、説明したり、ましてや相手に気持ちを尋ねたりすることなんてなかった。お互い気持ちは別々。やることをやって、あっさりお別れする。けれどサードが相手だと、自分でも戸惑うほど冷静に、慎重になれる。

隘路《あいろ》の開拓は相変わらずのんびりと進んだ。指を何度も出し入れしているうちに内襞がなめらかになった。サードの緊張もかなり解けてきたので、このタイミングで挿し入れる指を増やす。

挿れるときが問題だ。なんせ入り口を大きく広げないといけないんだから。二本に増やした指で肉壁に触れ、挿し入れた瞬間、体の主が声を上げる。

「カイ、うわあ――っ」

かわいそうになるくらいの大声。

やつが体を捩って拘束から逃れようとするのを押さえつけ、続けて最奥まで指を進める。

サードの瞳からたくさんの涙が溢れた。きれいな形の唇が啼き声を部屋中に響かせ、苦痛に顔をしかめながらシーツをくしゃりと握りしめている。やめたい、けど一方で乗り越えたいという気持ちもある。心が遠くへ先走る中、オレはまたやつに同じ質問をする。

「一番奥まで入った。今、大丈夫?」

「いや」

「すごく痛い?」

「い……痛くなりそう。ズキズキするし」

まるで子どもが友達の悪さを大人に言いつけるみたいな口ぶりだな。かわいい。

「我慢できる?」

サードは考え込むように黙ると、すぐに先ほどと同じように頷いた。精いっぱい我慢してくれよ。

こっちも精いっぱい頑張るから。

やりとりの間もオレの指は絶頂を感じる一点を探していた。すると、信じられないかもしれないが、あるところに触れた途端サードが弾かれたように喘ぎ声を上げた。

悪くない。つまり、オレのテクニックも悪くないってこと。すげえなオレ。いったいどうなってるんだ。

サードが声を上げたタイミングで、指を入れたり出したりと、移動させる。結構な量の潤滑ゼリーを塗っているのにもかかわらず、かなりの摩擦を伴う。オレはそんな中、三本目の指を挿れる覚悟を決めた。

「カイ、痛いって。ううっ。今度はホントに痛い」

「もっと足を開くんだ。協力してくれよな」

組み敷かれた人は涙が涸れてしまいそうなほど泣きながらも、オレの指示に従った。ゆっくりと広げた足が小刻みに震えている。下腹部は痙攣を起こしそうなくらい緊張していて、呼吸も驚くほど浅い。オレは奥歯を噛みしめながら指を挿し入れた。が、道半ばで進むのをやめるしかなくなった。相手がぴたりとそこを閉じてしまい、協力してくれなくなったのだ。

本当のところ、無理やり一気に押し込むこともできる。けれど、かなりの痛みを伴うと分かっているのに、そんなことするわけがない。ヨメがかわいそうでこっちまで泣きだしそうなのだ。幸い、後ろの孔は傷ついていない。だからオレはいったん指を引き抜いて、よりたくさんのゼリーを塗りつけた。そうするとサードも少しだけ協力的になった。

「なあ、手を握らせてよ。お前は上手だ。もうすぐだから」

この励ましが効いたのか、それとも握った手から想いが伝わったのか、今度はうまくいった。三本の指を出し入れしているうちに入り口の筋肉がほぐれ、硬くなったオレのモノを受け入れられそうに緩くなってきた。

はい、ここで……ちょっとコンドームをとりださせてちょうだいな。

サードが痛がるのもだし、汚れとかそういう諸々も心配だから、コンドームの助けを借りることにする。片手で箱を開け、口でそれを咥《くわ》える。見て見て、かっけええー。けど、かっこよかったのはほんの一時《いっとき》だけ。だって片手でコンドームは装着しづらい。だからヨメにお願いして繋いだ手を離してもらい、いそいそとつける。

すべてが順調に進み、いよいよ子犬ちゃんを料理する時間がやってきた。オレはサードの太腿を掴むと、そのど真ん中に自分の体を置き、アソコをやつの後ろの孔にぴたりと向けた。

顔を上げ、涙に頬を濡らしている相手の姿を見つめる。たまらなくなって唇で涙を拭ってやってから、もう一度アソコに大量のゼリーを塗って準備し狙いを定める。

「ちょっとだけ痛いかもしれないけど、すぐよくなるから」

「騙しやがって」

「騙してなんかない。よくなるって。信じろ」

もう何度、「信じろ」って言ったことか。けれどその言葉でサードが願いを聞き入れてくれるなら、何度でも言ってやる。

白い腰をしっかりと抱きかかえて、歯を食いしばる。喘ぎ声が倍々に大きくなる中、オレはサードの内部へじわじわと自分自身を押し込んだ。内壁を突き進むときの、きつく締まった感覚に頭がどうにかなりそうになる。まだほんの少ししか挿れていないのに、体が引きちぎられそうなほどの締めつけと煮えたぎった熱を感じ、鳥肌が立つ。

「あああ――っ、痛い。カイ。オレ痛いって。うう――っ」

サードの震える声が訴えている。オレは痛みに体を捩って逃げようとする相手を押さえ込み、また同じ言葉で慰める。

「力を抜くんだ、サード。動かないで。傷がついたら、もっと痛いぞ」

相手がふっと黙る。返ってきたのは、小さくしゃくりあげる声だけだ。

「偉いな。ゆっくり挿れるから」

エアコンをどれだけ効かせて冷たくしても、汗が粒になってどんどん滲みだす。

「ああ――っ。やっ、優しくできない？　ああうっ――っ」

オレの分身がゆっくりと少しずつ、奥へと向かう。固い締めつけに対峙するのは容易ではない。オレは早く挿れたがる自分の感情を抑え込もうと、奥歯を噛みしめた。そう、侵入される側の人に尋ねないと。

「今は大丈夫？」

「ううっ、痛い」

苦痛に歪んだその表情が心を揺さぶる。

「じゃあもっとゆっくりな。緊張しないで」

口ではそう言ったが、サードの体よりオレの足の指のほうが緊張している。自分の腕を白い膝の下に差し込んで、めいっぱいの力で歯を食いしばる。

どれくらい経ったか分からない。ようやく自分自身をサードの体内に収めたオレは、ほっとしてふうっと息を吐きだした。オレたちの体は融け合い、一つになっていた。心配していたサードの後孔は、オレをすべて受け入れたことで若干赤く腫れているものの、恐れていたように裂けたりすることもなく、血も出ていない。

丸い、大きな瞳が繋がった部分をじっと見ている。オレはサードに向かって微笑むと、覆い被さって体のあらゆる部分をぴたりと重ねた。そしてゆっくりと相手の背中を持ちあげ、ありがとうという気持ちを込めて、かわいらしい唇にくちづけた。これからオレたちがともに体験するであろう、いろいろなことに対する感謝の思いだ。

「今はどんな気持ち？」

オレは尋ねた。真っ赤に染まった愛おしい耳の傍に顔を寄せる。

「息苦しい。重たい感じがする。それから痛みもある」

「ゾクゾクは？」

「いや……しない」

「もうすぐしてくるよ。けど、協力してくれよな」

「どうやって？」

「ただ抱きしめてくれたらいい。前にしてくれたみたいに」

迷いはなかった。次の瞬間、サードは力を失っていた腕を伸ばし、オレの体を抱きしめた。互いの体が隙間なく密着する。

両足を大きく開いて、オレを思いきり受け入れてくれる。オレはその唇にまた幾度となくキスをして、最後に舌を挿し入れて互いの甘い感触を確かめた。そのキスはサードの情欲を高ぶらせ、痛みから気を逸らすのにてきめんに効いた。

「ふう……っ！」

オレがそっと動き始めると、息を詰める音がした。少しずつ……少しずつだ。潤滑ゼリーが動いたときの摩擦を和らげてくれる。

急いで終わらせたくなかった。過ぎていくこの時間をゆっくりととどめておきたい。サードを腕の中に抱きしめキスをしながら、これがオレにとって一番価値のあるものだって、自分に言い聞かせる。

「気持ちいい？」

「痛くて死にそうだよ」

「ははっ。けどお前だって、オレの頭が変になりそうなほど締めつけてんぞ」

きつく締まった窄《すぼ》まりに自分自身を挿入しただけで、自制が効かなくなりかける。正直なところ、もうすべてをぶちまけたくなっていた。

サードの啜り泣きの交じった喘ぎ声が聞こえてくると、なおさらめちゃくちゃなことをしたくてたまらなくなる。けれど、これはサードの「初めて」なんだ。せかせかと自分自身を相手の体内に突っ込んで終えるつもりなんてない。オレはゆっくりと腰を進め、そしてゆっくりと腰を引いた。そんなふうに抽挿を繰り返し、相手に慣れてもらう。

「あっ、ああっ……ああ――っ」

オレの先端が敏感な一点を直撃すると、か細い体が仰け反り、腰を跳ねさせた。すべてがじれったいほど緩慢なスピードで進んでいるのにもかかわらず、オレはそれに夢中になり、最高に幸せな時間を堪能した。サードも同じように感じていることは、こちらに向ける表情とその喘ぎ声で伝わってくる。どちらも最初は苦しそうでしかなかったが、今は違う。

「気持ちよくなった？」

オレはまた同じ質問を投げる。

「……」

「サード、答えてくれよ。お前の答えでどうすればいいか分かるから」

「き……気持ちいいよ。ああっ」

やつが息を弾ませて返事をしたので、お礼の代わりに額にキスを落とす。

「じゃあ、スピード上げていい？」

「これより速くするの？」

眉間《みけん》に皺が寄った。恐怖からか、相手はただ唇をきゅっと噛んでいる。

「ちょっとずつやるから。お前が痛くないように」

なんの返事もない。けれど黙り込んでいる相手の反応から、オレは次のステップへの通行パスを手に入れたのだと理解した。互いの体から滲む汗が、次々に粒になって流れていく。ぞわりとする痺れも同じだ。サードの内へ体をぐんと沈めては、引きだす。なんて極上の快感なんだ。

触れ合った体の中にとてつもない量の電流が巡っているみたい。ぶつかり合う衝撃でサードの体が上下に揺れ、抽挿のリズムは緩慢なものから次第にスピードを増していく。

まるで天国にいるようななめらかで柔らかな感触。熱く燃えたぎっているのに、もっと攻め入りたい誘惑に駆られる、その内側の感触。さっきまで体を強張らせ、その非協力ぶりにオレに絶望を感じさせた相手は、今や丸っきり態度を変えていた。小さく震えながらも、そうやって反応する色白の体にオレは思わず微笑んでしまう。ごく自然な反応だった。サードの唇が開き、感極まるような喘ぎ声を出すと、オレの心臓はますます激しく打って、破裂しそうになる。

「すごく気持ちいいだろ？」

「ん――――っ」

抽挿のスピードを最大限まで上げる。勢いよく体を当てるとサードは身悶え、言葉にならない切ない声を上げた。体中をすごい勢いで血液が巡る。痺れるような恍惚感、そしてもどかしさに相手を自分の欲望のままにしてしまいたい衝動が湧き起こる。

オレは自分の体の動きに集中して、スピードを一定に保ち、満たされてからゆっくりと自分自身を引き抜いた。ついさっきまでオレをめいっぱい呑み込んでいた窄まりが目に入る。力なく横たわっている華奢《きゃしゃ》な体を抱きあげ、うつぶせにし、相手の顔を枕に伏せさせる。サードの両足の膝を立てて腰を上げてやると、後ろの孔がさっきよりもはっきり見えた。

「また挿れるから。怖がらないで」

「はっ……うわああっ」

オレは膝立ちになり、もう一度サードの内へ猛《たけ》ったものを突き入れた。腫れぼったく色づいた入り口はまだきつい。サードがあらん限りの声を上げる中、オレは根元まで自分自身を埋めた。最初よりスムーズだ。

それから踏ん張って腰を動かし、柔らかな窄まりに密着させる。白い顔は枕に埋もれていて、オレが体を動かしている間、やむことなく喘ぎ声を響かせている。次第にその声の間隔が短くなり、オレは胸がいっぱいになる。

サードは先ほどオレが解いた両手を爪の痕がつくくらいきつく握り合わせている。強く掴みすぎてやつの体に傷がつくのが嫌で、オレはその手をとると、乳白色の腰の辺りに固定した。この体勢だと快感が倍増する。オレの欲望が膨れあがり、抽挿のリズムもどんどん加速していく。

「あっ……カイ、ああ――っ」

オレの先端がまた、相手のイイところに命中した。オレは我を忘れて、最奥へとオレ自身を突き入れるたびに肌と肌とが立てる淫らな音がした。けど、今聞くとこれって今までで一番美しい音だ。サードの奥へ漲《みなぎ》りを埋め、引き抜いたときのうっとりする感覚をどう説明したら分かってもらえるだろう。オレは目の前の白いすべすべした背中にキスを落とし、自分のモノだという証しにたくさんの赤い痕をつけた。キスを施す間も、腰のほうは一瞬たりとも休むことなく動かし続ける。

「サード、オレの顔を見てよ」

オレはか細い腰を支えてベッドに寝かせ、そのぐったりした体をもう一度仰向けにした。熱く繋がり合ったたままで。

サードの涙でぐしゃぐしゃになった顔。真っ赤に腫れた唇。愛おしそうにこちらを見つめる瞳。そして頬に差す赤み。オレは自分が組み敷いているその人をまじまじと眺めた。

「どんな気持ち？」

ホント、どうかしてる。だけど知りたいんだ。

「変な感じ」

「ズキズキすんのか？」

「ああ」

「重たい感じ？」

相手が頷き、オレはまた尋ねる。

「すごく痛い？」

「ああ」

「……」

「でも、気持ちいい」

くっそ！　幸せっ。

体を繋げているおかげで、オレたちは溢れだすさまざまな感情ごと一心同体になったみたいに、結びつけられていた。オレはまだ抽挿を続けていたが、今はもうたくさんの想いで胸がいっぱいだった。今夜が素晴らしいものになったって、分かったから。

ふいにサードの体がびくりと震えた。押し広げられた内壁が強張り、痛みを感じるほどきつく、オレを締めつける。

「カイ」

「サード……んんっ、サード……」

オレはその名前の主をしっかり抱きしめ、腕の中に閉じ込めた。頭の中はただひたすら真っ白で、体だけが本能のままに動いている。そして、その動きはサードの喘ぎ声と呼応するように速くなっていく。

――次の瞬間、お互いのすべてが一つになった。体の内側からせり上がるものを感じて、慌ててサードの中から自分自身を引き抜き、素早くコンドームを外す。

その一秒後、煮えたぎった熱が放出された。それはベッドの上で力なく横たわるサードの白い下腹部に当たり、流れ落ちる。頭上で花火が打ちあげられているような感覚が脳内から消えると、眩《まばゆ》い光を放っていた光景が、再び現実の色彩をとり戻していく。

オレたちの初めてって、なんて特別なんだ。

すごい幸せ。サードって名前を思っただけで幸せな気持ちになる。

これからずっと大切にするって約束する。

仲間たちにも言っておく。オレをしょっちゅうからかっている人でなしのやつらよ、オレはもはやクズではなくなった。正真正銘、本当のヨメを手に入れたのだ。そして、オレはそのヨメを大切にする。じゃなきゃ……お前らがオレによく言っている、最強の大まぬけになってしまうもんな。

「サード、ありがとな。オレ、むちゃくちゃ幸せ」

「うん。でもオレは痛い」

「手当てしてあげる。でさ……もう一回いい？」

「何がもう一回だ。わ……カイ。うわああ――」

夜は長い。皆、健闘を祈っている。だからオレたち、カイとサードの健闘も祈ってくれよな。

ひゃっほ――‼

《SPECIAL Ⅱ》
ヤったって言わないで

◆Mini special 1

何が起こったんだ？

オレたち二人が初めて体を重ねた翌朝のことだ。いきなり現れた悪魔が幸福に水を差す。

「電話出てよ、カイ」

――Rrrrr……！

「カイ、電話に出ろって。もおおお――」

ブランケット越しに眠そうな声に急かされ、オレは音のするほうへ手を伸ばす。

今何時だと思ってんだ？　こっちが何してるとこなのかも考えずに電話してきやがって。オレとヨメの体は疲れきって、起きあがることもできないほどなんだぞ。

昨夜のオレはサードをとことん大事に労った。けれどベッドでの二回戦目を記録したあと、バスルームにやつを引っ張り込んでさらに一回ヤっているうちに、サードは洗面台でこっくりと眠り込んでしまった。寝ちゃうって分かってたら、バスルームやトイレに引き込まなかったのに。ベランダのほうが盛り上がったかも。

――Rrrrr……！

「カイ、早く出ろよ。鬱陶しい」

「はーい。分かってるって」

オレはむしゃくしゃしながら、ベッドの隙間に押し込んでいたスマホをごそごそ探った。画面にボーンの名前が表示されているのを見て、迷惑と言わんばかりの声で電話に出る。

「ああ、なんだ?」

用のない電話だったらボロクソに罵って、アイロンをかけても元通りにできないくらい揉みくちゃにしてやる。

『なんだよ、眠そうな声出して。まだ起きてなかったのか?』

悪友は能天気な声で逆に訊き返してきた。オレはふと浮かんだ疑問を解消するため、つま先のほうにある壁の時計を確かめる。

「まだ朝の十一時じゃん」

『かなり身勝手な〝まだ〟の使い方だな』

「で、なんで電話してきたんだ。さっさと本題に入れよ、あほ!」

オレはこれからヨメを抱いて寝るんだよ。眠りについたのは午前四時近く。今はひとまずイン・ラブ・モーメントを心ゆくまで味わいたい。他のことはそのあとだ。

『先輩と話してたショートフィルムのことだけど、ブリーフ〔クリエイティブブリーフ。企画書〕が固まったんだって。オレとトゥーで話して、今日ロケハンした方がいいだろうって』

「ロケハン?」

『そうだ』

「他の日にしてくれない?」

『時間は限られてる。空いてる時間だってどんどん少なくなってるだろ。いきなり電話したのはお前が断ると思ったからじゃない。とりあえず来い。午後二時に例の水族館な』

「今日は行けそうにない。サードが……」

言い終わらないうちに、隣にいた人の手がオレのスマホを平然と奪いとった。お前はヨメだよな？　もしかしてアメコミのスーパーヒーローか？　すばしっこくて、手の動きの残像すら見えなかったぞ。

ほやほやのニイヅマによる権力行使に、オレが逆らえるはずがあろうか？　というわけでオレは、ブランケットにもぐり込んだ人がくしゃくしゃの黒髪だけを覗かせて、ボーンと話しているのを眺めることしかできない。

「ああ、もしもし？　どこで？　……遅れちゃだめだよな……オーケー……行くよ。すぐ行くからな……分かった、じゃあ么とで」

そして通話を切ってしまった。

なんだよ、分かんねえ。展開が早すぎる。もう一度再生してもらえないかな？

「どこへ行くんだ、サード」

ぐったりしていたはずの隣の人物が上体を起こしたのを見て、オレは困惑して尋ねた。サードの顔がコピー用紙みたいに青白いのに気づいてすぐさま飛び起きると、熱を確かめようと相手の額に手を当てる。

よかった、体温は正常だ。ただ気になるのは、少し体を動かすたびに苦しそうな表情をすることだ。その顔はオレたちが昨夜、何をしたのかを雄弁に物語っていた。

「シャワーして。二時に約束してるから。けどボーンが一時にメシ食おうって」

「行けるかよ。無理だろ」

「行けるよ、仕事だぞ。ちゃんとやらなきゃ」

「だってお前、大丈夫じゃないだろ。あの二人に電話してお前は行けないって言うよ」

オレはサードからスマホをとり返そうと手を伸ばした。が、やつは渡そうとしない。おい、お前は人間だぞ。スーパーヒーローを集結した最強チームのメンバーにでもなったつもりかよ。いつだって平気なふりをするけど、参ってないわけじゃないだろ。自分のことになるとまったく気をつかわないんだから。

だけど同様にオレがサードを心配しない、なんてことも絶対にあり得ない。

「オレは行けるんだって。大丈夫」

「おい、何考えてんの？　どうして無理してまで行こうとするんだよ」

「昨夜のこと、誰にも知られたくない。誰にも言わないでくれる？　オレたちがヤったたってこと」

誰にも言わないでくれるかな、オレたちがヤったたってこと、だと？

WTFFFFFF!〔What's the fuck!「何それ！」の略〕ヨメよ、いったいなんのためだ？　オレらの友人は、トゥーとお調子もんのボーンくらいだぞ。他人に言いふらすやつなんていない。仮にあいつらが口を滑らせたとしても、どうせ相手は学部の友人くらいだし、みんな気の置けない関係だ。オレたちがそういう関係になっていることをみんなに知られたとしても、お前は平気だろうって思ってたのに。

「なんで言っちゃいけないの？」

オレは納得できず、不満げに首を傾けた。

「恥ずかしい。二人におちょくられる」

「これくらいのことで?」

「お願いだ。心の準備ができたら自分で言うから」

「だったら別の言い訳を伝えておく。だから今日は部屋で休んでろ。もう外には出んな」

「だめだ。これはオレが大切にしてる仕事だ」

サードは厳しい声できっぱり言うと、真面目な顔でオレを見つめ言葉を続ける。

「全部の行程に参加したいんだ。ずっと待ち続けてきたんだし」

その言葉を聞いたオレは、呆然として手を頬に当てた。

このろくでもないプロジェクトは、他学部にいたチェーン先輩の友人のものだ。先輩の友人は仲間三人とともに、『Warm clouds』というエレクトロポップのインディーズバンドを結成している。彼らは、楽曲を三カ月前に完成させており、発売と同時にミュージックビデオを発表したいらしい。ようは腕のいいプロダクションに低予算でミュージックビデオの制作を依頼、なおかつ広告用の写真を撮影させたいのだ。卒業後、仕事でとても忙しいクマ人間のチェーン先輩は、人でなし組の名前を有力候補の一つとして提案してくれていた。

サードはそれを知ったとき、体をぷるぷる震わせて喜んだ。オレたちは急いで彼らのオフィスへ出向き、「ブリーフができたらすぐに着手できる」と彼らに伝えておいたのだ。そりゃそうだろう、フィルムの四年生ともなれば、自分の腕を試したくなるもの。身につけた技術を他人に披露したくてうずうずしているのだ。これまではまだスケジュールが確定していないという理由で、いつお声がかかるのか知らされずにいたが、ついに今日……。

しかし、なぜよりによって今日なんだ!

「先延ばししない？　今日はロケハンだけで、曲を作った本人と会うわけじゃない。お前は他の日に見に行けばいい」

オレは根気よくサードをなだめ、元通りベッドに寝かせた。なんて青白い顔をしてるんだ。鏡を突きつけて見せてやりたい。

「とか言って、他のことをするつもりなんじゃないのか？」

「心配なんだよ」

「お前も行くだろ。オレの面倒見てくれればいい」

そう言った先からサードは懸命にベッドから這いおりる。その足つきはよたよただ。もうこれ以上他のことしたいなんて思ってないよ。

「サード待てよ。手伝うから。一人でシャワーできないだろ！」

オレは急いで起きあがると、その背中を追いかけた。

普段急ぎのアポイントが入ったら、オレたちは車で向かう代わりに電車を利用する。けれど今のニイヅマの状態を見る限り、人混みに揉まれる状況に適しているとは言いがたい。だからタダで移動可能な、「カイ・ハイヤー・サービス」を利用することにした。オレが運転するんだからタダなのは当然である。

到着すると、オレたちはまずステーキレストランに直行した。誰がこんな店に決めたんだろう。今のヨメの状態ではまず食べられない。消化に悪いし腹を壊すかも。だが、それよりも気が重いのは、何もなかったふりをしなければならないことだ。絶対に口を滑らせてはいけないし、不自然な態度を見せてもいけない。なんでもかんでもダメ尽くしだ。

とはいえ、サードの歩く姿ったらなかった。ほらほら、足がガニ股になってる。オレは急いで駆け寄るとその体を支え、先に来ているはずの親友二人を捜す。

「カイ、サード」

声のしたほうを振り返ると、二人の人でなしが店の隅で手を振っていた。そろりそろりと歩いて合流してすぐ、目の前に置かれた椅子がとても堅そうな木製であることに気がつき、二人で静かに立ち尽くす。

「座れよ。ギリシャ彫刻みたいに突っ立ってないで」

トゥーが急かすと、隣に立っている人がこちらを向いて、ごくんと唾を飲み込む。

ほら見ろ！

ヨメの視線をご覧あれ。助けを求めるみたいに精いっぱい訴えてる。ヤバそうなので、オレはすぐさまアドリブで対応した。

「おい、なんかズボンが汚れてるぞ。家を出たときはなかったけど」

「汚れ？」

サードが混乱しきったようにオレの顔を見る。オレはリュックに入れていた長袖シャツを手早くとりだすと、ささっと細い腰に巻いてやった。シャツを巻いておけば、堅い椅子に座ってもそんなに痛くならないはず。

これこそオットの中のオット。今年の全国ダンナ大賞は、このカイに授けてくれたまえ。

「座っていいよ。歩くときもこれを巻いておけば、ズボンの汚れは見えないから」

「ダサいな」

くそボーン！　軽口叩くのも時と場合を考えろ。

そっと優しく、などと気を配りもせずに、サードが椅子に腰を下ろそうとする。オレは一瞬たりとも目を逸らさず、じっとやつの行動を見守った。座面が尻につくとサードは一瞬痛そうに顔をしかめたものの、すぐに感情を押し殺した。

だから外出させたくなかったんだ。痛み止めの薬はさっき飲んだだが、まったく和らいでないみたい。

「キミたち、料理を注文したまえよ。オレら二人はもうオーダーしたからもうすぐ来る」

テーブルに積んであったメニューがオレとヨメの目の前に差しだされた。オレの方は何を食べたって問題ない。けどサード、ステーキだぞ。

「軽いのにしような」

オレの言葉に、汗を滲ませた人物がこくこく頷く。外出に脂《あぶら》っこい食事。これほどの苦痛を強いられているサードを見てなきゃならないなんて、不憫な気持ちで胸がいっぱいになる。

そうこうしているうちに、従業員がオーダーをとりにやってきた。オレは自分の好きなものを頼んでから、一緒に選んであげようとヨメを窺う。

「魚にするか？」

オレは意見を求めた。

「ああ」

「サラダバーはオレがとってきてやるよ」

「そんなに腹減ってないんだ」

ぼそりとサードが言う。

「だったらフィッシュステーキにしよう。付け合わせはマッシュポテトで。それから水を二つ」

サードの分を注文して顔を上げると、目の前にいるボーンが何か言いたげな表情をしていることに気がついた。

「サードったら、魚なんて気どっちゃってぇ。いっつも牛肉、牛肉って言ってるくせに」

「なんだよ、オレだって魚が食いたいときもある。魚は体にいい。牛肉はあまり食べると消化によくないんだ。健康に気をつかっちゃ悪いのか？」

からかわれて焦ったのか、サードが急いで弁明する。ヨメよ、そうやって焦れば焦るほど不自然になっちゃうんだよ。

「分かった。ヘルシーでお前らしくていい。ところで昨夜は何時に帰ったんだ？」

ボーンはまだ話を続けようとする。

「十二時ちょっと過ぎかな。映画、全然おもしろくなかった」

「だから言ったろ」

人の話を聞かないんだから。

「で、そのあとはなんかした？　たとえばカイといちゃこらとか」

お前ってやつは！　オレは正面に座っているボーンに飛びかかってぶっ飛ばしそうになった。

「何言ってんだよ。バカじゃないの」

サードも同じく、素早く否定する。

「そっか。カイがお前と一戦交えたいなんて言ってたから、どこまで行ったのかなって思って」

「くだらないなぁ、別々に寝たよ。お前の電話で目が覚めたんだ」

ヨメよ……。

「……」

「カイ、そうだよな？　ちなみにお前は昨日の夜、何時に寝た？」

「だいたい一時頃かなぁ」

ヨメよ、まだ続けるのか？　ダンナに確認までして。ウソの片棒を担いで家族円満かよ。ちぇっ！

「な？　何もしてない」

「はいはいー」

お前、この二匹が信じるとでも思ってんの？　こっちをちらちら窺う視線を見れば、バレていることは明らかだ。それにもう一つ。たとえお前がシャツのボタンを首に密着するようにきっちり留めても、耳の下にオレが残したキスの痕がくっきりついちゃってんだ。こいつらが気づかないはずがない。もしオレが逆の立場なら、サードがぎこちない足どりで店に入ってきた瞬間に悟りの境地に達してるよ、ったく。

「無駄話はもういいだろ。ブリーフのこと訊きたいのに。トゥー、どうなった？」

「ジェーム先輩が早朝、電話してきたんだ。例のプロジェクトの概要も聞いた。曲のタイトルは〝ウィライポーン〟だ」

オレ、小四のときの先生を思いだすんだけど。

「それで？」

「ヒロインの名前はウィライポーン。恋人と別れて、ある男と新しい恋をする。その男が主人公で、二人はSNSの〝海洋生物愛護の会〟っていうグループメッセージの中で知り合う。そして、この主人公もヒロインと同じく恋人と別れたばかりなんだ。コンセプトは〝新しい恋と出会ったのに、前の恋人と面影が重なってしまう〟。それくらいかな」

「でも歌のタイトルは〝ウィライポーン〟」

「そ。オレの近所のおばちゃんみたいな名前だ。曲はお前らに送っといたから、もう聴けるぞ」

トゥーが全員の疑問をすべて解消し終わると、タイミングよくトゥーの分の料理が運ばれてきた。

オレは送られてきた曲を開くのと同時に、イヤホンを耳に入れた。料理を待つ間、サードとともに曲を聴く。合間合間に体の具合を尋ねたが、何度訊いてもサードは「大丈夫」としか言わないので、それ以上詮索しないことにする。

「ロケハンの場所を言ってなかったな。今日は水族館と駅の連絡通路、それからビルの屋上に行く。屋上は先輩に連絡しといた。ヨメさんが洗濯物を干せる三階建ての家を借りてる」

「どうしてそんなに何カ所も行くんだ？」

オレは不思議に思って尋ねた。ていうか、サードが心配だった。おそらく身が持たないだろうから。

「何カ所も行って、フッテージをためといて編集するんだろ。ダメなやついるの？　サードか？」

ボーンが誘導するように尋ねたが、名前の主はむしろはしゃいだ笑顔を作る。

「オレはいいに決まってる。全力投球！」

「じゃあ夕方、夕焼けの時間もな。続けてヒロインの女優とプールサイドでの撮影のアポとっといたから」

「どこで？」

「オレのアパート。場所と時間はきっちり予約してある」

兄貴、仕事の手配がよすぎますぜ。

異論を唱える者はおらず、オレたちはそそくさと料理を平らげた。

その後、機材を持って水族館に向かった。サードは自分の仕事を黙々とこなしている。真剣な表情で撮影のアングルを確かめるその体は汗まみれ。歩くこともままならないはずなのに、まだ歩こうとしている。オレはそうやって、サードの動きや表情の一部始終をずっと見守っていた。

「痛かったらやめとけ。座って休むか？」

サードの唇は真っ青で、乾燥して水分のなくなった土みたいにひび割れている。オレはやつがぶっ倒れてしまわないよう、飲料水を手渡して少しずつ飲ませなければならなかった。

「具合が悪いって感じたら言えよな」

「分かってるよ」

「頭痛はないか？」

「ない」

「体の痛みは？」

「ちょっと」

嘘を言うような仲じゃないだろうに。声に出さなくても苦しそうに顔をしかめる仕草を見るだけで、オレにはちゃんと分かる。部屋に連れて帰りたくてたまらないけど、サードは仕事をするって言い張るんだ。

「ホントなら、今日は寝て休んでるべきなんだ」

「またか。父親みたいに文句ばっかり。きつい仕事をしてるわけじゃない。それにきれいな魚がいっぱいじゃないか」

サードは撮影用のカメラを構えると、こちらがぶつくさ言うのもお構いなしで、シャッターをカシャカシャ切っている。

トゥーとボーンはそれぞれ別のエリアに分かれ、差し込む光が反射している地点を探し、MVの売りになるシーンに使えそうなアングルをチェックしていた。主人公とヒロインを演じる俳優にはまだ会っていない。それが誰なのかは、MVのプロモーション用スチール撮影の仕事もダブルで請け負っているトゥーのみぞ知るってわけだ。

オレたちは水族館で一時間ほど過ごしたあと、高架鉄道の人混みに揉まれながら、駅の連絡通路に作業の拠点を移した。けれどそこにいたのも短時間で、休憩もろくにとらずに、今度は撮影に使う屋上を見に、車で向かう。

……ほお、洗濯物がバタバタとはためいている。奥さんに言われて、せっせと物干し竿いっぱいに干したのだろう。真っ赤なパンツが風に吹かれてひらひらと舞っている。なんてロマンティックなんだ。

ステーキレストランでエアコンに当たったあと、水族館の湿った空気に触れ、そして今度は屋上の日差しにさらされながらの作業。撮影のためのアングルを探す傍ら、オレは国民ダンナ賞受賞者として、ヨメの一挙手一投足を見守る役目も務《つと》めた。だってここでサードが倒れたりしたら大ごとだ。

何がって、倒れたあいつを抱えて階段を下りるのが大ごとなんだよな。この急な段差、逃げだしたくなる。

「おっ、極上のマジックアワー、来た」

「だな」

「写真撮らない？」とトゥーが訊く。

返事を待たずにカメラを構えたところを見ると、オレがやつのモデルになってやらないといけないらしい。

「ポーズどうしよう？」

「おまかせで。サードと二人で入れよ。撮ってやるから」

親友は片膝を屈めて愛機を構えると、連続でシャッターを切る。

自分を撮ってもらったあと、オレはほっそりしたサードの体を近くに引き寄せ、腰にやんわり腕を回す。けれど手が少し触れただけで、やつはびくっとしやがった。ぎっくり腰にでもなっちゃったのか、なんにもしゃべらない。

「笑ってー。ほら、いち、に…さん…セイ・イエ――ス」

誰がお前にイエスなんて言うんだよ。

――カシャ！

「ポーズ変えて」

「もういいよ。日差しが熱いし。下りよう」

「あと十ショット～。連写してくれていいぞ」

隣の人が反論しないので、オレは調子に乗って次々とへんてこなポーズをとって、トゥーに撮らせた。トゥーはおかしそうに笑って写真を確認していたが、すぐに少し心配そうな表情をしてサードに近づく。

「サード、具合が悪いのか？　写真をチェックしたら、ダイコンみたいに青白い顔してるじゃん」

「オレ？　なんともないけど。顔に当たってる日光が強すぎたんじゃないか？」

「ちがう、マジだから」

色白のおでこにトゥーが手を伸ばす。が、オレのほうが早かった。その手を払い、代わりに自分の手の甲をさっとサードの額に当てる。

やっぱり熱はない。けれどヨメの顔色は悪くなってる。

「下りたほうがよくない？　ここ、ホントに日差しが強すぎる」

「そうしよう」

今度は誘導に成功した。下へ降りると、オレたちはすぐにトゥーのアパートへ向かった。

アパートの二十階には入居者が使用できるプールがあり、トゥーは撮影のために特別に三時間、そこを貸し切っていた。女優はあらかじめ決めておいた楽曲のテーマに沿った化粧をし、衣装を身につけてやってくるようだ。

ちょうど今、太陽の光がいい具合に射していた。トゥーは夕日が沈む瞬間と、夜の写真が欲しいらしい。そういう訳で、オレたちは再び、慌ただしくライトの準備をする。

「サード、お前は座って休んでろ。無理だったら寝てろよ」

プールサイドにはビーチチェアが並べてあって、横になれる。今がチャンスとばかりにオレは直ちに休むようにとサードを追い払った。

「でもオレ、なんともないし」

「いや、もうダメだって顔してる。体のほうもダメだって。早く行け。心配させるなよ」

やつは怒ったような表情をしたが大人しく従った。一方、オレは、プールを挟んで反対側にいるトゥーとボーンのサポートに向かう。

「トゥー、訊きたいんだけど」

「ああ、言えよ」

「ミュージックビデオのヒロインって誰なんだ？　オレが見たことある人？」

普段のトゥーはおしゃべりで、他人の秘密だろうが何だろうがバラしてしまう。それが今回は一言も口にしない。

「まあ、きっと見たことあるよ」

そう言うがこっちを見ようともしない。手だけを忙しなく動かしてせっせとカメラを磨いている。

「だから誰」

「すぐ来るから分かるって」

「オレらの大学の子か？」

「クライアントが大学の先輩なんだから、身内を連れてくるに決まってる」

「おい、いつまで隠す気だよ」

「そんなつもりないさ。ほら、来たぜ」

フォトグラファー・トゥーはそう言って、入り口のほうへ向かって顎をしゃくった。

一人の女性の姿がゆっくりとオレの視界に入ってきた。百七十センチくらいの長身、色白の顔、ツンと上向いた鼻筋、明るいブラウンの髪がすごく似合っている。

ぱっと見ただけで彼女が以前よりとてもきれいになっていることに気づいた。

以前って言ったのは、オレたちが過去を共有しているから。……そう、一年生のときのオレの彼女だ。入学して間もなく付き合った人だけど、すぐに別れてしまった。なぜって交際五カ月目に入る前に、オレは彼女より魅惑的な新しい人に出会ってしまったから。

地球は回り、お互いちがう学部に所属しているのにもかかわらず、今日オレたちは再び巡り会った。

「モーがこの仕事受けたこと、なんで言わなかった？」

オレは蚊の鳴くような声で尋ねる。

「お前がこの仕事受けなかったら困るなと思って」

「オレに知らせるべきだろ。ヒロインになるような子はたくさんいるだろうに、こんな身内を使わなくたって」

「ヒロインになるような子はたくさんいる、それは正しい。ただし、その子たちの九十九パーセントはお前の元カノなの。クソったれ。他の子に替えるか？　次の子はオレの元カノかもしれない。もしかしたらボーンの元カノの可能性もあるな」

自分のクズっぷりに、もう煮るなり焼くなり好きにしてくれって気分だ。ヒロインが誰であろうとかなりの確率でオレの後ろめたい過去に関わっていて、オレは彼女たちに脅かされ続けるのだ。

「カイ、元気？　トゥーも」

かわいらしい甘い声で挨拶しながら、彼女がオレたちのほうへやってくる。

「やあ」

「さっそく始めない？　私、このあとにも約束があって」

「いいよ。始めよう」

トゥーが「もう衣装もメイクもできてるんだよね？」と確かめる。

「うん、大丈夫。でもその前に荷物をビーチチェアのとこに置いてくる」

モーはそう言うと、ちょうどヨメがとろんと眠っている場所へとスタスタ歩いていく。

ヤバいぞ……。

引き止めようとしたが、もう間に合わない。仕方なくオレは距離をとりながら、不安な気持ちで彼女を追いかけた。

白いスカートを翻すモーは、辺りの雰囲気にぴったりなオーラを放っていた。美しい顔にはピンクのチークが施され、いつもより甘くて優しい印象だ。しかしどれだけ変貌を遂げていたとしても、サードは彼女のことを覚えているはずだ。

「ここに置いとくね。……あれ？　サード！」

起きちゃったよ――。ヨメが目を覚ましたぞ。

薄い色のまぶたが寝惚《ねぼ》けたように持ちあがる。白い顔にはまだ血の気がなく、どんな感情も表れていない。サードはもぞもぞとビーチチェアから起きあがると、到着したばかりの人物と視線を交わした。

「サード、私のこと覚えてる？」

「……」

「モーだよ」

「モー？」

サードはまだ混乱しているみたいだ。

「だから、カイの元カノのモー。久しぶり。元気にしてた？」

カイの元カノのモー！

カイの元カノのモー‼

カイの元カノのモー！！！

元気かなんて、サードに訊かなくていい。むしろ、オレにこの状況どうすんだって訊いてくれ。うわ――。母さん、クンポンちゃんを助けて。新恋人と元恋人が鉢合わせしちゃったよ。どうしたらいい？

会場のみんな、声援をくれええ。うおぉ――っ。

◆Mini special 2

頭がくらくらして体のバランスを失いそうだった。だから僕は急いでプールサイドの椅子に横になった。もうこれ以上歩くのは無理だ。今日は午後から夕方までキツかった。思うように動かない体で何時間も作業をこなしたおかげでズタボロだ。

けど眠ってからほどなくして、誰かの声で起こされた。最初は誰だか分からなかった。親しげな微笑を僕に向ける美しい女性。目を擦り、じっと凝視してから気がついた。カイの昔の恋人だ。彼女は久しぶりの再会に自己紹介までしてくれて、逆にこっちが動揺してしまう。

「サード？」

果てしなくあれこれ考えてしまい、我に返ったときには彼女が僕に何を尋ねたのかも分からなくなっていた。

「は？　ああ、なんて？」

「いいのいいの。サードすごく眠そうだし。私の荷物、見ててくれるかな。急いで撮影しないと暗くなっちゃうから」

しなやかな体がプールの縁を歩いていく。一方でカイは突っ立ったまま立ち去ろうとせず、静かに僕の顔を見ている。

「何心配してんの？」

「いや」

「お前の元カノだろ」

「ただの……元カノだ」

「モーが撮影に来ること、なんでオレに言わないんだよ。わざと隠してたのか？」

続けて尋ねた。それ以上のことは何も考えていなかった。尻尾を捕らえようとするみたいに目を細めてカイを見る。何もないってことは分かってる。でも訊いてみたかった。知りたい。

「オレもさっき知ったばかり。オレが来なくなると困るからって、トゥーが秘密にしてたんだ」

「そうなんだ」

「体調のほうはよくなったの？　顔色が悪いな」

「なんともないよ、丈夫だし」

本当はそんなに大丈夫じゃなかったけど、知ってる通り僕は痩《や》せ我慢をしがちで、すぐに平気なふりをしてしまう。我慢できるなら無理してでもやってのける。今日もそう。ずっとやりたいって願ってた仕事だから、なんだってたいしたことじゃない。

問題なのは思った通りに体が動いてくれないってことだ。もしブリーフがこんなに早くもらえるって前もって分かっていたら、死んでもカイに体を許したりしなかったのに。

「トゥーとボーンを手伝いに行けよ」

「妬《や》いたりしてないよな？」

「バカだなぁ。子どもじゃないんだ」

僕が追っ払うみたいに雑に手を振ると、カイは分かったように頷いて背を向けて二人の友人のほうへ歩いていった。

夕方から夜にかけてのMVのサムネイル撮影は、それほど機材を使わない。広い開口部を備えたレンズと外付けのストロボを準備し、光の調整をすればいいだけだ。実際、人手もそんなに必要ない。仕事をしている仲間を盛りあげるために一緒にいるだけだ。

すぐに撮影が始まった。ちょうど日没が近づき、辺りには美しい太陽の光が射す。トゥーが熱のこもった表情でシャッターを切り、時おりモデルの衣装や髪を整えてくれとカイに依頼している。

「眉根を寄せちゃって。焼きもちか？」

僕の傍にボーンがやってきた。こいつは天才だ。人をムカつかせ、天を仰がせるテクニックにおいては。

「そんなこと考えてない。で、お前は？　手伝いはもういいの？」

「何をするってんだよ。暗くなったらライトを手伝うつもり」

「そっか」

「ところでお前、よくなったのか？」

ボーンが尋ねる。しかしこれは興味本位に質問しているだけなのだ。だって、やつの顔は僕のことを心配してるようにはまったく見えない。

「なんともないよ」

「そうかな。今日は歩き方が変だぞ。足、どうかしたのか」

その言葉に顔が引きつった。お前、気づいてたのか。

「昨日の夜、ちょっと激しい運動しちゃって」

「室内で？　ベッドの上でか？」

「クズめ。動画を観ながら運動したんだよ」

「AVでも観たのか」

「ったくううう――」

「サード、なんで腹を立ててんだ？　幽霊でも乗り移ったんじゃないだろうな。それとも何かごまかそうとしてるとか？」

「お前、もう一言でも訊いてみろ。顎が外れるまでぶちのめす」

「カイと何かあったんなら言えよ。どうして友達に隠すんだ」

ピキーン！　さっき引きつった顔が、今度はぴくぴくと痙攣《けいれん》する。

まさかそこまで見抜かれるとは。普段通りに見えるように、歩き方には精いっぱい気をつけてたはずなのに。体中についているキスマークも、服を着れば一カ所だって見えてない……はずなんだけど。

「お前の耳の下、真っ赤になってるぞ。ずいぶん派手に吸われたもんだね」

ホワッツ・ザ・ファ――――ック。カイ、あの最低野郎。おのれええ。速攻で虐待事件として言いつけてやりたい。だが、手遅れだ。部屋を出るときにちゃんと確認したのに。見えちゃダメなものが見えてないかって。何も言わないからてっきり大丈夫だと思っていたら、なんてことだ……。

「なあ、誰にも言わないでくれないか？」

動かぬ証拠の前に屈服し、僕はうつむいて渋々事実を認めた。

「なんで恥ずかしがるんだ。自然なことだろ。長く付き合ってんのに、お前らがまだ何もしてないってほうが心配になる」

「だって、お前らがからかうから言いたくなかった」

「もちろんからかうでしょ。まだ慣れないのかよ？」

そりゃ、まあそうだな。

「で、昨夜は何回したわけ？」

「……」

僕は黙った。自分の顔が一気にカッと熱くなったのが分かる。

「ま、カイの記録から推測すると、二回だな。頑張って三回。それで……挿れたときは痛かった？」

「なんでオレはそんな下品な質問に答えてやんなきゃいけないんだ！」

あらん限りの声で反論した。まったく、人を挑発して怒らせるのが好きなやつだ。おかげで向こうで仕事をしているみんなが一斉にこちらを振り返る。

「友達だろ。知りたがっちゃいけないのかよ」

「そりゃ痛いに決まってるだろ。でなきゃこんなに足を引きずるもんか」

「ほお――。痛いのになんでヤらせたの？　一回ヤって懲りたなら分かるけど、二回も三回もってのは解せないなぁ」

「痛いってだけの問題でもない」

「ほーらな！　三回やったって認めたな」

「サイテーだな」

「ウヒヒッ。オレのも大きいよ、ってな～」

「もう消えろ」

頭痛で頭が爆発しそうだってのに、この悪友は根掘り葉掘りほじくり返して、僕のことをすっかり丸裸にしてしまった。相手に淡い恨みの念が湧き起こる。いつかボーンが真剣な付き合いを考えている恋人を紹介してきたら、こいつの悪行をすべてバラして別れさせてやる。

「初めてヤったカップルって、普通は何日もベッドでぐったり横になったままらしいけど、お前はすごく変わってるなぁ。超人みたいに立ちあがって、フットワーク軽く動けるんだから」

「オレはすごいんだよ」

僕になり代わってみれば、お前にも分かるはずだ。痛みに体が引き裂かれるとは、どういうものか。

「さすがオレの友達。これからもずっとすごいやつでいてくれ」

「もちろん」

「だけど今は顔が真っ青だぞ。体も発熱してるっぽい。薬は持ってきたのか？」

僕はかぶりを振った。昼食のあと、こっそり飲んだ薬が最後だ。だってみんながこんな時間まで仕事をするなんて思わなかったから。その上、まだすぐには終わりそうにない。

「腹減ったか？　オレの部屋に食うもんあるけど」

「もう大人だよ？　終わったら部屋に帰ってカイと食べる」

「じゃあ好きにしてくださいな。人でなし坊や～」

ボーンは僕の頭を小憎たらしそうにくしゃくしゃにした。

ふいに、やつの下ろしたてのスマホが鳴りだした。ハンサムな顔が僕のほうを向き、何かを企んでいるようにつんっと眉を持ちあげる。ボーンは続けて、知らない誰かの名前が表示されている画面を僕に見せてきた。

「――どうしたの、ハニー」

電話に出た親友は、そそくさと向こうへ歩いていく。


〝ハニー16〟


うお――、あまりにも馬鹿馬鹿しくて、溢れる涙を抑えられない。

ボーンはいつも、自分のいろんな秘密を僕に教えてくれる。僕の記憶にまちがいがなければ、このハニー、つまり愛する人って意味だけど、やつがアプローチ中のハニーは九人だったはず。それが今じゃ十六人にまで増えてるってこと？

頭がどうにかなりそうだ。お前の未来のヨメに心底同情するよ。

口さがない人物が十六人目のハニーとおしゃべりに行ってしまうと、辺りは再び静まり返った。僕はプールの向こう側にまっすぐ視線をやると、なんとか体を起こしまだわずかに震える足で立ちあがった。

　このまま我慢して寝ていたら、ホントに具合が悪くなりそう。だから自分を奮い立たせ、できるだけ軽やかな足どりで歩く。かなりひどい気分だったけれど。

「サード、なんで来るんだ」

　撮影チームに近寄った途端、カイが尋ねてきた。

「退屈だから。夕方に寝るのは健康によくないって言うだろ」

「具合が悪くなるぞ」

「オーバーなこと言うなよ。すっかりよくなった。で、何を手伝えばいい？」

「今はいいよ。ちょっと写真を確認させてくれ」

　トゥーはいきなり撮影を中断すると、カメラの画面を覗き写真をチェックし始めた。モデルであるモーも近づいて、同じように眺めている。

「さっきのスマイル、すごくよかった。でも自然な感じじゃないんだよな。こんな感じのをもう一度お願い」

「オーケー。これよりあとの写真も見せてもらえる？」

「全然いいよ。じゃあすぐ戻るから、ションベン行かせて」

　プロカメラマンはそう言うと、超高速でいなくなった。

　おかげで僕らのいる一帯は完全なデッドエア状態に支配された。カイは新しい恋人である僕と、焼《や》け棒杭《ぼっくい》である元恋人のモーの間に立っている。モーは僕とカイが現在付き合っていることを知っているのだろうか。

僕たちは別々の学部だった。自然と会わなくなり、連絡もとり合わなくなってずいぶん経つ。モーが知らないことがあってもおかしくはない。

「カイ、この写真見てよ」

「うん……」

ノッポが呼ばれた。やつが何か言ってほしそうにこっちを見たので、僕は頷いて許可を出す。

モーは楽しそうに笑っている。手には写真をチェックするために大きな一眼レフカメラを持っていて、その姿はまさにベタベタのミュージックビデオに出てくるヒロインそのものだ。

「この写真、カイが私を撮ったときのに似てる。明るさもちょうどいい」

「……！」


くすぶる炭はまだ熱をはらんで　また燃え上がるときを待っている

人気歌手が歌う切ないバラードのワンフレーズが頭をよぎる。どうかこのテーチャポンに水をください。大きなたらいに二杯くらい必要です。くすぶっている火を消しますので。

「トゥーのほうがきれいに撮るよ」

ほおー、お前は過去の自分は否定しないんだな。

「うわぁ、この写真もきれい。ねえカイ。私、これまでと今、どっちがいいと思う？」

「こっちかな」

「どうして」

「前よりすごくきれいになったし」

ああ――。ごめんなさい。僕、何か邪魔してる？

自分が「喉に刺さった小骨」になった気がして、僕は慌てて口を開く。

「えっとオレ、トゥーを呼んでくるよ。全然戻ってこないし」

僕はこの窮地から逃れたくて、急いで関係ないことを言った。けれど、大きな手にその場へと引きとめられてしまう。

「どこにも行くなって。そうだモー。オレがサードと付き合ってるの知ってる？」

「……！」

そう来るか――？

「聞いてはいたけど、ただの噂だと思ってた」

「いいや。ホントだ」

「あー、オレ、トゥーを捜してくるね」

「いいって。あれ見ろ！　トゥーが戻ってきた」

ノッポが指差した先に、無骨な親友が股間をかきながら歩いてくるのが見えたので、僕はほっとして思わずふうっとため息をついた。少なくともさっきまでの気まずさからは解放された。

それからは、僕とカイのわけの分からない関係について話題にする者はいなかった。モーもモデルとして自分の役割を務めるだけで、その話題について口にしようとする気配はない。

撮影作業が再びスタートし、太陽の光が地平線に消えた。ボーンとカイはやっと重要な任務、つまりライトを調整したり、レンズやストロボを交換したりする仕事を始める。僕のほうは雑用係だ。たとえばモデルの髪型を整えたり、カメラのアングルに合わせてスカートの裾を引っ張って、きれいに翻っているように演出したり、みんなのための飲みものをサーブしたりと動きまわる。

僕は何度も腕時計を確認した。トゥーがここは気合を入れて撮影を一気にやってしまってから解散しようと言うので、まだ誰も何も食べていない。僕自身はそれほど空腹を感じていなかった。けれど友人たちが心配だ。

……なんでだろう。やけに寒気がする。本当に体調を崩しかけているのかも。

汗は一粒も出ていないけど、頭がくらくらする。部屋に戻ったらやりたいことは一つだけ。体をブランケットに押し込んで、心ゆくまで眠りたい。

「おい。モーの顔、脂浮きしてるぞ。パウダーをはたくか」

トゥーの声が大きく響いた。

「ビーチチェアのとこに置いてあるんだ。ちょっと待ってて」

「大丈夫。オレがとってくるよ」

「サード、お前はいいから」

低くて響くカイの声が制止した。それでも僕はかぶりを振って平気だと伝える。やつだってライトを見てなきゃいけないんだから、こんな雑用で煩わせたくない。

駆け足でビーチチェアのある場所へ向かい、黒いレザーの鞄を開いてパウダーのケースをとりだす。そして踵《きびす》を返してみんなの元へ引き返すつもりだった。なのに、思うように走れない。まっすぐ前へ進もうとしても進めないのだ。ひどい耳鳴りまで始まり、両耳がガンガン鳴っている。僕は仕方なくいったん足を止め、意識を保とうと頭を振った。

さっき急いで振り返ったせいかもしれないな。そんなことを考えているうちに、両目に映る景色がまるで分厚い布を被せられたみたいにぼやけた。そして……。

――ドボンッ‼

つい直前まであった意識がすべて吹き飛んだ。気づいたときには身構える暇もなく、体がプールの冷たい水にぶつかっていた。

「ぶはっ！」

すべてがあっという間だった。なんとかしなければと、ありったけの力でもがく。

目や鼻に水が入り込んできて咽せ返った。水を蹴って体を浮かそうとするが、なんの手応えもない。とてつもなく足が痛み、体中が痺れ始めた。今日は歩くのだって難しかったのに、泳げるはずもない。

突然、苦しさを感じ恐怖が襲ってきた。しかし体は言うことを聞かず、頭だけが水の上に出たり沈んだりを繰り返す。大声で騒いでいるプールサイドの人たちが視界に入る。頭がぼんやりしてきた。力尽きて沈んでしまう前に誰でもいい、助けてくれ――。

「サード！」

最後に聞こえたのは、僕を呼ぶカイの声だった。水中でまぶたを開きそちらを見上げるものの、体は深いプールの底へ沈んでいく。それでも僕は水に沁みる目を開けたまま、見つめていた。自分のことなどお構いなしにプールに飛び込んだ、やつを。

「おい、どけって。サード！　サード！」

オレは横たわっている人の名を必死に叫んだ。プールから引き上げた体はぐっしょり濡れていて、その顔はこちらが不安になるほど青白く血の気がない。何度も軽く頬を叩いてみたが、サードは意識を失ったままだ。

「シャツのボタンを外せ」

オレは即座に友人の指示に従い、急いで一番上まで留められていたボタンを外しにかかった。手を止めることなくそのままいくつも胸まで外していくと、オレのつけたキスマークだらけの青白い肌があらわになる。だが、今はそんなことを心配しているときじゃない。割って入ってきたトゥーがサードの胸を二、三度押すと、やつはつらそうに水を吐きだした。

「ぐふうぅ……っ」

サードは言葉にならない声で呻《うめ》いた。体も小刻みに震えている。意識がはっきりして意思の疎通ができるようになるまで、しばらくかかった。

プールに沈んでいくサードを見たときは、びっくりして心臓が止まるかと思った。頭の中が真っ白になり、どうすればいいのかまるで分からなかった。ただ体が自然に反応し気づいたときには水に飛び込み、サードの体を捕らえて抱きかかえていた。

「サード、大丈夫か？」

ボーンが同じく驚いた顔で尋ねる。

「へ……平気」

「なわけないだろ。――おい、オレ先帰るな」

「その前に、オレの部屋で寝かせてく？　とりあえずタオルと着替えをとってこよう」

今度はトゥーが言う。

「大丈夫だ。こいつをできるだけ早く部屋に連れて帰ってやりたい。ヤバかったらすぐに近所の病院に連れていく。とにかく、終わりまで手伝えなくて悪いな」

友人が分かったと頷いたのを見て、オレは急いで全身をガタガタ震わせているサードのシャツのボタンをすべて留め直し、やつを抱え上げるとただちに車で部屋へ戻った。

どれほどスピードを出したか覚えていない。部屋に着くとオレは、急いでサードの服をすべてとり払いベッドに寝かせた。その顔は苦しそうに歪められていて、唇は乾いてひび割れている。眉根を寄せる表情からオレにも苦しみが伝わってきてさらに心配になり、手早く体を拭いて服を着せる。

「サード、とりあえず飯を食べよう」

名前の主は細く目を開けると、首を振る。

「腹減ってない……」

「食べないと。それから薬を飲むんだ」

「寝たい。寒い」

エアコンの風はそれほど強くない。サードの状態は、きっとかなりひどいのだ。だってブランケットを二枚も被っているのに震えが収まらないんだから。

「食べさせてやる。寝てろ」

「平気。ホントに平気なんだ。体はすごく丈夫だから」

「自分をごまかすのもほどほどにしろ」

「オレは平気だ。誰のお荷物にもなりたくない。お前のお荷物にもなりたくない」

そう言ってる間にも、その瞳から透明な涙が溢れ、頬をぐしゃぐしゃに濡らす。どうしたらいい？　ヨメが泣きだしちゃった。どうすることもできずただサードを抱きしめ、子どもにするように背中をさすって慰めの言葉をかける。

「お前は水に落ちたんだ。平気なわけがないだろ。オレ、胸が張り裂けそうになった」

「……」

「お前はオレのお荷物なんかじゃない。サード、やってあげたいんだ」

オレだって、こいつがこんなになってしまった原因の一つなんだから。

「食べよう」

インスタントのお粥に卵を入れただけだが、病人の空腹を紛らわすことくらいできるだろう。しかし半分も食べないうちに、サードは塞ぎ込んだ表情を作った。もうダメだと弱々しい声で言い、また泣きじゃくろうとする。

「先に薬飲め、な。どんな気分か言ってくれ。ヤバかったら医者に連れてくから」

「寝たい」

「頭痛はする？」

「少し」

「ホントのこと言ってよ」

「ズキズキする」

「尻は痛い？　あそこは？」

サードはうつむくと、恥ずかしそうにこくんと頷いた。体を拭くときに見たけれど、思ったほど腫れていなかったから、ひとまず安心していいだろう。

「病院、行くか？」

「行かない。薬飲むし」

サードは医者には行かないとかなり駄々をこねたけれど、痛み止めの薬と抗炎症剤、そして解熱剤は渋々飲んでくれた。これで思いきり休ませることができる。

オレは時おり、サードの額と首筋に触れて体温を確かめた。体は三、四時間ごとに拭いてやることにする。今夜は眠れそうにないな。シャワーを浴びたらテーチャポン坊ちゃまにぴったりと付き添い、特別にお世話をする家来の役目を務めるんだから。

夜中になるとサードは、まるでアラスカにでもいるみたいに口を震わせて、寒いと呻き声を上げた。そんなやつを丸ごと抱きしめて、精いっぱい温めてやったのはこのオレ。そんなふうに誠心誠意を尽くした人物は、そのあとどうなったでしょう？　答えは早朝、ヨメの「暑い」という一言とともに蹴っ飛ばされてベッドから落ちた、である。

なんなんだぁ――。寒いと言ったり暑いと言ったり、いったい何がお気に召すのか。まったく予測不可能だ。

とはいえ、サードの額に滲む大粒の汗が少なくなり、熱が下がっているのに気づいてオレはかなりほっとした。昨夜は青ざめていた顔にも少し赤みが戻っている。この様子なら、オレは新しいヨメを探すなんて必要はなさそうだ。だってサードはこの通り頑丈だし、この先もずっとオレと一緒にいるんだろうから。

早い時間に起床したオレは、もう一度サードの体を拭き服を替えてやる。そして部屋を出て、ベッドの上の人のためにインスタントのお粥を作り、飲み薬を準備する。シンプルなメニューとはいえ、完璧な美味しさだ。どうしてかって？　だってオレはお湯しか入れていないから。余計なことはしないに限る。ハッハッハッハッハー。

「お粥だよー。そちらまでお持ちしますからね、オクさま」

「食えるのかな。犬のエサみたいな味じゃないの？」

「そんな口が利けるってことは、元気になったってことだな。昨日の夜はお化けにとり憑かれたみたいにぶるぶる震えてたくせに」

「ふん」

――Rrrrrr……！

電話の音が響いた。トゥーの番号だ。オレはその場を離れ、しばらくトゥーと話してから通話を切った。ベッドの枕にもたれている人のほうを振り返って、オレは自分がずっと見つめられていたことに気がつく。

「トゥーが電話してきた。ちょっと外に出てくる」

正直に言う。

「出かけるの？」

「そ」

「ふうん……」

どこへ行くのかは訊かない。けど、口調はすごくしょんぼりした感じ。

「一人でいられる？」

「もちろん。コホッ、コホッ」

もー！　咳までする？　さっきまでなんともなかったのに、いきなり咳き込んじゃってるし。

「ホントに平気だな？」

「頭がちょっと痛い。まあ早く行けよ。コホ……コホッ」

「なんでそんなにひどくなっちゃったんだ。ホントに大丈夫か？」

「大丈夫。行きたきゃ行けよ」

迫真の演技。蹴飛ばしたくなるくらい同情を引こうとしている。ほう、今度は口をひん曲げて泣く準備か？　ったく……ハニーったら。弱ってるときは、むちゃくちゃかわいらしく甘えてくるんだから。

「ちょっと行ってくるだけ」

「分かってるよ。オレはただ具合が悪くて、頭痛がして、体が痛くて、ご飯が喉を通んないだけ。それほどたいしたことはないから」

「サード」

「体調が悪いだけなんだ」

「聞けって」

「寒気が……」

「オレは一階に行くだけ。ミニマートのとこ」

「……」

「お前がプールサイドに財布を忘れてきたんだ。それをトゥーが持ってきてくれたから、受けとってくる」

「そうなの？」

「そ。遠くに出かけるわけじゃない」

「言わなかったろ」

「お前が訊かないからだ。で、咳は治ったの？」

「まだだ……まだあんまり。ケホッ」

「寒気すんの？」

「寒い……」

「ブランケットかけとけよ」

本当にこの「ニイヅマ」ぶりには、参ったものだ。具合が悪いときでもこんなに振りまわされてるのに、普段の状態ならどうなることやら。けど、構わない。どんな目に遭おうとも平気だ。だってこっちは百戦錬磨の強者《つわもの》なんだから！

あ、それから仲間たちにオレたちの関係が前進したの秘密にしとくって話だけど、あれは無理だった。あいつらは最初っから察してた。ただ、しっかりバレたのは他でもない。ヨメが水に落ちて、オレが慌ててやつのシャツのボタンを外したとき。元の肌の色が分かんないくらい、全身に真っ赤なキスの痕がついてたから。

あのときサードが気を失っててよかった。じゃなきゃオレのことボロクソに罵ってたはずだから。

神よ、アーメン。

《SPECIAL Ⅲ》
Perks《パークス》 of《オブ》 being《ビーイング》 together《トゥギャザー》

◆Mini special 1

人間の関係性とは、映画のようなものだ。

友情を描いた映画は友人関係、家族を描いた映画は両親や兄弟姉妹の関係、恋愛映画は恋人同士の関係、というふうに。

しかし、誰かさんの場合は……どのカテゴリーに入れるべきなんだろう。

もしかすると、密室での殺人を描いた映画に分類されるのではなかろうか。


――カシャ、カシャ！

「いいよ！　手で髪をかきあげてみて。そう、いい感じ」

――カシャ！

「まっすぐカメラを見て。ちょっと頭を下げて。はあい……素晴らしい」

俺が注意を向けているのは、モデルの体をズームアップしているレンズではない。レンズの焦点の向こう側で俺を捉えて離さない、黒いブラジャーから溢れている大きなおっぱいである。

「次はどんなポーズがいい？　トゥーが考えて」

「じゃあベッドに横になってみて。きれいに撮ってあげる」

細くしなやかなモデルの体に視線を這わせて、食い入るように眺める。白くてきめの細かな肌の持ち主がベッドに仰向けになった瞬間、俺は待ちきれずに彼女の上に立ち、カメラを構える。

絶好のアングル。撮影にとってだけではない、情緒にとってもだ。

――カシャ！

「足をちょっと上げて。ベッドから体を起こして、カメラを振り向いてみて」

「トゥー」

「はい？」

「撮影はもうおしまいでいい？」

甘ったるい声がせがむように言う。俺はカメラを下ろすと、まっすぐに彼女を見つめながら、口を開いた。俺の頬に浮かんでいるのは、経験豊富な人特有の微笑みだ。

「撮影しないなら、何をしたらいい？」

「トゥーが考えてることよ」

ほっほう、来たな！　俺が考えてることって、ベッドサイドのキャビネットにストロベリーの香りのコンドームがあったよなってことなんだが。じゃあ今日は真っ昼間から始めちゃいますか。

俺にとって一人の人間との関係は、エロティックな映画と同じである。数時間という瞬く間であっても、一年という長い時間であっても、エロティックな作品であることに変わりはない。

なぜだか分かるだろうか。俺の持つ関係はすべて愛情とは無関係のものだから。ようは、ひとときの気まぐれ。その気まぐれが数えきれないほどの――セックスに繋がっていくのである。

「なあ、明日映画レビューに行かない？」

教室の真ん中で心の友、ボーンが俺を誘った。そのイベントは〝サーズデー・シアター〟。フィルムの学生ならよく知っている。毎週木曜日にみんなで集まって映画を批評し合うというものだ。

「ああ……行く。舞台公演の経費を稼ぐために、映画のＤＶＤのオークションもやるらしいしな」

「サードお前は？　行く？」

「タイトルは？」

ボーンが口にしたのは、日本を舞台としたアメリカのロマンス映画だった。

「行く行く」

「おいっ、オレも行く！　なんだお前ら、誘ってくれないのかよ！」

悪党カイめ、鬱陶しいったらありゃしない。やつはサードを口説き落とそうと、もうよせってぐらいしつこくつきまとっている。言いたくはないが、二人が付き合うなんてのは目ん玉を引っくり返すくらい難しいだろうな。

じゃあお前は誰の味方なんだと問われれば、俺はもちろんサードの側に立つ。サードの恋のグラフが急降下して底なしに落ち込んでいたときも、あいつを支えていろいろ手助けしてやった。そして今、そのグラフは徐々に上昇しつつある。

「じゃあ明日な」

「オーケー」

部屋に戻るとさっそくストックを引っくり返し、オークションに出すための古い映画のＤＶＤを探す。二、三枚、候補を見つけたとき、ガラクタ入れの一番奥に突っ込んでいたある映画が目にとまった。サードならよく知っている。俺がその映画をすごく好きだって。ただ、それがピュアな恋愛映画であるせいで、やつ以外には誰にも好きだと話したことはなかった。

普段の俺は恋愛映画の類いはあまり観ない。だが不思議なことにその作品が大好きになってしまい、こうしてDVDをとってあった。その映画はいわゆる「カミング・オブ・エイジ・ムービー」系の一作品といっていい。なぜなら、俺に子どもから高校生へ、そして大学生になるまでの日々を思いださせてくれるものだから。

そして俺にはもう一つ、誰にも話していない秘密がある。この作品を好きな理由だ。

それは一人の女性の存在だ。

彼女は初恋の人ではない。けれど彼女の人生に入り込みたいと、夢のような感情を抱いた人だ。俺がコミュニケーションアーツ学部に入った理由は単純におもしろそうだったからだが、写真を撮るのが好きになった理由は、彼女がいたからだ。

高校三年生の終わりに同級生たちにメッセージを書いてもらったノートには、彼女の文字もある。彼女の顔が脳裏に浮かぶたび、俺はそのノートを引っ張りだして眺める。

三年一組のリン。本名はラリター。学内の成績優秀者十名のうちの一人。

その彼女が今どこにいるかと尋ねられたら、俺はこう答えることしかできない。すぐ近くにいる、って。

同じ学部に、だ。

このことを知る人間はいない。サードにさえ言おうとは思わない。なぜなら、傷つくのは俺ではなく——リンのほうだろうだから。

よく言うように、人生には失望と向き合わなければならないときもある。どれほど完璧な人間であっても、何かしら思い通りにいかないことはある。俺のように平凡な人間ならなおさらだ。他人を傷つけるような望みを願う限り、自分自身も同じように痛みを甘んじて受け入れなければならない。

映画のＤＶＤのオークションがあるせいか、今日のサーズデー・シアターは、いつもより賑わっていた。オークションの収益は毎年実施している舞台公演の運営に使われる。俺も三本の作品を出品した。ごくごく普通のことなのだが、普通じゃないのは心の友であるカイだ。あのバカ、アダルトビデオなんか出品するもんだから、会場は大盛りあがりだった。

あとになって、やつに恥をかかせるためにボーンが選んで出品させたんだと分かり、かわいそうにと同情した。とはいえカイのように厚顔無恥な人間は特に何も感じないんだな。あのお坊ちゃまは見知らぬ他人や、それほど親しくもない人間の視線なんて気にしない。やつの顔色を変えさせることができるのはサード、ただ一人である。

サードも思い切ったことをした。カイに買ってもらった映画のＤＶＤをオークションに出したのだ。おもしろいことになったので友人にさらにムキになってもらうため、俺は他の連中と一緒になって入札価格を吊り上げてやった。

イベントが終わると俺たちは解散した。サードはカイと部屋に帰ったし、悪党ボーンは女の子とどこかへ行ってしまったので、俺はこれといって目的もないまま口笛を吹きながら階段を下りた。何か美味しいものでも食べて部屋へ戻り、先週撮ったばかりの写真の加工作業をするつもりだった。

しかし突然、立ち止まるしかなくなった。階段を上がってきた人物が俺の立っている段の一段下で足を止める。

リンじゃないか！

「あ、トゥー」

いきなりの挨拶。心臓がどくんと重たく鳴る。

「やあ、リン」

「サーズデー・シアターのオークション、来てたんだ」

「そ。リンは？」

「ポン先輩と待ち合わせしてて」

「そうなんだ……じゃあ……」

「じゃあまたね。バイ」

「バイ」

ごく短い言葉で、相手の心がよく掴めない。我に返ったときにはもう俺たちはすれちがい、それぞれ別の方向へ歩きだしていた。

リンは美しくて、勉強ができて、礼儀正しい。俺とはまるで正反対。そんな俺たちが同じ学部にいるのは偶然じゃなかった。彼女がここを志望していると知った俺が、必死で受験勉強をして追いかけたんだ。

俺は勇気を出してリンに告白しようと、一年のときから考えていた。何度もチャンスを窺った。けれど、最後に一歩ちがいで彼女にアプローチした上級生に先を越されてしまった。

その人がポン先輩。映画科でかなり人気のある上級生だ。二人の恋愛は思った以上に長く続いていた。二人が別れたらすぐにでも新しい恋人として名乗りを上げる、という俺の計画もダメになった。

何せ二人は付き合って三年になっていたし、別れるような気配も感じられなかったから。

リンと先輩が付き合い始めた頃、俺は一カ月近く自暴自棄になった。酒や煙草を始めたのもその頃で、墜ちるとこまで墜ちたひどい生活を送った。平凡なトゥーは極上のプレイボーイのトゥーに変貌を遂げた。クズの集まりである人でなし組に加わると、俺はヤりまくってる人間ってことで、それなりに名が知られるようになった。

こっそりリンを撮ることから始めた写真は、エロティックな被写体を撮る仕事へと比重が傾いていった。当然のことながらそれは刺激的で、俺はモデルになった子や大学の女の子など、たくさんの女性と関係を持った。

そして俺は誰かと寝るたびにリンのことを想った。彼女は触れることのできない夢のような存在で、心の奥に潜んだままの存在だった。もし誰かと付き合う状況になっても、彼女を忘れることは決してない。俺はすっかり彼女の虜《とりこ》になってしまっていたから。

「おう、トゥー。そんなにしょぼくれちゃって。女にフラれたか？」

ムナクソ悪い挨拶が聞こえて、俺は声のしたほうを振り返った。すると上背のある四年生、アン先輩が腕組みをして立っていた。

「なんです？」

俺は急いで階段を下まで駆け下りて、相手に近づく。

先輩とは俺が一年生の頃からの顔見知りだ。けれど話をしたり、一緒にイベントをしたりという機会はそれほどなかった。毎年の舞台公演でも、俺に与えられたのはさほど重要じゃない仕事で、先輩と一緒に作業をすることは滅多になかった。けど、今年はこれまでと事情がちがう。先輩は各班との調整役を担う舞台監督で、俺はカメラマン。おかげで俺たちは親しく話すようになっていた。

「なんで俺に向かってしかめっ面してんだ？」

またこっちをからかうようなことを言う。

「何もしてないでしょ。先輩、相当暇みたいだね」

「暇だよ。スヌーカー〔ビリヤードの一形態〕でもやろうと思って。興味ある？」

「ないな。そういうの好きじゃないんで」

「同じだ」

「えっ、行きたいんだろ？　どういうこと？」

このアンという四年生は女好きで名を馳せている人間だ。なるほど、ずば抜けて魅力的な体格といい、容姿といい、学部随一の女たらしの名に相応しい。

この引き締まった体つき。カチコチのシックスパック。一度、やつの腹を拳で殴ったことがあるが、骨の髄まで痛みが走ったほどだ。

「友達に誘われただけだ。混乱することないだろ」

「あっそ」

「で、そっちはどこに行くんだ？」

「食いもんを探しに。一緒に行く？　あ、暇じゃないんだった」

「暇だ。待って、電話してキャンセルするから。スヌーカー得意じゃないし」

言うことがコロコロ変わりすぎだっつうの。

言い争いをしたくないので、俺はこの四年生がついてくるままにさせた。言っておくが別々の車でだ。こういう夕方の時間帯なので、俺のいつも行きつけの食堂へ行くことにした。二人で好きなものを腹に収めると、続けて先輩に夜風に当たりながらのビール飲みに誘われた。それが終わるとさらに俺が知らないお気に入りの店に連れていかれた。

その店はかなり奥まった場所にあった。あまりにも奥まりすぎていて、先輩に引きずり込まれて殺されちゃうんじゃないかと怖くなり、横丁に入るのが一瞬ためらわれたほどだ。辺りはショップハウス〔長屋式の店舗〕が続いていて、小さな食堂が軒を連ねている。俺を連れたアン先輩は、テーブルを数卓並べただけの、客もまばらな古ぼけた店の前で足を止めた。

「ここ、ホントに美味いの？」

ほとんど囁きに近い声で尋ねる。

「ああ。この店の鶏の足入りトムヤム《ティンガイ》〔酸味のあるスパイシーなスープ〕がサイコーなんだよ。チェーンとは一週間に三回は来てる」

なるほど。どうりで先輩、人の「揚げ足」をとるのが好きなはずだね。

「そんなに？　普段トムヤムってあんまり食べないんだけど」

「まずは食ってみろって。――すみませーん！　鶏の足鍋スープ、一つ」

「はいよ～」

店の女性が威勢のいい声を返し、注文したメニューを作りだす。

このエリアは大学からかなり離れている。だから聞かれるまでもなく、俺はこの辺りの店で食べたことはない。だがアン先輩はあちこちに知り合いがいるし、いつも美味い店を探して回ってる。こんなに奥まったところにある店を知っていても不思議ではなかった。

「そんなに大好きなんだ？」

とりだしたスマホで何やら忙しそうにゲームを始めた相手が癪《しゃく》に障り、俺のほうから会話に誘う。

「ゲームのこと？　それとも鶏の足？」

「まあどっちもだね」

「ゲームはそれほどでもない。普段はストレス発散にやるぐらい。鶏の足は大好き」

「この店、どうやって見つけたの？」

「ドライブがてらウロウロしてたら、おおおって感じで見つけた」

はっ！　そんなに簡単に？　知られている通り根っからの「知られざる名店」マニアなんだな。

ああ、それからもう一つ、学部生の間で知られてる先輩についての有名な話がある。先輩があらゆるセックストイを売ってる闇販売店の集まる場所をよく知ってるって話。みんな廉価な商品を手に入れたいときには先輩に依頼している。拝みたくなるようなクズっぷりだ。

「てことは、先輩の友達もよく来るんだ？」

「常連だ。飲んだあとにはしごしてこの店に来るんだよ。まあ、親しいやつらとだけだけど」

「女の子は連れてきたことないの？」

相手を窺うように尋ねてみる。女たらしにはいくつかタイプがあって、その大部分は女性のとり合いで互いに仲が悪い。しかし幸い俺とアン先輩はそんなことはない。

「オレの連れてる女がこういうの食べると思う？」

「は？　好きかもしれないだろ」

「贅沢《ぜいたく》なメシに慣れてんの。一回が千バーツ以下ならしょっぱいってなるな」

「豪勢なことで。その金、友達とか後輩に回してくれよ」

「友人にはしょっちゅう奢ってるさ。しかし、後輩は難しい」

「なんで?」

「ふざけたやつが多くてね」

「よかった。オレはふざけたやつじゃなくて。今夜は奢ってね」

「オレが言ってんのはお前のことだ、トゥー!」

そんなにムキにならなくても。なんだよ……。

この店はスピーディーだった。待つこと十分ほどで、ぐつぐつと沸騰した熱い鍋がテーブルの真ん中にサーブされる。俺はお椀とスプーンという武器を手にしたまま、様子を窺うように鍋をじっと眺めた。しばらくして目の前の人物がこらえきれない様子で口を開く。

「食ってみろって。この店はバンコク中で一番美味いから」

大風呂敷広げやがって。とはいえ、食べてみないと口に合うか分からない。俺は熱々のトムヤムのスープをお椀に入れた。次は鶏の足だが、どこから手をつけていいか躊躇《ちゅうちょ》してしまうぐらいスープから無数に突きでている。

「美味くなかったら蹴り入れますからね」

俺は挑発的な言葉を吐き、フォークで鶏の足を掬いあげるとすぐさまかぶりついた。

一口目をかじった途端、二口目、三口目と勢いが止まらなくなった。たまらん! これ、鶏の足中毒になりそう。がっつり心を掴まれた。身がほろほろで、ほとんど噛む必要がない。口に含んだ途端に喉に消えていく。

写真なんて撮るのはやめて、屋台飯のレビュー番組を作ろう。これこそ、白象は森の中にいる〈タイのことわざ。秀でた人物は人目に触れることがなく、なかなか見つからないという意味〉って言葉にぴったりだ。

「どうだ。最高に美味いだろ？」

先輩が満面の笑みで訊く。この人のおかげで鶏の足の美味さに気がついた。目から鱗《うろこ》だ。

「めちゃくちゃ美味い」

「言っただろ、サイコーだって。前にチェーンと来たときなんか、百本くらい食ったよ」

「そうだろうな。今夜はもう一鍋くらい行っとかないと」

「落ち着け、トゥー。まだこの鍋が片づいていない」

俺はのんびりとスープを掬っては口に入れている、大きな手を眺めた。こっちは伝説のお宝を見つけたみたいに、目をまん丸にしてるっていうのに。誓って言う。これは腹が裂けるまで食べ続けてしまうだろう、確実に。

「そうだ、ここら辺をぶらぶらしてるって言ったけど、そんなに暇なの？　来学期はインターンに出なきゃいけないってのに、食いもんの店を探す時間なんてあるんだ？」

「ドライブが好きなんだ。ついつい楽しくて、気づいたらパトゥムタニーの市街まで行っちゃってたこともある」

「はぁ⁉　いくら楽しくてもそれはあり得ないでしょ」

「お前は出かけるの、嫌い？」

「もちろん好きだよ。飲み屋と映画館ね」

俺は自分のスマートさを相手にアピールするつもりで、眉尻を持ちあげる。

我こそは……フィルムの学生の中で十指に入るカサノヴァ、トゥーであるぞ。モテ男のテッパンの「趣味は写真」、ちょっと無骨なイメージ、そしてまあまあのイケメン面。これだけ揃えば、デートのスケジュール調整が追いつかない状況になるには充分だ。

「お前がいつも行くとこはオレも常連だ。よく顔を合わせるじゃないか」

「確かに。ボクが目をつけた子に手を出すのはやめてくださいね」

自分でも困惑する。今、「ボク」って言ってしまった。

「お前のタイプってオレとはちがうよ」

「知ってんの？」

「おっぱいでかい子が好きだろ」

ああ、よく知ってるね。しかし、実際はそんなのがタイプじゃないってことは誰も知らない。自分を変えたいのと、誰にも知られたくない、ある感情を隠すためにそんなふうに振る舞ってるだけだ。

「だったら先輩は乳がでかいのは嫌いなの？　先輩の彼女、みんな色っぽいじゃん」

「あの子たちはオレを誘おうとやってんだからほっとくしかないだろ」

「はいはい～。あ、足がなくなった」

鍋の中をスプーンでさらっても、スープしかなくなってようやく気付いた。なんてことだ、胃袋の半分も満たないうちになくなってしまうなんて。ちょっとおばちゃん！　鍋にヤバい薬でも入れてんじゃないの？　俺としたことが、こんなに夢中になって鶏の足をしゃぶってるなんて。

「同じのを頼んでやるよ」

「いいねぇ」

新しい鍋がサーブされるまでの間にも、俺とアン先輩でトムヤムのスープを啜り、鍋をほとんど空にする。

「気に入ったみたいだな」

先輩がニヤニヤして尋ねる。

「もったいないもん。サイコーだね。今度、人でなしのやつらを連れてくるよ。きっとDカップの女の子より気に入るはずだから。ここの足の皮、ほとんどかじらなくていいくらいすぐとれる。じっくり煮込んであるんだろうなぁ」

「この店は、足の骨のない部分だけ選りすぐって使ってるんだ。どうやって捌いてると思う？」

「手でだろ。それとも機械を使うの？」

「ちがう。口でちぎってんの」

「くだらねええ――。そんな話されたら食えなくなるだろ」

俺は大声で文句を言った。その声に目の前に座っている先輩の異様に陽気な笑い声が重なる。あのね、ちょっとは周りのテーブルにも気をつかってくれよ。微妙な表情になってんのは、俺だけじゃないぞ。

「……はあい、鶏の足鍋スープね～」

あっという間に二つ目の鍋が運ばれてきた。

さて、質問です。我々は二人でいくつ鍋を空にしたでしょう。ピンポン！　正解は五つでした。腹の皮が引きつるくらいたらふく食って、それでも財布に優しいお手頃価格。感動的なディナーの思い出に、俺は先輩の顔にゲップを一発、お見舞いした。

車まで戻るとすぐ「次、どこ行く？」とアン先輩が尋ねてきた。

「部屋に帰るよ」

「遊びに行っていい？」

「彼女から逃げてんの？　トラブルなら早いとこ解決しなよ」

「あほう、彼女なんていないって。ただ退屈でまだ自分の部屋に帰りたくないだけ」

「普段からそんななの？」

相手は眉根を寄せて、俺の質問の意図が分からないというふうに首を傾げている。だから俺は続けて説明した。

「つまり、しょっちゅうあっちこっちの人間の部屋に行ってまわってんのかってこと」

「ああ、オレはそういう人間。だけどチェーンの部屋だと彼女に気をつかうし、他の友達もスヌーカーやってるから今夜はいない」

「なるほどね。じゃあ行こう」

かわいそうな先輩。みんなにフラれちゃったんだ。どうりで四六時中ドライブしたり、食いものの店を探して徘徊《はいかい》したりしてるわけだ。

俺たちはそれぞれの車でアパートへ向かった。

「覚悟してね」

「ああ」

ドアの鍵を開けると、女性たちからの熱い視線を集める男に相応しい散らかった部屋が現れる。

先日故障したパソコンはまだ修理が終わっておらず、手元には一台しかない。カゴの中の汚れた服は、かれこれ一ヵ月ほどとりだされることなく、洗濯されるのを待っている。昨夜、棚を漁ってとりだした映画のＤＶＤも散らばったまま。ソファーの脇には、食い散らかした冷凍食品のパッケージが積み重なっている。

次に新しい女性が声をかけてくるまで、当面はこんな状態だろう。ここしばらくは誰も連れ込んでいない。サードに居候《いそうろう》させてくれと頼まれたから。

「散らかってんなあ」

後ろをついてきた人間が感嘆したように言う。

「独り身の男の部屋はこんなもんさ」

「独り身のサイテー男、な」

先輩の言葉や顔色にはとり合わず、俺はリモコンを探しだすとエアコンをつけた。それから先輩をリビングへ追い立て、じっとしているよう言う。やつが俺の寝室に入って、ベッドでゴロ寝する隙を与えないように、だ。

「うわ、トゥー。こんな映画観んの？」

先輩はソファーに座らず、床にあぐらをかいていた。そこらにあったＤＶＤを一枚ずつとりあげては、興味深そうに眺めている。

「まあね。でも好きかって訊かれたら、好きなのはこの映画だけだな」

「オレも好き」

「マジか」

アン先輩のようなハチャメチャな人間が同じ作品を好きだと言うのを聞いて、俺は目を丸くした。

おかしいよな。俺らみたいな男たちはたいてい、純愛だとか、ひたむきな恋に落ちる映画だとかを好きになったりしないいんだけど。

「ああ、オレ、主演女優が好きでさ。超セクシー」

「そっか、了解」

俺が期待した内容じゃなかったみたい。最高にくだらない。このヤリチン野郎。

「〝どうして僕は、そして僕が愛する人たちは、僕らを大切な存在だと思わない人を好きになってしまうのだろう？〟」

俺はあぐらをかいている四年生のハンサムな顔を凝視した。やつが口にしたのはこの映画の名台詞だ。そして、その映画を初めて観たときから俺が心に留めている、唯一の言葉でもあった。俺がその台詞を一字一句覚えているのは、リンも理由の一つだ。

「その台詞、覚えてんの？　すげえな」

「言ったろ。女優が好きだって」

「そっか」

「何回？」

俺はその質問に答えなかった。怪訝な顔を作って、やつの顔をまっすぐ見つめる。そうしていると、相手が重ねて尋ねてきた。

「この映画のこと。何回観たんだ？」

「そんな。数えきれないよ」

「十回以上?」

「ああ」

「五十回は?」

「行くな。でも百までは行かない」

「お前、どうかしてるな」

「認める」

先輩が手にしているそのDVDはかなり劣化していて、再生すると何度も映像が乱れる。繰り返し観すぎた結果だ。

「人生、そんなふうにバカやっちゃうこともあるな」

上背のある上級生はそう言って、ごろりと床に寝転がった。入ってくるなり散らかってるなと自分があげつらった部屋の真ん中にである。ちなみに俺はどうしてるかって? テレビのリモコンを片手に、ゆったりとソファーに腰をかけている。

「トゥー。お前はどうして写真が好きなんだ? 映画より写真に行けばよかったのに。間違ったのか? それとも友人に引っ張られた?」

大学では三年次に何を専攻にするかを決める。もちろん俺は映画が好きだ。一方の写真は、これまでずっとやってきたもので、生活の一部になっている。

「引っ張られたわけじゃない。映画が好きなだけ。写真は趣味だから」

「カメラのメーカーは、何派?」

「フィルム写真が好きなんだ」

「お前が使ってんの見たことないけどな。いつもデジイチだろ?」

「カメラはいくつも持ってるから。レンジファインダーの名機も一台ね。値が張るから撮影に使う勇気はないけど、コレクションとしてしまってある」

「どんなのが得意なんだ? 風景、それともポートレート?」

「ポートレート」

「オレを撮ってくれる?」

「美しいって思った人しか撮らないんです」

「なんだそれは。やる気か? かかってこい」

「やらない。手が汚れる」

「くそトゥー、お前なあ!」

ハッハッハー! ハンサムな男がこうしていきり立ってるのを見るのもいいものだ。二匹のトラは同じ洞窟に住めない〔タイのことわざ。「両雄並び立たず」という意味〕とはよく言ったもので、この相手とはすぐに噛みつき合いの口喧嘩になる。挑発してイライラさせるのって楽しくて仕方がない。

「で、いつまで床で寝てる気? 台所にインスタント麺があるから作って食べていいよ。ご遠慮なく」

「鶏の足鍋を五つ分も食ったんだ。もう入んないよ。それよりお前のノートパソコン貸して。スマホの電源、切れちゃったから」

こんなふうに他人のモノを借りたがるやつ、うんざりなんだよな。だからといって拒否できるかっていえば、それも無理。

俺はソファーを立って、いつも使っているノートパソコンを床に寝ている先輩に渡した。そして俺自身は、これ以上遅くなるまいとシャワーと歯磨きをしにバスルームへ向かう。シャワーを終えてリビングへ戻ると、アン先輩はソファーに移動し寝そべっていた。胸には俺のパソコンを乗せている。

「何時に帰んの？　もう十一時だぜ」

俺は戸口にもたれ、腕を組んで強めの口調で尋ねた。で、先輩はなんと答えたか。

「トゥー……お前、リンが好きなの？」

「……‼」

「リンだよ。オレの友達のポンと付き合ってるリン」

「オレのデータを何してんだよ！　先輩が首を突っ込むことじゃないだろ」

自分がいつの間に先輩の傍まで歩いていったか分からない。感覚的には一瞬の出来事だった。俺は相手に飛びつくと、すぐさまノートパソコンをとり返した。言葉にできない怒りを感じる。これまでひた隠しにしてきた秘密を他人に知られてしまうなんて。

何より問題なのは……アン先輩とポン先輩が友人同士であることだった。同じグループではないとはいえ、友人は友人だ。

「お前のこと、手当たり次第に遊んでるやつだって思ってたよ。実は密かに片想いしてたなんてな」

「黙れ！」

とっくに落ち着いていられるような状況じゃなくなっていた。アン先輩め、クソだな。俺のフォルダのデータを勝手に開くなんて厚かましいにもほどがある。アルバムに収めたリンの写真はすべて探すのが難しい場所に保存してあって、誰にも見つけられないと思っていたのに。それなのになんでまた今日……。

「リンとポンは付き合って長い。オレの友達も、二人は卒業したら結婚するだろうって言ってるぐらいだ。恋人がいるのにお前はまだ彼女が好きなのか？」

「好きになったのはオレが先だ」

「けど、両想いじゃないよな。先に好きになったからなんだ？　結局は片想いしてるだけだ」

「諦めようとしてるよ。でもそんなに簡単に好きだって気持ちを終わりにできるわけないだろ」

「できるさ」

「こっちは三年努力してんの。どうやったらできるっていうんだよ」

「できるさ」

「……」

「お前が、その人よりもっと好きになれる人を見つければいいだけだ」

◆Mini special 2

秘密が暴かれたあの夜以降、先輩とはまったく話をしていない。一方、やつの友人であるポン先輩も、特に俺を警戒しているふうでもない。ということは、あの夜知られてしまった秘密はアン先輩以外、誰にもバレていないということになる。

だから、やつと白黒きっちりつけとこうって思ったりもした。今回のことを誰にも言わない代わりに、欲しいものはあるかって。だが当の先輩からは、誰かに秘密を話すような気配は感じられなかった。それならば、と俺は波風を立てず、この件を自然消滅させることにした。

「ウゼえやつ」

カイのぼやく声が聞こえた。いつものやつらしくない、冴えない表情はまるで誰かに尻尾を踏まれた野良犬だ。

「何があったんだ？」

「アン先輩のやつ……」

その名前を耳にしただけで、俺の関心は倍くらいに膨らむ。

「やつがどうかした？　お前に何か言ったのか？　それとも何か聞いたとか？」

正直なところ、すごく怖かった。友人に知られてしまうのが。俺がリンとの間に築いている関係が残らず消えてしまうんじゃないかって、怖かった。

「やつはサードが好きなんだ。サードを口説いてる」

「はああ？」

なんだそれ。

「驚くなよ。やつはオレに宣戦布告したんだ」

「待てって。先輩がそんなふうに言ったのか？」

「やつは腰抜けだ。代わりにチェーン先輩を寄越して、オレに諦めろって言ってきた。そうはいくかってての。こっちは命がけなんだ」

心の友は負けじと応戦する旨《むね》を表明した。ちぐはぐなことだらけだ。サードに好意を抱いているそぶりなど見せたことのないアン先輩が、突然のアプローチ宣言。対するカイも今になって自分の気持ちに気づくなんて。これ、ややこしいことになりそう。

とはいえ、ほっとした。カイの話したことは俺が秘密にしている件ではなかった。

「オレにできることがあれば言ってくれ。なんでも力になる」

俺は友人の肩を叩いて勇気づける。

「ありがとな。お前とボーンが味方についてくれればボロ勝ち」

「ああ」

ボロ勝ちもボロ勝ち。ボディ全体がボロボロだろ……。

つまり、カイのバイクのことね。やつの愛車チャウィーは、カイごと光の速さで医学部の敷地に突っ込み、燃えカスみたいにぶっ壊れた。ったく、とんだバカだな！

そういうわけで俺は、足を吊るされながら病室で寝ているやつを憐れみ、日々、見舞いに来ている。

一日に何人もの人が、我が学部のカサノヴァお坊ちゃまの容態を見舞いに病室を訪れた。その中にはアン先輩とチェーン先輩もいた。あの夜以降、アン先輩とは大学内で顔を合わせるときはあっても、ほとんど言葉を交わしていない。けれど、アン先輩がサードに送ってくるメッセージから、先輩の近況は知っていた。

あれって、ホントに口説いてんのか？

俺は疑問を心の中にしまい込み、病室内の離れた場所からアン先輩とチェーン先輩の行動に目を光らせた。先輩二人が帰ったあと、俺たちも解散することにしたが、もちろん病室に残って骨折したカイを介抱するのはサード。俺とボーンはばらばらに帰ることにした。

ただし、病室を出たあとの出来事が見ものだった。俺がついさっき盗み見たアン先輩とサードのやりとりをカイに報告している最中のことだ。

Tatt'oo
あたふたしたくないからここで話すことにする

K.Khunpol
あいつは出てったよ
けど話すならさっさと打て　待ってるぞ

BoneChone
全力で覗き見待機中

さっそく、ミッションである「友人の個人情報暴露作戦」をスタートさせる。

大量の情報が俺の優秀な脳を通過して、スピーディーにスマホに打ち込まれていく。もちろん俺は大興奮で、友人が想い人へのアプローチに全力投球してくれるよう、盛大に話を盛り煽っておく。

しかし——。

K.Khunpol
なんでこんなことに!!

飢えた狼《おおかみ》が子羊を食うのを指をくわえて見てろってのか
ムカつくー
誰であろうとオレのものに手出しさせるか
くっそう焦るー　悔しいー
退院して守りに行きたいー

3番目という意味のThird
誰を守るって？

「――しまった！」

グループをまちがえてた。何度も目を擦るが、やはりメッセージはそこに表示されたままだ。

「何、大声で叫んでんだ？　病院中の注目の的だぞ」

向こうから歩いてくる誰かが視界に入る。俺はスマホの画面から視線を外すと、素早く声のするほうを見た。

「こっちの話」

アン先輩と見るや、俺は礼儀をわきまえることなくぶっきらぼうに言い、スタスタと歩きだす。

「オーケー。そっちの話なら詮索しない」

「で、先輩ここで何してるの？　まだ帰んないのかよ」

「お前を待ってたの」

「待つって……なんで？」

「白黒つける」

「何を？」

「お前が誰にも言えないでいる秘密のこと」

その答えに、俺は即座に足を止めた。てっきり気にしてないいんだろうと思っていたのに、さては俺の秘密をダシにして、何か要求しようとしてやがるな。

「欲しいものがあるなら言えよ。なんでもくれてやる。だけど二度とほじくり返さないでくれ。リンがこのことを知ったりしたら、俺は先輩を殺す」

相手は動じるどころか、おどけたような笑みを浮かべた。

「編集室に来て、仕事を手伝え。今晩は仲間にフラれちゃったから」

「なんでオレがそんなことしなくちゃなんないの？」

「リンリンリンリンリン」

「あーあー、ウザいったらありゃしない」

文句を言ったところで始まらない。結局俺は、先輩の小間使いに成り下がってしまった。

学部棟には制作作業のためのスタジオが何室もある。編集用の部屋も別にあり、授業をする他に課題をするときに予約して使用できる。けれど、ここを使う学生はほぼいない。たいていは大学外のアパートの一室を借りたりして作業するからだ。ここを使ってるのはこの先輩くらいだろう。ったく、やつは知らないのだろうか？　この学部がはるか昔、それこそ戦国武将が割拠《かっきょ》していた時代から心霊スポットになってることを。

「入ってこい。コンセントプラグを蹴るなよ」

鋭い声が注意する。

それほど広くない編集室には、やつの友人のものらしき作業用のパソコンが五台置いてあった。どれもモニターがついていて、作業中のようだ。

「一台も消えてないけど。みんな戻ってこないの？」

「オレが消すことになってるの。座れ」

「どこに座ればいいんだ」

床はゴミだらけだ。スナック菓子の袋に、書きなぐったあと丸めて捨てられた脚本の用紙が部屋中に散らばっている。

「どこにって椅子に決まってんだろ、あほう。オレに付き合って座ってればいいだけなのに愚痴んのか。お菓子も買ってきてある。食えよ」

「腹は減ってない。食いたくない」

隣に座っている人物は、口の中で何やらぶつぶつと呟いている。だが、いつもと違ってこちらにたいして注意を払う様子もない。編集作業に夢中になっているせいだ。編集しているのはおそらく学部の制作課題ではないだろう。この時期、四年生はインターンシップに出るので、企業に提出するためのポートフォリオを作らなければならない。アン先輩もそういうものを作っているのだと俺は推察した。

「ショートフィルム？」

「そうだ。広告用のショートフィルム」

「何売るんだよ」

「スニーカー」

「ブランドは？　見せて」

先輩はふぅと大きなため息を吐きつつ、俺に紙を差しだした。興味津々で受けとると、流行に敏感な大学生やティーンエイジャーをターゲットに据えて売り込んでいる、国産のスニーカーブランドだった。

「すげえかっこいいー」

「オレのこと？」

「靴のこと」

「……」

「……タイトルは？」

「まだ。なんも思いつかない」

目鼻立ちのくっきりした端整な顔は一瞬たりとも視線を逸らすことなく、じっと画面を見つめたまだ。右手はマウスを掴んでなめらかに動かしている。俺は椅子の背もたれに体重をかけると、手の中のスニーカーの写真を眺めながら考えた。

「コンセプトを教えてよ。一緒に考えるから」

「〝履くと幸せに〟。それだけ」

短い上に、めちゃくちゃ平凡だ。作成中のショートフィルムがどんなものか知らないし、知ろうとも思わない。キーワードが「幸せ」だってことが分かれば充分だ。

「そうだトゥー、訊いていいか？」

「あぁ」

「今、時間ある？　舞台公演の仕事の他に、撮影に行ったりとかすんの？」

「一つ仕事が入ってる。モデルの子のバストがおっきいんで受けることにした」

しばしデッドエア状態に陥る。アン先輩はそれ以上俺に何も言わず、動画の編集を続けている。やつの沈黙の意図が分からず、俺は一人頭の中で答えのない問いについて考えを巡らせる。

「オレのために時間空けてくれない？　ショートフィルムのポスター、撮ってほしいんだ」

その答えを得るのに、たっぷり十五分はかかったぞ。もちろん俺はかなり困惑した。

「どうしてオレじゃないといけないわけ？　先輩の友達にうまいやつはたくさんいるのに」

「だってタダで撮ってくれるんだろ？」

「いつそんなこと？」

「リンリンリンリン」

「あーあー、タダで撮るよ」

くっそ――。他人の命令に従わなければならない人生が待ってるなんて、思いもしなかった。こいつめ、親でもないくせに。しかしやつに従わなければ、何年間もずっとひた隠しにしてきた秘密をリンに話されてしまうかもしれない。それではすべて水の泡だ。こうなった以上、手を打てるところで打っておかなければ。

「かわいいなぁ、お前って」

ハンサムな顔が俺に向かって、にっこりと冷やかに微笑む。脊髄《せきずい》までゾクゾクするよ。

「他の人に言え。ゾッとする」

「撮影の仕事っていつ？」

「火曜」

「じゃあオレは土曜を予約ね。公演の稽古の期間にも当たってないし」

「好きにしてくれ」

反論したところで、やつが決めたことには逆らえないんだろうから。けれどもう長いこと頭に引っかかっている疑問がまだ解消されていなかった。こうして二人っきりになったんだ。訊いてみたい。

「どうして誰にも話さなかったんだ？」

長身の相手は椅子を回転させてまっすぐ俺のほうを向くと、平淡な口調で尋ね返した。

「なんの話だ？」

「オレの秘密のことだよ」

「最初は口にチャックして誰にも言わないでおこう、忘れたふりをしようと思った」

「……」

俺はひたすら、相手の言葉に耳を澄ませる。

「でも寝転がって考えてたらひらめいたんだ。これはダシに使えるぞって」

「最悪。自分のことしか考えてねえな」

「認める」

「マジで訊く。こんなことして何になるんだ。オレを小間使いにしたり、カメラマンとしてタダでこき使ったりしたいわけ？」

「お前といられるじゃないか。変なこと訊くやつだな」

「……！」

しばし絶句した。ようするに寂しさをまぎらわすために、俺を付き合わせてるってこと？

コミュニケーションアーツ学部の建物は古くて見るからにおどろおどろしい。誰かと一緒にいないと仕事が終わらない、つまり幽霊に化かされて……みたいな。うむ、そういうことにしておこう。

「ところでショートフィルムのタイトル、考えてくれた？」

「思いつかないんだけど。んじゃ……〝The happiness〟は？」

「ありがちー」

シンプルだけど、傷つく言葉だ。

「極上の履き心地」

「コンドームの広告みたい」

真剣に最低なこと言うね。

「友達に考えてもらえば？　オレ思いつかないし」

「それで行き詰まったから、お前に意見を訊いてんの」

「だから思いつかないんだって。先輩が一人で心ゆくまで考えればいいじゃん。で、いつまで編集やってんの？　オレ、帰りたいんだけど」

「急いでどこに行くんだ。仕事が終わったら、美味いもん食べに連れていくから」

「なんだよ」

「鶏の足」

俺の目がきらりと光を放つ。日々さまざまな厄介事で時間をとられてしまい、アン先輩と行ったあの日以降、あの店には足を踏み入れていなかった。この提案を俺が断るわけがない。

「行こう」

「ほら見ろ。オレのおかげで鶏の足っていう大好きなものが一つ増えたろ?」

「だから何」

「お前が彼女のことを忘れるのに充分か?」


普段の俺は土日の朝はゆっくり起きる。しかし今日は眠い目を擦り、早朝に起床しなくてはならなかった。なぜなら、あの四年生と十時に撮影の約束をしていたから。場所は大学内の建物だ。

アン先輩には、撮影の前に八時半より食事をするからと言われていた。しかし、食堂に着くとテーブルにはやつしかいない。俺はカメラとレンズを入れた鞄を置くと、すぐさま尋ねた。

「友達は?」

「モデルの二人に付き添ってる」

「そうなんだ」

「メシ、注文すれば?」

「ちょっと待ってて」

俺は食堂のいつもの店で料理を注文し、飲料水を買った。

何もかも普段通りだ。いつもの料理、いつもの雰囲気。しかし一緒に食べている人間がちがう。普段なら俺の前には、カイかサード、あるいはボーン、この三人のうち一人が座っている。

「何度も言おうと思ってたんだ。サードのことなんだけど、カイが先輩に〝やりすぎないようにしろ〟ってさ」

俺の友達を口説くならもう一人の友達、骨折してるやつの顔色も窺ってくれよ。ここのところ毎日愚痴を聞かされて、こっちは飽き飽きしてるんだ。

「オレが何をどんなふうにやりすぎたって？」

「オレの友達に言い寄ってる件だよ」

「笑える。こっちはまだ何もしてないのに」

「とぼけちゃって。分かってんだよ」

「とんちんかんなこと言うなよ」

「先輩のクズっぷりよりマシです」

そう相手を罵ったあと、これ以上言いがかりをつけられないよう、俺は無言でひたすら料理を頬張った。十時の撮影開始までまだ時間はたくさんあるし、ショートフィルムの広告用ポスターなんてそれほど準備もいらない。だから撮影までスマホをいじって時間をつぶすことにする。

「……写真と映画なら、お前はどっちを選ぶ？」

「選ばない」

俺はほとんど反射的に答えた。

「オレは、もし選ぶならって訊いたんだ」

「だから選ばないよ」

「一つ選べって言ってんの。その一つを選べないのかよ」

「選ばない。選ばないっつの」

「リ────────ン」

「映画。映画だな」

　このチンカス野郎。今ここでぶっ殺してやりたい。俺は誰かに基準を押しつけられるのが嫌いだ。もし付き合ってる彼女に「カメラとあたし、どっちを選ぶ？」なんて訊かれたら、その人と別れることを選ぶ。鬱陶しいからね。そしてアン先輩は今、それと同じようなことをしている。

「お前は写真を選ぶと思った」

「現実には起こるはずのないことだろ。どっちか一つを選ばなきゃならないなんて」

「分かってる」

　やつは無表情のまま答えた。

「分かってんのに訊くんだ？」

「訊いただけだ。本気で選ばせるようなことはしないさ」

「当然だろ。オレの人生に先輩は関係ないし」

「ふっ、そうかなぁ」

「そうかなって何？」

「オレはお前の人生にとって重要人物かもしれない」

「先輩……」

「トゥー、感動してんの？」

「その独り言、楽しい？　オレのこと仏像か何かだとでも思ってんの？」

「ったく、ちがう！　お前、カイよりひどいトンチキぶりだな、くそトゥー」

はあ？　結局俺はトンチキ？　クソ？　アン先輩をおちょくって苛立たせるのは楽しいし、おかしい。リンを引き合いに出せば俺が大人しくなっていいように使えるなんて思うなよ。俺をいたぶるのなら、お前も同じ目に遭わせてやる。

学部棟から出た俺たちは、撮影のために建築学部へ向かった。建築学部の建物はスニーカーのテーマにぴったりの雰囲気なのだ。すでにモデルの男女二人も到着している。女の子のほうはすごく俺のタイプで、いじめてあげたくなるほどかわいい。唯一残念なのは、どっちが背中か胸か分かんないぐらいおっぱいが小さいことだ。

アン先輩の仲間が俺にブリーフィングをしてくれて、撮影用の小道具の準備を始めた。それを待つ間、俺は使えそうなアングルを探すことにした。一眼レフカメラのファインダーを覗いてレンズを回し、被写体との距離をチェックする。

すると、誰かが歩いてきて俺の視界を遮った。

俺はカメラから一センチも顔を離さず、「どいて」と命令する。

「オレを撮ってよ」

「美しいって思った人しか撮らないって言っただろ」

「チッチッ。そう言うなって」

やつはそう言うなり俺の傍へ歩んでくると、ぴたりと体を寄せたったた一言、俺にしか聞こえない声で言った。

「リン」

「あー、撮る、撮る。じゃあ先輩、あっち行って立って」

「オーケー」

焦点も合わせずに適当にシャッターを押した。だが、やつは分かってるぞと言わんばかりにまた俺の傍へ来ようとする。こうなったら、いつもの如くやつに従うしかない。

「ちゃんと撮ってるって。近くに来なくていいから」

「近くでいいんだよ。クローズアップできるだろ」

「いいって。ズームするから」

「すればいい」

「どこまですればいいんだよ。こっちで調整してやるから」

レンズを限界まで回すと、たちまちフルHD級のアン先輩の表情に焦点が定まる。くっきりとした端整な顔がまっすぐこちらを見ている。その瞳はレンズを貫き、心の奥深くを覗き込むように俺を見つめている。

突然、俺の手が震えだした。こうして見つめ合うのは気分のいいものじゃない。俺はカメラを下ろすことにした。

「おい、撮らないの？」

「光がよくない」

「オレの男前ぶりにビビったんなら言えよ」

「けっ！　男前ならオレのほうが上だけど、そこまで自惚《うぬぼ》れたことはないね」

「確かに男前だな。イケメンだねぇ、オレのトゥーは～」

ふざけやがって。話にならないので、俺は腰に手を当ててふて腐れた。学部内のアツイ男ランキングじゃ、オレが上だ。敬意を持って接してもらいたいんだけど。

「で、仕事していいかな？」

「見ろ、まだ小道具の準備中だ」

「先輩はなんで手伝わないんだよ」

「オレは忙しい。お前と話してるから」

何をそんなに話したいんだか。仕事が終わったらさっさと車を飛ばして帰ってやる。

俺は相手を翻弄《ほんろう》するような軽口を叩くことに関しては、仲間内でもピカイチの才能を発揮する。だが相手がこの人じゃ口を噤むしかない。

「今日はいい知らせがあるぞ。ショートフィルムのタイトルが決まった」

「おお、それはめでたいね。なんてタイトル？」

「〝A little bliss〟――小さな幸せって意味」

「いいタイトルじゃん」

「お前の〝極上の履き心地〟よりよっぽどいい」

くっそ。なんで俺への皮肉になるんだ？　恨まれるようなことでもした？　たとえば、右も左も分かってなかった一年生のときにうっかりやつの気に障ることをしてしまった？　それともやつが狙ってた女性を奪ってしまったとか？　いったいなんだっつうの！

「おーい、準備できたぞ。撮影だ！」

タイミングよく撮影メンバーの声が割って入った。カメラマンのために用意された場所に立つと、すでに男女のモデルが前方に待機している。それなのに、アン先輩はその場を離れるでもなく、まだ俺の傍に立ったまま。そして、いよいよ撮影が始まろうというとき、俺の耳元で低い声が囁いた。

たった数語の短い言葉。けれど、その言葉のせいでこの撮影にかける俺の思い入れは、今までやってきた仕事とはちがうものになってしまった。

「これはオレの初めての動画広告なんだ。だからすごく愛してる」

「……」

「お前に大切なものを任せるのは、信頼してるからだ。だから……同じように愛してくれ」


七転八倒して中間試験を乗り越えたあと、プールパーティーが開催された。

フィルムの学生たちはこんなふうにしょっちゅう、休息とストレス発散のための飲み会をする。今夜もそうだ。

試験、そしてさまざまな課題を乗り切った自分たちへのご褒美のように、楽しい音楽に交じって同じ学部の先輩後輩たちの笑い声が響いている。今夜は俺も楽しむ気満々だった。手始めにボーンと二人で水に潜り、プールの底に美しく咲き乱れる珊瑚《さんご》を眺める。珊瑚だけでなく大きな海月《くらげ》もいて、そこら中にふわふわと泳いでいる。

「うっひょ。すげえ大きい」

「うお――」

あれっておっぱいなの？　びっくり仰天だ。俺の頭より大きい。

「標的を包囲した。さ、占拠するぞ」

ボーンのかけ声を合図に、争うように無我夢中で水に潜ったり、浮かんだりする。プールサイドでちびちびやっている二人の親友のことなど構っていられない。だってこっちは戦闘の真っ最中。水に浸かったアソコがすっかりふやけてしまうまで、女の子たちとイチャイチャしてやるのだ。

「トゥー、ボーン、早く来い。いつまで友達を待たせんだ」

四年生がプールサイドから俺たちを呼ぶ。宴会ゲームで盛りあがっているようだ。俺はさっそくその輪に加わると、いろんなゲームをこなしながら次から次へ水のように何杯も酒を飲み干した。自分でもグラスに伸びる手が止まらず、饒舌《じょうぜつ》になってきたところで先輩が新しいゲームを提案した。ゲームのやり方は、その場の誰かに関係する何かの名称を言い、それが誰に関係するのかを当てるというもので、当たればセーフ。残りの人間は一気にグラスを空にするというルールだ。

最初はアン先輩の番だった。

「レンジファインダーカメラ」

やつが俺のとっておきの愛機の名を口にした途端、俺は押し黙った。そればかりか当の相手は俺の顔をじっと見つめている。

パーティーが始まったときから、俺たちは一言も口を利いていない。しかし常にお互い、自分の視界の中に相手を感じていることは確実だった。自分自身訳が分からなかった、どうしてやつに興味を引かれてしまうのか。そうか、きっと先輩がサードを口説いているせいだ。

「チェーン先輩」

仲間たちが当てに行く。

「ちがう」

「トゥーだ」

「正解」

当てたのはカイだ。

実際、隠し事でもなんでもない。親友なら俺が何を好きで何が嫌いかなんて知っている。しかし……俺にはもっと別の、誰にも知られたくない秘密がある。アン先輩にはバレてしまったわけだが。

そこに突然、ずっと想いを寄せていたその女性が姿を見せた。

リンは映画科の学生じゃない。映画科の学生の恋人だ。だから、こんなところで会うはずはないと思っていたのに、また出くわしてしまうなんて。

俺は段々ゲームに集中できなくなった。酒を飲んで完全に酔っ払ってしまおうと、何度もわざとまちがった答えを言った。時計の針はどんどん回り、ほどなくしてゲームは終了した。

その後、俺はリンの小さな体が行く先をついてまわった。相手に怪しまれないように距離を保って。

今夜の彼女はとてもかわいらしい。ピンクの切り替えの入った白いスカートに、手には美しい色のシャンパングラスを持ち、同じグループの女の子たちとおしゃべりしている。ポン先輩のほうは四年生のグループと一緒にいたので、俺はこれ幸いにとばかりに離れた場所からリンを眺めた。

触れることなんてできないのは分かっている。けれど……。

やっぱり諦められない。

これは、心に深く刻まれた俺の初恋みたいなものだ。俺は自分の愚かさをなじり、悔やむことしかできない。どうしてあのとき、口説かなかったんだって。そうしていたら俺たち今頃は恋人同士になっていたかもしれないのにって。

俺の思考はめちゃくちゃになっていた。ただはっきり分かるのは、その思考が俺に彼女に声をかけ、ある言葉を伝えろと命じているってこと。何年もの間、心にくすぶっていたある言葉をだ。

「何をするつもりだ？」

俺を行かせまいと制する手の主を振り返った。アン先輩が喧嘩でも吹っかけるような表情でこちらを見つめている。俺は必死で掴まれた腕を振り払い、拘束から逃れた。

「なんで邪魔すんだよ。関係ないだろ」

「何をするつもりか訊いてる」

「彼女に友人として声をかけるだけだ」

「そうかな。お前の顔はそうは見えないけど」

俺は先輩に引きずられ、階下にあるトイレに連れていかれた。辺りには誰もおらず、怒鳴り声を上げても問題なさそうだ。

「放せって！」

「ああ！　放してやるさ。ただし、冷静になって頭ん中の最悪な考えを抑えてもらえないか」

「何もするつもりはない。構わないでくれ」

「トゥー、彼女には恋人がいるんだ。それなのに、まだ何を期待してるんだ？」

「期待なんかしてない。ただ……話したいなと思っただけ。で、先輩は何？　こうしてオレの邪魔をして、助言めいたこと言って、友達のためにそこまですんの？　オレに友達の恋人を奪われないために？」

「……」

「先輩、イカれてんじゃないの！」

「言っとくけど、オレはもっとイカれたこともできる。どうしてだ……ただの初恋じゃないか。未練がましいったらないぞ」

「先輩には分かんないさ。どうせ、誰のことも本気で好きになったことなんてないんだろ」

「オレが誰も好きになったことがないって、どうして分かる？」

「サードのこと？　ふん！　サードはオレの友人だ。先輩になんか近づかせるかよ」

「お前、バカだな」

「その通り、バカだよ。賢い人はどうぞ一人で説教でも垂れててよ」

俺は目の前の人物の胸を乱暴に突いた。相手に背中を向け、もやもやした気持ちのまま階段を上って会場へ戻る。

それから五分も経ってないと思う。金切り声が響き渡り、辺り一帯が凍り付いた。俺は声のした方へと向かった。それは、トイレの前から発せられているようだ。

怒鳴り合う声と、何が起こったのかを確かめようと集まっている大勢の学生たち。迷うことなくその人だかりを割って入った俺の目に映ったのは、激しく言い争い、殴り合いにまでなっているカイとアン先輩の姿だった。

「何があったんだ？」

争いを鎮めたあと、チェーン先輩が驚いたように尋ねる。

「カイのやつ、どうなってんだよ。いきなり殴りかかってきやがった」

「てめえのせいだろ。オレは見たぞ、何やってたのか」

「何したってんだよ！」

「二年の後輩をトイレに連れ込んでいちゃついてただろ。分かってんだぞ」

二年の後輩とだって⁉　俺にちょっかいを出したすぐあとにトイレで女とお楽しみかよ。

「お前となんの関係があるんだ。オレが何しようが勝手だろ、放っとけよ」

「放っとけるか。サード、よく見とけ。こいつがどこまでサイテーなやつか、な！」

「何？　オレに何を見てろっていうんだ」

サードがこの騒ぎの元凶にされてしまった。なんてかわいそうなやつなんだ。

「だってこいつ他の女の子とキスしてたんだぞ！　分かってんのか」

「だから、それがオレとどう関係があるんだよ」

「こいつはお前のことを口説いてんだろ。なんでお前はそんなにバカなんだ！」

「バカはお前だ。先輩はオレを口説いてなんかないよ」

「やつの弁護なんかするんじゃねえ。騙されてたくせに強がり言いやがって」

「それはお前だろ。どうしてオレのためだなんて言ってこんなことするんだ」

「だって焼きもちも焼きたくなるだろ。ちくしょー」

「なんでお前がそんなもの焼くんだよ」

「何言ってんの？　お前が好きなんだから、焼きもち焼くに決まってんだろ！　なんでそんなバカなこと訊くんだ、サード」

その場にどよめきが走る。終わったな。公衆の面前での強硬な公式発表。えー、現在現場は怒りが沸騰し、騒然としております、ってとこ。沸騰しすぎて俺はリンと話すことをすっかり忘れ、代わりにフォーカスをアン先輩の顔に合わせ、瞬きもせず見つめた。

「まず冷静にならないか？」と、サードが媚《こ》びるように声をかける。

「どうやって？　お前のことでこっちは必死になってんのに」

「カイ、待てよ。お前、オレが女の子にキスしたから殴ったって言うのか？」

意味が分からないというふうにアン先輩が尋ねた。腫れて血で染まった顔には同情するしかない。

「ああ！」

「サードを口説いてるオレは、他の子にキスするべきじゃない、と？」

「ああ、そうだ！　オレと張り合う気なら、行儀よくしてくれよ」

「このまぬけ、オレはサードを口説いてなんかいない」

「嘘も休み休み言え。今まで口説いてたろ」

「そんなことをした覚えはない。サードはオレの後輩だ。そんなバカなことするか」

「チェーン先輩から聞いたぞ、口説いてるって」

以上、現場からお伝えしました、である。

結果、アン先輩はサードに言い寄ってなんかいなかった。すべてはチェーン先輩一人のくだらないトンチキな企てによるものだった。おかげで関係者は全員ズタボロ。しかも、いい恥さらしだ。

サードは傷の手当てをするためにカイを連れていった。他の人間たちもぞろぞろと、さっきまで飲んでいた場所へ戻っていく。トイレの前に残ったのは、俺とアン先輩だけ。お互い黙ったまま、相手の出方を窺うように見つめ合った。

「早く傷の手当てをしたほうがいいよ」

気詰まりな状況に耐えきれず、俺は先に口を開いた。

「どうしてオレが女の子にキスしたのか、訊かないのか？」

「いや。オレとはなんの関係もないし」

「関係ある」

「……！」

「お前がオレじゃない、他の人に興味を持ってるから。だからオレもお前じゃなくて、他の人に興味を持ってみたくなった」

「的外れなこと言ってる」

「的外れなんかじゃない。言ったよな？　前の人を忘れるためには、その人よりもっと好きになれる誰かを見つければいいだけだって」

「……」

「ほら、オレがここにいる。見えるか？」


内心、かなり困惑していた。つまり、同じ学部の先輩と後輩としてのその、奇妙な関係に。一年生のときにアン先輩と顔を合わせたことはあったけれど、実際に一緒に仕事をするようになったのは三年生になってからだ。

アン先輩は俺の人生に入り込んできて、美味しいものを食べに行こうだとか、映画やライブや撮影に一緒に行こうだとかと、俺を誘うようになった。そんな中、先輩は俺が誰にも話したことのない秘密を知ってしまった。そしてある日突然、自分のことを恋人と思えだなんて。笑っちゃう。

アン先輩のその言葉を聞いたときは、その場にぶっ倒れそうになった。ただの夢だって思い込もうとしたが、その言葉、そのときの気持ち、雰囲気は、まぎれもない現実だった。アン先輩は、俺と一緒にいるとすごく心地いいんだと言った。一緒に仕事をしているうちに、さまざまな俺の考え方に興味を持った、と。

俺は自分がアン先輩の申し出に応えられないことは分かっていた。だからできるだけ顔を合わせないようにした。会わなくていいように、話さなくていいように、あらゆる手段を使って相手を避けた。だがご存じの通り、俺たちには舞台公演の共同作業がある。おかげで俺は少なくとも週に三回はアン先輩と顔を合わせなければならなかった。

俺たちはほとんど話をしなくなった。会話をしても仕事の話だけ。長期休暇に入ると俺は、映画のロケハンと休息を兼ねて人でなし組とともに鉄道で地方へ出かけた。あのフルムーンパーティーの夜はすごく楽しかった。そこで知り合った女性に触れたときに感じた、空っぽな気持ちを除けば。

あのとき俺は、初恋の人であるリンよりも……四年生の、あの先輩のことを思っていたんだ。

その晩の出来事に俺は混乱し、もやもやしたままバンコクに戻った。それでも俺は自分自身への答えを探し続けた。

二学期に入ると、四年生はインターンシップに行く。アン先輩と直接会うことはなくなったものの、その姿はしょっちゅう目についた。やつが制作した〝A little bliss〟。長さ八分の広告用ショートフィルムが、学部の皆の評判になっていたからだ。作品はとてもいい出来だった。俺がカメラマンを務めたポスターも、学部のあちこちに張りだされていた。

それが……俺が先輩から逃げられなかった理由だ。

今日は舞台公演の本番だ。

俺たちは慌ただしく動きまわり、自分たちの仕事に全力をそそいだ。公演が終了したときには全員が劇場でぶっ倒れていた。俺は静かにシートに座り、世にも不思議な感情に襲われながら舞台装置の置かれたステージを眺める。

ここ何カ月もの間、何かが頭に引っかかっている気がする。もしかしてこれは……あの人のせいなのか。

「座ってもいいか?」

聞き慣れた低い声がして振り返る。アン先輩がすぐ近くに来ていた。長身の体はこちらの返事を待たずに、椅子に腰を下ろそうとしている。

「今日は最終日だな。上出来、上出来」

俺は微笑んで言った。けれど普段のように能天気な笑みじゃない。

「まあな」

「大学最後の舞台公演、成功おめでとう」

「完璧なカメラマンの仕事に、おめでとうだ」

「ありがとうございます」

「礼儀正しくもできるんだ?」

先輩とこんなふうに話なんて、したくなかった。ずっと避けてきたのに、こうして隣り合わせで座ってるなんて。仲間のみんなはどこへ消えてしまったんだ。舞台裏で気絶してんのか。

「お前の三年生の生活はどうだった？」

隣に座った人が低くて穏やかな口調で言う。この声にまちがいない。俺がずっと聞きたかったのは。

「よかったよ。で、先輩は？　インターンシップのほうはどうなの」

「ぼちぼちってとこ。なあトゥー……相談したいことがあるんだけど」

「先輩みたいな人がオレに相談したいことなんてあるんだ」

「だからこれから話す」

「どうぞ」

自分が相談相手に適してるかどうか分からない。先輩の今の気持ちがどうなってるのかも分からない。あれから変わってしまったのか、それとも以前のままなのか。何も分からないままだ。

「どうするべきだと思う？　オレがその人に一歩近づくと、その人は毎回オレから三歩遠ざかるんだ」

「……」

「断崖絶壁で迫ればいいのかな？」

バカじゃねえの。

「前に進めばいいじゃないか。その人が三歩後ろに下がるんなら、先輩がもっと前に行けばいい」

「もしその人がさらに後ろに下がったら？」

「先輩もさらに前に進むんだよ」

「もしその人が背中を向けて逃げだしたら？」

「車で追いかければいい」

「もし、その人がオレのことなんて待ってくれなくて、どうしても追いつけなかったら、どうしたらいい？」

「知らないよ。諦めるかな」

「トゥー」

俺の名前を呼ぶ声は、とても弱々しかった。

「……」

「じゃあオレはお前のこと、諦めるべき？」

アン先輩はじっと俺の瞳を見ている。心の奥を覗き込むような視線になぜか動揺した。まるで卑屈な人間がすがるような眼差し。こんなの……全然先輩らしくないって。

「オレらって変な関係だよね。自分でも説明できない」

辺り一帯は静けさに包まれた。女たらしの男二人が並んで座って、将来のことや奇妙な関係について語り合ってるなんて、映画のプロットにもなりゃしない。

「ただ……リンとの将来は期待しないことにした」

「どうしてだ？」

「だってオレ、先輩のことばっか考えてる」

「……」

「これがどんな種類の感情なのか分からない。きっと時間がかかる」

「オレは待てるよ」

「……」

「〝ここに一緒にいるだけで、それだけでいいんだ〟」

俺は思わず微笑んだ。それはあの、俺の大好きな映画の台詞だったから。

そして、ようやく気付いた。大好きなその映画の中の名句は一つだけじゃない、他にも心に残るたくさんの素晴らしい言葉がちりばめられているという事実に。

大切なのは……それらのフレーズを耳にしたとき、誰を思い浮かべるか、だ。


かつて俺はこう考えていた。人間の関係性とは映画のようなものだ、と。

友情を描いた映画は友人関係、家族を描いた映画は両親や兄弟姉妹の関係、恋愛映画は恋人同士の関係、というふうに。

しかし、誰かさんは……それ以上のものだ。そして、どんなカテゴリーに当てはめることもできない。

俺はそれを、俺だけのための特別な関係って呼ぶことにする。互いを理解しようとし始めたばかりの、俺たち二人の物語を描いた映像作品。本日、スタート。

《SPECIAL Ⅳ》

カイとサードの気楽な一日（鬼嫁編）

――四年後。

「こんにちは。またまたやってまいりました、〝ボリパットの部屋〟。すでにお話しした通り、本日は時代の寵児《ちょうじ》とも言うべき映画監督との対談です。映画〝君の砂ずりは僕のもの〟について、知らない方はおられないでしょう。ではご紹介します。クンポン・クリットピロム――カイさんです。こんにちはぁーっ」

「こんにちは」

「はい……才能に加えて、お顔立ちもハンサムですねえ」

「褒めすぎですよ」

「今日はたくさんの視聴者の皆さんと映画ファンの方々からご質問をいただいています。スタッフがとびっきりの質問を選んでいますので、今日はカイさんに質問にお答えいただき、インサイドの裏話をお伺いしますよ。準備ができましたら、さあ参りましょう」

――簡単に自己紹介とプロフィールをどうぞ。

こんにちは。カイ――クンポン・クリットピロムです。コミュニケーションアーツ学部映画科を卒業しました。現在二十六歳です。

――どんな映画を監督されてきたのですか？

短編は、大学在学中に友人たちと制作した〝Friend...Train...Rain〟、それと〝プラットホームで待つ愛〟です。卒業後に初めて監督したのは、ニキビの治療薬の動画広告で〝Lost～あんたが消えても私は悲しくない〟、その後は有名アーティストのミュージックビデオをたくさん手がけました。たとえばRoom25, scrapp, Tomato, それからAlcoholとかですね。すべて挙げると、三日では足りないほどの楽曲に関わっています。長編映画は、この映画〝君の砂ずりは僕のもの〟が初作品になります。

――最初から億単位の興行収入になると感じてた？

情熱を込めて制作しました。某有名監督が言ったように「映画製作において、私はどの作品が自分の目指す夢に近づくためのステップになるかと期待したりしない」。ただそのときを楽しむこと。興行成績は努力へのギフトでしかありませんから。

――現時点の興行収入はいくらぐらいです？

ほぼ六億です。十億バーツを記録したあの大ヒットホラーコメディ作品に次ぐ、第二位ですね。作品を支持してくださったファンの皆さんに、ありがとうと言いたいです。

――長編映画の監督としては、二十六歳はとても若いですが、どうお考えでしょう？

実際、誇らしいです。けれど自分では常に半分しか水の入っていないグラスだって思っています。学びながら懸命に仕事もする。経験のある先輩監督たちが本当にたくさんのことを教えてくれました。

――一番好きな映画、一番よく観る映画は?

〝トウェンティ・シェイド・オブ・ヨメ〟です。

――ファンの方からの質問です。動画チャンネルの「ムービーシーヴァー」の由来は?

お伝えしておくと、このチャンネルはずいぶん前に作ったものです。僕の恋人、サードが大学時代に開設して、そのときどきに流行した映画のレビューをしています。コンテンツ制作はだいたいサードがやっていますが、ときには僕が参加することもあります。

――「ムービーシーヴァー」のチャンネル登録者数が二百万人に達した理由は何だと思う?

僕とサードの映画を観た人たちが作ったブームかもしれません。大学を卒業して、〝Friend...Train...Rain〟をアップロードする前は、視聴者数はまだ数万人でした。それが勝手にどんどん増え始めたのは、そのショートフィルムを上げて公開したあとですから。

――ちょっと掘り下げた質問を。今、カイさんの恋人って誰ですか? まだ知らない映画ファンの方がいるかもしれませんので。

テーチャポン――サードです。現在放映中の人気連続ドラマの監督です。もちろん皆さんは、〝これって発情期かしら?〟をご存じですよね。それを撮ったのが僕の恋人です。

——将来的な監督作品のビジョン、そして最も大きな夢は？

ちょうど今、プロジェクトが進行中です。けれど脚本が形になるまであと一年以上はかかるかな。おそらく僕のいつものスタイル、ロマコメになるでしょう。最大の夢はテーチャポン監督、サードと映画を作ることです。この業界に入って、さっきお話ししたショートフィルム以外、彼とはまだともに一作品も作れていないので。


——座右の銘は？

イケメンかどうかは関係ない。雰囲気と度胸、それがすべて。


「ほおおー。稀代の才能溢れる監督が、エクスクルーシブなインタビューにたっぷり答えてくださいました。カイさんとお話しできて、とてもドキドキしました」

「僕もです」

「カーイ」

「……今、この番組をご覧になっているファンの方々に何か言いたいことがあれば」

「カーイ」

「……どうぞ言ってください」

「おい、カイ‼　いつになったら飯を食うんだ？」

えっと……。

「何やってんだよ。ずっと待ってんだぞ。さっさとこっちへ来い。いち……に……」

大変だ！　ヨメがせっついてる。

「今、行きますうぅ――。ボーン、急げって。ヨメに怒られる」

「ったく」

ただちにヨメからお説教されるという任務を遂行せねば。オレは慌てて寝室を飛びだし、テーブルにいる相手のもとに馳せ参じた。一方ボーンはカメラと台本を鞄に収め、同じく寝室を出ると、きれいに並んだ三十二本の白い歯を見せてにっこりする。

「二人で何してんだ？」

仁王立《におうだ》ちになったサードが、不機嫌そうな声でオレに尋ねる。昨夜はあんなにご機嫌だったのに、二重人格もいいところ。今の苛立ちようったら、とりつく島もない。

「ボーンと動画作ってた。〝ムービーシーヴァー〟にアップしようと思って」

「時間が時間だろ。何時に飯食うつもりなんだ。見ろよ、料理がすっかり冷めちゃった。野菜だってお前のアレみたいにしなびちゃったよ。こんなのもう美味くない」

長い長い愚痴が鼓膜にきんきん突き刺さり、体がびくんと震えあがる。サードと付き合って以来、オレは日々どんどん弱気な人間に変わっていってる気がする。

「ええっと……お前ら二人、よく話し合え。オレは……オレは失礼する」

ボーンのやつ！　困ったことになるとすぐにトンズラだ。

「帰る？　一緒に食べないの？」

ヨメも友人を引きとめようとする。が、ボーンの顔を見ろ。すっごく一緒に食べたいって顔してる……かなぁ？

「やめとくよ。申し訳ないし」

「遠慮するなって」

「オレがお前に遠慮してるんだから、オレにも遠慮して帰らせてくれ。じゃ、また三日後にな。バイバ――イ」

心の友はささっと手を振ると、オレに苦々しい顔を向け、時空の扉へと飛び込むように一目散に部屋を飛びだしていった。残ったのは、五年連れ添った「フウフ」二人だけ。立ったまま、ちらちらと互いの顔色を窺い合う。

「で、どうする？　座んないの？」

「はい。もちろん座ります」

やつに二回目を言わせるんじゃない。言わせれば、知らない間に頭に刃物が刺さってる。

過去のことを思い返してみてほしい。なんと甘くかぐわしい時間であったことよ。「オレ」「お前」という呼び方も、今じゃ使ってるのはサードだけ。オレのほうは「ボク」って言わなければならない。もしゴネねればキックが飛んでくる。まったく、鉈《なた》より恐ろしい。

「ボーンと何やってたの？」

お尻が椅子にくっついたと思ったら、さっそく問い質される。

「言ったろ、動画を撮ってたって」

「お前がいつも夢みたいなこと言ってるインタビューのこと？」

「もおー、キミってば。そう言うなって。夢は言葉にしなきゃ叶わない」

「実際に形にすればいい」

「……四日間の長期休暇、ボクだって休んだりしたいなぁって思ってるんだけど」

「プランはあんの？」

「キミの考えるのを待ってんだよ」

「自分で考えられない？」

ええー？　……待ってろ、こっちもバックハンドを打ち返すから。

サードがこんなオレの気持ちを分かっているかと訊かれれば、答えはノーだ！　オレのことなんか気にもせず、皿に盛られた豚肉を突くと、美味しそうに食っている。

　卒業後のオレたちは、まるで成長期に入ったかのようにともにそれぞれの夢を追いかけている。オレはいろいろな経験から、本当に自分の好きなものが何なのか、分かってきた。サードのほうも同じ。時間はオレたちに力試しの機会をくれた。そして努力した成果もきちんと出てきている。

　オレたちは今、同じ会社で働いている。ヨメの主な仕事は脚本を書くこと。いわく、監督業についてはまだ経験を積んでいる最中で、長編映画を撮るには、あと二、三年は必要らしい。オレはというと、つい先日とある案件をもらうことができた。オレとサードが一緒に脚本を書いた映画の監督をすることになったのだ。

　その作品の制作が社内で承認された瞬間ってのが、夢とまったく同じだった。感極まったおかげで、ベッドの傍らでヨメと一緒に涙をこぼしてしまいそうになった。言葉で説明できないほどの幸せ。映画はオレたち二人の人生において……ファミリービジネスになったって言える。

　さっきボーンと一緒にインタビューしてたのは、ただの予行演習だ。いつか有名になったときにこの動画をアップロードして、ファンに見せようと思ってる。だって口にしたことはすべて本当のことだから。ただし、長編映画の制作はまだ始まっていないし、〝君の砂ずりは僕のもの〟ってタイトルでもない。


「四日間の休み……地方にでも行く？」

オレは提案してみた。

「みんな地方へ出かけるし、結局混むんじゃない？」

「じゃあバンコクにいることにしようね」

「ああ」

その答えが欲しかったたんなら訊くなってての。オレはひたすら、平常心、平常心～と何度も唱えて、せっせと料理を口に運んだ。

「おかずも食べろって」

ヨメの声が休みなくお小言を垂れる。

「……」

「野菜が不味いなら、オレが食べる。お前は豚肉を食べろよ」

そう言いながら、サードの手がどんどんしなびた野菜を自分の口に放り込む。不味いって愚痴なんて言わないんだ。なんでかって？　やつが買ってきたおかずだから。

「ありがと、サード。オレを愛してくれて」

「その言い方、ちがうだろ？」

「キミに感謝するよ、ボクを愛してくれて」

このオレがなんてザマだ！

こんなふうに行儀よく話すのは二人きりでいるときだけだ。外に出かけたり、会社で働いたりしているときは以前と同じように、オレとお前って話してる。

「感謝なんてしなくていいよ。今オレ、豚肉食べないから。ダイエット中」

ほおーっ、オクさま、ダイエット？　やつみたいにしなびた野菜を食べなきゃならないんなら、オレは太ったほうがマシ。

「じゃあ今夜、鉄道マーケット〔バンコクのナイトマーケット。二〇二一年夏に閉鎖された〕に行かない？」

オレが誘うと、サードは一瞬考え込んだ。以前ならやつが上目遣いに何かを考えているのを目にしただけで、かわいくてかきむしってやりたくなったものだ。それが今ではホラー映画でお化けが目を剝いてるようにしか見えない。

「行く」

「やった！」

「誰かと約束してんの？」

「いいや。ボクとキミ、二人だけだよ」

「ふうん」

サードはまた、こちらのことなどお構いなしに食い始めた。

オレとサードの日常は、こんな感じ。代わり映えしないように見えるけど、とってもカラフルだ。撮影班や俳優たちと出かけるときは、もっと盛りあがる。上から下までいろんな年代の友達ができたみたいなもんだ。気が合うやつとはずっと親しくするし、性格があまりにも合わなかったら、たまに挨拶するくらいの関係でやっていく。

トゥーは変わらずアン先輩と付き合っている。あのフウフ、インディーズ系に相応しく、かなり風変わりだ。気ままに映画を作っている上に、本当に自分の気に入った仕事しか受けないのだ。一方、ボーンはまだ独り身である。何年もふらふらしているが、いまだこれといった人と巡り会えていない。まあ、そういうその日暮らしがやつらしい幸せなのだ。

食事のあと、オレはせっせと皿洗いにいそしんだ。この部屋でのルールは、サードがすべて決める。皿洗いは互いに日替わりで担当し、外食した日はノーカウントとなる。片づけを終えると、ヨメはシャワーも浴びずに大好きな有名映画監督の名前がプリントされたTシャツと膝丈のズボンに着替えて、そそくさと玄関でオレを待っている。

オレはというと、元の服装のまま。Tシャツにジーンズ、そして昨年の誕生日にサードがプレゼントしてくれたショルダーバッグ。何を隠そう、有名高級ブランド……の偽物であることを先週知ったばかりだ。

「どれだけ待たせるんだ？　行かないなら一人で行くぞ」

「もおお――、今行く」

ったく、香水をほんの二噴きしてただけなのに。

香水なんかつけちゃって。誰に嗅がせるんだか」

「誰にも嗅がせないさ。汗かいたら臭いかなって思っただけ」

「首につけてただろ、バカ。お前の腋《わき》は手って意味なの？」

「まあまあ、怒らないでくださいって」

オレはサードをしっかりと抱きしめ、機嫌をとるように頬に勢いよくキスをした。うおー、ぷよぷよした肌が唇にくっつくー。

「カイ、今夜はどの車で行く？」

「チャウィーだろ。マーケットに駐車場はないから」

「それで失くなったら誰が責任とんの？　電車で行こう。便利だし」

言い終わるや否や、サードはたちまち玄関のドアを蹴っ飛ばして出ていった。こっちは大混乱だっての！　怒るならなぜオットであるオレの意見を訊いたんだよ？


夜八時の鉄道マーケットは活気に満ちていた。歩き疲れるまであれこれと見てまわったものの、結局買ったのは、アニメのキャラクターがプリントされたヨメのパジャマだけ。

「ねえ、キミ。寄っていかない？」

道路沿いに飲み屋が建ち並んでいる前を通りかかり、オレはやつに訊いた。

「ああ。ちょっとならいいね」

答えを聞いた瞬間、オレは目をつけていた店に向かって一目散に歩きだした。そこへ、オレにとって世界で最も響くキンキン声が上がる。

「おいカイ、どこ行くんだ？」

「飲み屋だけど」

答えながら、この足が速攻で向かおうとしている店を指差す。職場の仲間とよく行く店だ。酒が美味いのではない、この店にいるであろう女性がかわいい。雰囲気もゴージャスかつハイクラスで、イケメンのオレに相応しいのだ。たとえヨメのパジャマ入りの薄っぺらいビニール袋を手にした、ごくごく平凡な身なりの今夜でも。

「この店じゃない」

「じゃあキミが選べよ。どの店でもいいよ」

並んでいる店はどこも同じような雰囲気だから、問題ない。

「オレが行きたい店はあっち」

白い手が、向かい側の小さな店の建ち並ぶ一角を指差す。

ラオ・パン〔果物のジュースとごく少量のアルコール飲料を混ぜた飲み物〕の店じゃねえか！　オレのような筋金入りの酒飲みを侮辱するつもりか。

「キミってラオ・パン飲みたいんだ？」

「うん」

「ボトル、開けたくないの？」

「酔っ払うじゃん。帰れなくなったら誰が責任とるんだよ。ラオ・パンでいいんだって」

答えた本人は、目的の店に向かってスタスタ歩きだす。まあ、シャレた感じの店でよかった。改造したクリーム色の高級車をスタンドバー風に作り変え、テーブルセットもいくつか並べてある。

「どうぞお席へ。テーブル席が空いてます」

とても素敵な接客を受ける。

サードがまず椅子にドンと腰を下ろした。オレも続いて席をとり、目の前にある紙のメニュー表を眺めるも、意見は口にしない。なぜってヨメにオーダーしてもらいたいから。勝手にこっちがオーダーして気に入らなかったら、また怒られる。オレは心の中で懐かしのメロドラマの主題歌を口ずさんだ。


なぜそこまで恨みつらみ、憎しみを募らせるの～

私ぃ、私が何をしたというの～そこまでいきり立つなんて～


「キミ、オーダーして」

「何飲みたいの？」

気にしてくれてるみたいだけど、怖くて言いだせない。

「なんでもいいよ。キミが決めて」

「ストロベリーは？」

へえ⁉　以前のお前は瓶に入ったどぶろくでも飲み干してたくせに、今じゃストロベリーなんて飲むんだね。オッケー、今年度のベスト・ダンナ賞にノミネートされてるオレが反対なんてするはずない。やつに向かってにっこり微笑み、同意を示す。

「オレがストロベリーはって訊いてんのに、なんで笑ってんだよ？　イカれてんじゃないの」

ぐっさ！　泣く子も黙る（未来の）敏腕監督の日常がヨメに掌握されているなんて、誰にも知られてはならない。

「ボク、ストロベリーでもいいよ」

「どうして口尖がらせてんの？」

「キミが怒るんじゃないかと思って」

「カイ、お前が腹立つことするからだろ。部屋に戻ったら大仕事が待ってるぞ」

オレは即、瞳をぱっと輝かせる。

「それってアレってこと？」

「まったく。洗濯カゴの中の服のこと。洗っておいてくれよ」

WTFFFFFFFFF…！　終わった。頭に描いた夢や希望が一瞬でしぼんでいく。

付き合い始めたばかりの頃、オレはこんなことを考えていた。象の前足になるぞ。で、すべてにおいてパーフェクトで、非の打ち所のない、サードの人生を導く役になるぞって。けれどちがった。オレが発見したのはもっと楽しくて輝きに満ちている生活だった。チェーン先輩の言ってたように、英雄とはヨメに従うために生まれ来たりしものなのかもしれない。

間もなくして店のスタッフが注文をとりに来た。サードがストロベリージュースをワンジョッキ、注文する。

その後、オレたちは二人で辺りの景色を眺めて暇を持て余した。だってこれじゃ十杯飲んだって酔えやしない。ただのフルーツジュースなんだから。

「なあ。チャウィーに乗ってきてあの店の前に停めたら、絶対ずば抜けてカッコいいよな」

当初行こうと狙っていた向かいの飲み屋街を眺めて、オレは言った。

店の前には大型バイクやチョッパーバイクがたくさん停まっていて、雄姿を誇っている。おまけにライダーたちは揃いも揃って、バストもヒップもボリューミーなスタイル抜群のヨメを後部に乗せて、人々の羨望《せんぼう》の眼差しを集めていた。

「お前が医学部のとこであれを引っくり返したときのこと、覚えてる？　あれがカッコいいの？」

ヨメよ、ムードが台無しだ。

「過去のことは言うなよ」

「警告しただけ。お前に何かあったらオレはどうしたらいい？」

「喜ぶと思った」

「お前がいなかったら、オレは生きていけないぞ。カイ」

その言葉は、オレの心の奥深くに突き刺さった。久しぶりに胸の詰まる思いがする。サードはこちらを見ようとはせず、うつむき、スマホでゲームでもしているようなふりをしている。けれどオレには分かっていた。やつはすっごく照れ屋なんだ。

「オレもお前がいないと生きていけないよ。サード」

ようやく甘い雰囲気になってきた。今夜はいいことがあればいいのにな。

「なぁ、今なんて言った？」

「ボク……まちがったね」

最悪！　ほのかに漂ったかに思えた甘い雰囲気は、ヨメの一言で消えてしまった。ひどいわぁん。

オレたちはマーケットの喧噪と、ラオ・パンに混じった一パーセントのアルコールに浸りながら、満ち足りた気分になった。最初のジョッキをあっさり空にすると、目の前にいるサードが再び口を開く。

「今度はお前が選んで」

「ブルーベリーにしよ。でも3ショット追加していい？　さっきのはあんまりにもアルコール度が低すぎる」

ということで、二杯目が始まった。この組み合わせは、ちゃんと酒の味がする。二杯目の酒の味がとても濃厚で、オレは満足した。

オレたちは代わる代わる注文しては飲み、気づいたときには六杯目になっていた。

その上、ジョッキ一杯につきアルコール5ショットに増えている。どうなってんだろうねえ？

当然のことながら酔っ払ってしまった。ラオ・パンは飲みやすいから、シャレにならないほど酔いが回る。バケツカクテルもこれには敵わない。

まぶたは今にも閉じてしまいそうだ。ヨメが馬鹿力で頬を引っぱたいてくれたおかげで、かろうじて意識を保つ。オレはあたふたと財布をとりだして支払いを済ますと、二人してふらつきながら大通りでタクシーを呼び、マンションへ戻った。

他のカップルなら、ダンナはヨメを抱っこして帰宅し、ベッドに優しく寝かせてあげるのだろうが、オレたちの場合は……引きずられての帰宅である。おまけに……言いたくはないが、寝っ転がって引きずられているのは、オレ。これ、仏教でいう餓鬼界《がきかい》、人間界そして修羅界《しゅらかい》の三界で最高にクールではないだろうか。つま先をぴくつかせる力さえ残ってない。

サードはオレをトイレに引きずっていった。今のオレときたら、ぐったりして抱き枕みたいに便器を抱きしめている。アルコールのせいで足元のおぼつかない色白の人物はシャワーでも浴びるつもりなのか、Tシャツを脱いでいる。それがオレの記憶に刻まれた、最後の光景だった。

そして――。

今が何時なのか見当もつかない。自分がどれほど眠っていたのかさえも。

まぶたをこじ開けたオレは、自分が相変わらず便器を抱えていることに気づいた。シャワーを浴びる用意をしていたはずのサードはそこにはいなかった。オレは床を這って、当初の思惑通り、やっとベッドで寝るべくトイレを出ようとした。……が、オレの視線はそこにいた誰かさんの姿にぶつかって止まる。

あらまあ！　目が点になった。ヨメがバスタブの中で体をくの字に曲げて眠り込んでいる。

シャワーを浴びるために脱いだTシャツ以外、服装は出かけたときのまま。オレはサードが体を冷やすのではないかと心配になり、バスタブの近くにほったらかしになっていた袋からパジャマをとりだし、シャツの代わりに着せてやった。

普通ならこのままベッドに連れていくんだろうね！　けどオレは、まだ眠り足りない上に酔っ払っている。ということで、バスタブの中でやつを抱きしめて寝ることで問題解決を図った。ふかふかのベッドなんていらない。どこだって同じ。サードさえ……一緒にいてくれれば。

「……んんっ、ううんー」

当のサードは、自分のテリトリーにオレが体をねじ込んだので、不機嫌そうに声を立てた。

「もう一人、一緒に寝かせてよ」

「うぅん――」

「抱いていい？」

「……むにゃむにゃ……」

やつは返事の代わりに口の中で音を立てた。

「おやすみ」

「うん」

返事なのか寝言なのか分からない。が、気にしない。

オレたちは五年間、こんなふうに付き合ってきた。口喧嘩はしょっちゅうだし、腹を立ててお互い口を利かないことだってカップルの日常にはつきものだ。けれど、日を跨《また》いでまでトラブルを引きずることはほとんどない。だってお互い、幸せを思う存分、堪能しなければ損だってよく分かってるから。


オレとサードの休みはあと三日ある。けど、どこにも出かける計画はない。部屋には食べものを買い込んである。職場の仲間たちに言わせれば休暇は天国のようなもの。オレたちもときに、どこへ出かけることもなく部屋で惰眠《だみん》を貪り、目が覚めれば朝食を食べ、また寝て、って具合に過ごすこともある。

代わり映えしない日常。だけどこれがオレの最高の幸せなんだ。

「カイ。部屋で寝ろって」

トイレの窓から日の光が射し込んで、ヨメの声がオレを起こす。

「起きたの？　まだ寝てようよ」

「背中が痛い。部屋へ戻ろう」

まぶたを持ちあげると、じっとこちらを見つめている人のすっきりと澄んだ瞳が目に入った。サードはとってもかわいい。何年経っても変わらない感情が心に広がる。

「ボク、ベッドでキミといちゃいちゃしてもいい？」

「……」

「したくなっちゃって」

「酒臭いよ。できない」

その言葉に天国から落っこちた気分になった。

オレがぱっちりと覚醒した両目でサードのか細い体を眺めていると、やつはオレの手をそっと自分の体から引き剥がし、シャワーと歯磨きをするために出ていった。

サードは酒臭いと言った。これって、臭くなければやっていいってことだよな。うおお――。ヨメが誘っているのに、クンポンたるもの、チャンスを逃す手はない。すぐさま立ちあがり、服を脱いで床に放ると、オレはやつのあとをついてシャワーへ向かった。

「ボク、やるね」

「じゃあ、あっちでやれよ」

「ちがうちがう。石鹸《せっけん》で流してあげるって意味」

「いらない。自分でやる」

もおー、焦らすつもりだな、ハニー。

だけどこっちは我慢の限界だ。ベッドでヤるのが待ちきれないって具合に、ちびカイが元気になっている。だったらトイレでヤっちゃおう。オレは後ろからやつに抱きつくと、貪るように相手の肩にキスを降らせた。ちびカイが煩悩《ぼんのう》の矛先を見つけたように白い臀部《でんぶ》にまとわりつき、腕の中の人がはっと体を硬くする。

オレは大《おお》トカゲの吸盤みたいな手で色白の体を撫でまわしてから、腕の中にいる人の硬くなった部分を人質代わりに握りしめた。いったんコトが始まったからには、もう止められない。

「……サード、いい？」

オレは上ずったような声で尋ねた。実はこのぶりっ子な声色はボーンに教えてもらったもので、毎回効果を発揮している。

「ああ、なんでもしたいようにすれば？ でも一回だけだぞ」

ヤッホー‼ 嬉しくて涙が溢れちゃう。

いい感じに盛りあがってきた。サードが一回と言ったら、オレは本当に一回しかしない。あくまでトイレではって意味ね。続いてあと二回、ベッドとキッチンでって決まってるもん。うらやましいだろ――。

これ、オレが唯一自信を持ってサードをリードできる分野、と言い切ってもいい。


――我に返ったときには、ちょうど午後三時になっていた。

ヨメはベッドの上でぐったりと横になっている。体中、オレのキスマークだらけだ。唇が触れたところすべてに痕を残しておいた。シャワーを浴びようが体を洗おうが、何日も経たないと消えないだろう。

「サード。メシ作ってやるな」

料理の得意なオットみたいな言い草だが、実際には冷蔵庫を漁り、目についた冷凍食品を電子レンジに入れるだけ。ほら、簡単だ。

人生のパートナーとしてのオレとサードの生活は、普通の人たちとごくごく同じ。形式ばった儀式も豪華な食事も必要ない。普段の食事はお腹が膨れればいい。けれど最高を上まわる、最高の人生だ。

だからといって暇な時間をひたすら一緒に過ごしているわけではない。それぞれが他人との関係を築き、それぞれが友人や社会を持っている。だから別々に遊びに行ったり、他の人たちと過ごしたりすることもある。オレはサードの言うことに従ってばかりではないし、やつに自分のスペースを制限されることもない。一日に使う金額は百パーツまでって決められたりすることもなく、家計は別にしている。ただし、生活に締まりが必要なときは、サードがそれを請け負ってくれる。

すべてが順調かつシンプル。あるべきところにきちんと収まっている。

女性問題に悩むこともほとんどなくなった。オレが女性のおっぱいやお尻を見つめすぎたときでも、サードは責めたりしない。なぜなら、その人がオレを相手にしないって分かってるから。そしてもう一つ。オレがやつから離れることは絶対ないって分かってるから。だってやつがいないと、オレは生きていけないいんだもん。

サードと五年間付き合ってきたのは気の迷いなんかじゃない。確かに愛情もあるけれど、これほど長く一緒にいられるのは、結びつきを感じているせいだろう。

レンジでチンの料理が完成した。料理を皿に盛りつけ、ドリンクウォーターを準備すると、それを持って寝室へ行く。ヨメはすぐに具合が悪くなるようなタイプじゃない。けれど、寝坊助なのだ。じっと観察したことがあるが、最長で二十時間、ぶっ通しで寝ていたこともある。あまりにも長いので、地獄にでも行って戻ってきたのかって思ったね。

「サード、飯食うぞ」

「ううう……んっ……」

「起きろよ。腹の調子が悪くなるぞ」

「すぐ食べるよ。……眠いんだ」

「体調を崩したら、オレがひどい目に遭わせてやるからな」

静かになる。なんの返答も寄越さないばかりか、煩わしさから逃れたいのか、頭からブランケットを被ってしまった。サードの睡眠の時間をあまり邪魔したくないので、オレはオレでレンチンご飯を食べようとリビングへ引き返した。それでも相手の様子を窺いに、ちょこちょこと寝室に顔を出す。

「カイ……」

ヨメよ、ムラムラするような声を出すねぇ。感電でもしたのか？

「何？」

「今日の午後四時に、ベンさんに書類を提出しないといけないんだ」

「ふむ」

「送っといて」

「なんの書類？」

「脚本」

強制終了。サードは再び眠ってしまった。これだと夕方までずっと寝そうな勢いだ。オレはそそくさとデスクに向かうと、やつの愛機であるノートパソコンを開く。

が、まだ何もしないうちから手を止めた。ホーム画面から先へ行けない。パスワードで引っかかった。

そこで、ベッドの上の人を振り返って尋ねる。

「パスワード教えて。ハニー、パスワードは？」

「……」

「ねえキミ。キミのパソコンのパスワードは何なの？」

……ただ今おかけになった電話番号は、電波の届かないところにあるか……。

オレはしょっちゅうサードのパソコンを使っている。けれど普段はシャットダウンしたりしない。使い終わったらパタンと閉じて終わり。パスワードを入力しなければならない状況になったことなんて一度もなかった。

おかげで、自分が唯一知らなかった「あるモノ」の大切さを思い知らされた。ずばりパスワードだ。ちくしょー、ついてない！

「ボク、パスワードで引っかかっちゃったんだ。教えてよ。じゃないと送ってあげれないよ」

「うるさい！」

きわめて明確な意思表示である。それともパスワードは「うるさい」なのか？　英語では「annoyed」だな。さっそく入力。

ブー！　ダメだ。てか、これで開いたらすげえよな。

じゃあ……ヨメの誕生日？

ブー！

オレの誕生日。

ブー！　これもダメ。こうなったら片っ端から入れてくぞ。やつの電話番号、やつの名前、部屋番号、学生時代の学籍番号、社員番号、やつの母さんの電話番号、父さんの電話番号、好きな食べもの。あるいは……。

好きな映画監督だ！　けど、この答えもちがうらしい。

「キミぃ。早く起きてボクにパスワードを教えてよ。書類を送るのに遅れたら、困るのはキミだぞ」

沈黙……。何も起こらない。

というわけでオレは、やつのデスクの引き出しを開け、大切な人の連絡先を書きとめた小さなノートを探すことにした。ヨメは連絡先だけでなく、いろいろなパスワードの類いをここにメモっているのだ。ＳＮＳとかメールのだとか、オンラインショップのだとかなんでも……唯一、パソコンのパスワードを除いて、だ。

オレにどうしろっていうんだよおおお――。

もう考えない。ウザい。オレはノートパソコンを手にとると、やつから直接訊きだすためにベッドへ向かう。

「サード、起きろ。送れないんだ。パスワードに引っかかってる」

腹が立ってきたぞ。

「うーんんんっ……。前のパスワードだよ」

「前のって？　オレが知るわけないだろ」

「お前の名前」

オレは立ち竦んだ。こっちのことなどこれっぽっちも気にかけず、寝返りを打ち、眠り込むヨメを見つめる。パスワードはオレの名前なの？　アメージングすぎる。なんとも言えず、いきなり嬉しくなってしまう。

やり直しだ。再びデスクの前に腰を下ろし、アルファベットを一文字ずつ、静かな気持ちで打ち込む。

「ｋｈｕｎｐｏｌ」

エンターキーを押すと、新しい画面が表示された。くっそ！　オレはチャンピオンだああ――。逆転勝利のフレーズが頭の中を回ってやがる。

こうして書類の提出は無事完了した。ヨメの瞳が再び開かれたのは夕方五時。食事を温めるのは、またしてもオレのお役目である。オレたちはパスワードについて長々と話をした。そしてサードがこのパスワードに設定した理由が分かった。やつのものは何から何まで、オレのものでもあると示したかったからなんだって。

うお――っ。走ってスマホをとりに行き母さんに電話して自慢したい気分なんだが。これを機に、オレも自分のノートパソコンのパスワードを変えることにする。「yed-third-everyday〔yed は抱く、セックスする、という意味のタイ語のスラング〕」から、品位ある「Techaphon」に。

残りの休み、三日間が過ぎ去った。オレたち二人はほとんど外出もせず部屋で過ごした。起きると食事をして、また抱き合って眠った。夕方になると冷蔵庫を開き、ベランダに出てビールをちびちび飲み、じゃんけんゲームで服を脱がし合い、そのあと何度も交じり合う。言うならば、十五分ごとに発情している状態だったな。そしてこの幸せな休暇は終わり、真剣に仕事に向き合う日々に戻るのだ。

——一年後。

「サード、書類を提出してくれよ」

ダンナをしもべみたいに使っていたヨメ。だから今日はやり返してやる。こっちは小間使いのふりをしながら、虎視眈々《こしたんたん》と復讐の機会を窺っていたんだ。色白の人物が寝室のデスクで仕事中なのを確かめる。オレはというと、ダイニングテーブルで食事中。指示を出すときは、大声で叫ぶことになる。愛し合ってるにもほどがあるよなぁ。

「どのファイル？」

やつが質問を返してきた。

「一番新しい回の脚本。第十五話の」

「誰に送る？」

「チェーン先輩に」

つまり、オレたちは先輩と同じ会社で働いているんだな。学部の先輩後輩ネットワークのなんと強固なことよ。

「ちょっと待って。自分のを済ませてから」

「分かったー」

これは人生で二作目となるドラマのために、オレが新しく書き始めた脚本である。第一作が予想を超える成功を収めたときは、お祝いを兼ねてヨメと遠く日本まで旅行した。本当はニューヨークに行きたかったんだけど、ビザが下りなかったんだよな。

思いだすと泣けてくる。このクンポンのような男前のビザ申請を拒否するって、どういうことだ？

「送った？」

「ちょっと待って。作業中」

オレたちはカップルとしてプライベート、そして仕事についていろいろなことをシェアしている。オレが書いている脚本だってサードがいつも校正を手伝ってくれる。だからやつは、現在進行形のこのドラマのことをいつも最初に知る人なんだ。

寝室にいる人は静かにしていたが、しばらくして部屋の外に出てきた。顔つきは不機嫌そうで、手にはオレのノートパソコンを持っている。

「パスワード、変えたの？」

「ああごめん。昨日の夜に変えた」

「オレの名前のどこが気に食わないの？」

「長すぎて」

「で、なんて入れたらいいんだよ」

「Will you marry me?」

「は⁉」

自分の耳が信じられないみたいな顔してる。

「パスワードはなんだって？」

「Will you marry me?」

「そんなに長ったらしいのかよ」

オレがもう一度そう言うと、色白の顔がどんどん赤みを帯びた。

「これはパスワードじゃない。なぞなぞだ。お前が答えを入力すんの」

ほっそりした手がノートパソコンをダイニングテーブルに置く。オレはやつがパスワードをＮｏと入れるのを眺めた。もちろん、画面はロックされたままだ。

「真剣に答えてよ。もう一度訊く。Will you marry me?」

「……」

「もし受けるなら、パスワードを入れてくれ。ダメなら仕事に戻れ」

サードはもう何も言わない。ただ、唇をきゅっと噛んで立っているだけだ。そして心を決めたようにノートパソコンを手にとると、何も言わずに寝室へ戻っていく。

ちくしょー、ヨメに断わられた。パスワードはＹｅｓなのに。

入力するだけで答えたことになるのに、サードはずっと黙ったまま。その時間が長すぎて、悲しくなってしまう。我慢できなくなったオレは立ちあがり、やつのいる寝室へ向かう。

ところがその瞬間、オレがはらはらしながら待っていた人の声がした。

「カイ」

「なんだ？」

「お前の書類、送っといたから」

その答えを聞いて、オレは知らず知らずのうちに笑顔になっていた。メールを送たってことは、正しいパスワードを入れたってことだ。

その言葉を入力したってことは——。
「ああ!　結婚しよう」

——END——

-ダリアシリーズユニ　既刊案内-

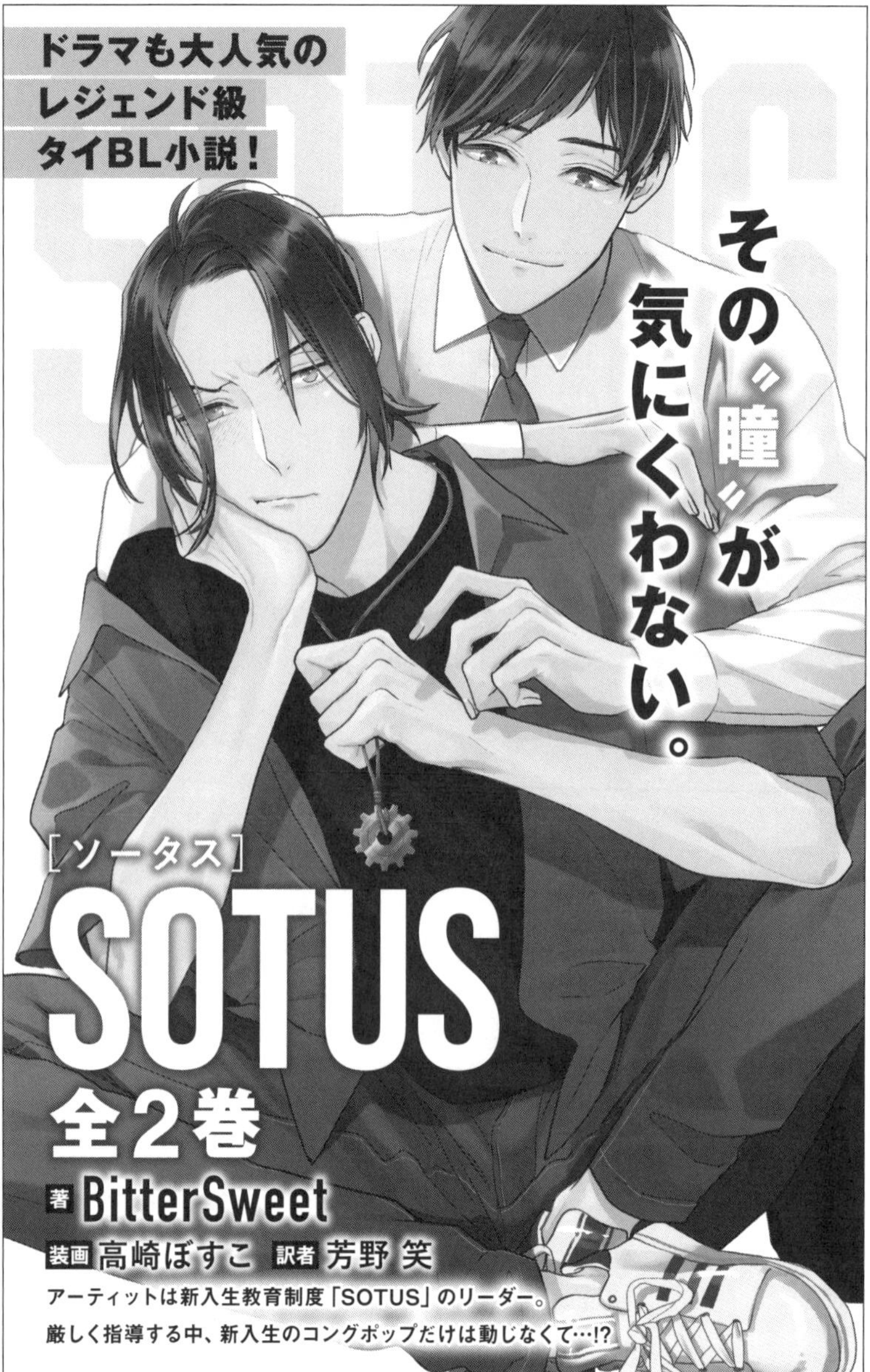

大好評発売中!!

天官賜福《てんかんしふく》
1
墨香銅臭
訳 鄭穎馨
日出的小太陽
世界が熱狂する
中国BLファンタジーの
新たな地平が開かれる!
八百年、
貴方に
焦がれ
続けた。
二度天界を追放され、800年ぶりに神官に復帰した謝憐《シエ・リェン》。
信徒を得るべく下界で奮闘する道中、三郎《サンラン》と名乗る少年と出会い――?
Daria Series uni

Daria Series uni

Theory of Love 2

2023年1月30日　第一刷発行

著　者 —— JittiRain

翻　訳 —— 南 知沙

制作協力 —— 彩東あやね

発行者 —— 辻 政英

発行所 —— 株式会社フロンティアワークス
〒170-0013 東京都豊島区東池袋3-22-17
東池袋セントラルプレイス5F
[営業] TEL 03-5957-1030
http://www.fwinc.jp/daria/

印刷所 —— 中央精版印刷株式会社

装　丁 —— Hana.F